**INHALT**

# *Vorwort*

A. J. Liebling (1904–1963) ist einer jener Autoren, bei denen der Journalismus zu einer klassisch eleganten Form gefunden hat; wie sein großer Kollege Joseph Mitchell *(McSorley's Wonderful Saloon)* gehörte er der silbernen Epoche des *New Yorker* an und begann noch unter dem legendären Harold Ross für das Magazin zu arbeiten, diesem so seltsam sprachverliebten Philister (»Is Moby Dick the man or the whale?«). Er stammte aus einer wohlhabenden Familie, Sohn eines Kürschners in Manhattan, und suchte sich früh eine Laufbahn als Zeitungsmann aus (unter anderem dann bei Joseph Pulitzers *New York World*). Seit 1935 war er fest beim *New Yorker* angestellt, dessen Korrespondent er 1939–1944 in Frankreich, England und Nordafrika war. Unter den zahlreichen Büchern, die seine Artikel und *profiles* sammelten, könnte man vielleicht vor allem auf *Back Where I Came From* (über New York), *The Honest Rainmaker* (über »Colonel John R. Stingo«, einen Rennplatztrickster) und *The Sweet Science* (über das Boxen) hinweisen. Seine pressekritische Kolumne »The Wayward Press« liest sich auch heute noch exemplarisch. Er war »ein unintellektueller Intellektueller, ein rasch zu faszinierender Zyniker, ein eigenartig naiver Eingeweihter«, wie Michael Anania geschrieben hat.

Und er gehörte – par excellence – zu den Amerikanern in Paris, zu jenen, die in dieser Stadt etwas fanden, das sie ihr Leben lang entzückte. Lieblings Paris ist das seines Studentenjahres 1926/1927, das der Befreiung 1944 – »Einmal im Leben war ich eine Woche lang in einer Stadt, in der alle glücklich waren« –, aber auch ein Paris, das über verschiedene auratische Bekanntschaften noch bis in die *belle époque* zurückreicht und dessen Licht seine eigene Kindheit eingefärbt hat. Die Polyphonie der Erinnerung in diesem Buch ist kunstvoll; die kleine Geste der Dreistigkeit, mit der Liebling es eröffnet (wenn Proust nur mehr gegessen hätte ...), ist eine kalkulierte Reverenz an den Meister des Gedächtniszaubers.

Liebling behandelte als Journalist eine Fülle von – meist großstädtischen – Gegenständen, mit einem Faible für das Altmodische, Marginale, Ungleichzeitige, Verquere. Er hatte insbesondere drei große, wiederkehrende Themen: die Küche, die Welt des Sports (insbesondere des Boxkampfs) mit ihrem hermetischen Milieu aus Zockern, Schwindlern, Buchmachern, Trainern, Veteranen und Barthekenexperten – und den Zweiten Weltkrieg. Da das Essen in *Between Meals* zentrale Bedeutung hat, das Boxen in Vergleichen und Anekdoten aufscheint, das dritte Motiv jedoch nur schattenhaft präsent ist, mag hier eine kurze Passage aus »Kanalüberquerung« stehen, einer seiner berühmtesten Reportagen als Kriegsberichterstatter: Liebling machte die Fahrt auf einem der Landungsboote mit, die bei der Invasion in der Normandie die GIs an den unter heftigem Feuer stehenden Strand brachten.

»Ein Matrose ging vorüber und Shorty, einer von den Kanonieren, fragte ihn: ›Wer war das?‹ Der Matrose sagte: ›Rocky und Bill. Die hat's ganz zerrissen. Eine Granate hat die Winde und die Rampen und alles erwischt.‹ Ich ging nach vorn aufs Tiefdeck, das von einer Mischung aus Blut und Kondensmilch klebte. Soldaten hatten überall auf dem Schiff Proviantrationen liegen lassen, und ein Fragment der Granate, welche die Jungs erwischt hatte, war in einen Karton mit Milchdosen gefahren ... Rocky war ohne jeden Zweifel tot, sagte mir jemand, aber der Apothekermaat hatte Bill Blutplasma gegeben und meinte, er könne noch am Leben sein. Ich erinnerte mich an Bill, einen großen, babygesichtigen Jungen aus dem District of Columbia, gebaut wie ein Ringer. Er war etwa zwanzig, und die anderen Jungs zogen ihn oft mit einem Mädchen auf, an das er ständig schrieb. Ein dritter Verwundeter, ein Soldat in Khaki, lag schwer durch den Mund atmend auf einer Bahre an Deck. Sein langes, dreieckiges Gesicht sah aus wie schmutziges Trommelfell; die Haut war weiß und straff über seine hohen Wangenknochen gespannt. Er machte nicht viel Geräusch. Über allem lag ein Schießbudengeruch, und als wir dicht unter der ›Arkansas‹ vorbeifuhren und sie eine Salve abfeuerte, zitterten einige unserer Männer, die ihr den Rücken zukehrten, und mussten erst beruhigt werden ...« Seinen Kriegsreportagen wurde bei ihrem Erscheinen gelegentlich ein gewisser Mangel am hohen Ton, am expliziten Verweis auf die große Sache nachgesagt; heute lesen sie sich gerade kraft ihres zurückhaltenden Tonfalls eindrucksvoll. Liebling hätte gerne aus Korea berichtet, aber

Ross, der meinte, der Koreakrieg würde nur ganz kurz dauern, zögerte allzu lange mit der Entsendung eines eigenen Korrespondenten.

*Zwischen den Gängen* ist ein Text, der bei aller radikalen Subjektivität voller allgemeingültiger Einsichten steckt, Einsichten in die Unveränderlichkeiten und Wandelbarkeiten unserer Ess- und Trinkkultur und damit in einem sehr grundsätzlichen Sinne in unsere Gesellschaft. Viele seiner beiläufig vorgetragenen Erkenntnisse haben die Präzision soziologischer Beobachtung (etwa seine winzige, tiefgründige Schilderung des Schicksals der Bahnhofsrestaurants nach der Motorisierung der französischen Handlungsreisenden). Doch die eigentliche Bedeutsamkeit des kleinen Buches liegt vielleicht darin, dass es dem Leser vorführt, wie ein Mensch – ein wenig verlegen, ein wenig im Ton des Triumphs – davon erzählt, auf welche Weise er seinem Leben eine Form gegeben hat. Die intransigente Kennerschaft des Autors hat etwas Werbendes, weil er möchte, dass wir Leser begreifen, was es heißt, als A. J. Liebling zu leben.

Seine Lebenserzählung umkreist eine erstaunliche Unersättlichkeit. Er notiert, dass der Pilaw zu einer Languste *à l'américaine* sehr viel befriedigender ist als das Brot, das die Franzosen ansonsten zum Auftunken der Soße verwenden, denn das Brot fügt dem Geschmackserlebnis nichts Eigenes hinzu. Und doch sind die Liebling-Anekdoten in den Erinnerungen seiner Freunde und *New Yorker*-Kollegen voll von Episoden, wo der große Gourmand seinen Teller oder die Platte, auf der das Gericht aufgetragen wurde, mit Brot ausreibt. Liebling ist der Autor, der hinter einem Massiv erlesener Kennerschaft den simplen Horizont der Gier verbirgt. Wer das Gebirge erstiegen hat, nimmt diese majestätisch kompromisslose Perspektive umso besser wahr. Sein Päan auf die Unersättlichkeit hat etwas Entwaffnendes: die Weisheit der selbstbewussten Infantilität. Nicht umsonst erzählt Liebling mit kunstvoller Beiläufigkeit von der Kindheit, in der man wartet und allein ist. Er destilliert Komik aus solchen Situationen, er lobt seine Lebensweise als junger Mann: allein, aber nie einsam – doch die stolzen Schilderungen seiner Vermählung von Sinnlichkeit und Gier evozieren auch ungestillte Sehnsucht. Der irritierende und rührende Schlussabschnitt seiner Geschichte von der Liebe zu Paris erzählt unbeholfen von den Frauen; als Kostbarkeit bewahrt er in der Erinnerung eine Geste der Zuneigung auf: Seine Geliebte sagt zu ihm: »T'es passable.«

Der hier übersetzte Text folgt der zweiten Auflage der Buchausgabe aus dem Jahre 1962, also ein Jahr vor dem Tod des mittlerweile bekannten, ja ein wenig berühmten Autors. Das Buch fasste eine Serie von Artikeln im *New Yorker* zusammen, erweiterte sie und versah sie mit einigen ergänzenden Fußnoten. Die wenigen Anmerkungen des Übersetzers sollen lediglich einige Details erläutern, die für manche Leser von Interesse sein mögen, und übergehen das in einfachen Lexika oder in Wörterbüchern unmittelbar Zugängliche. Sie beschränken sich auf die Zeit- und Kulturgeschichte – ohne dass das weite Feld der Gastronomie betreten würde. Was dieses angeht, würden wohl die meisten

Leser ihre privaten Fußnoten setzen wollen. Die Autorität von Abbott Joseph »Joe« Lieblings *gourmandise* bliebe durch sie unerschüttert: die Autorität eines Lebensentwurfs, welcher der Kindlichkeit einer Leidenschaft unerwartete Reflexionen entlockt.

## *Ein guter Appetit*

Das Madeleine-Erlebnis Prousts ist heute ein ebenso fester Bestandteil der populären Mythologie wie der Apfel Newtons oder James Watts Teekessel. Der Mann aß ein Stück Teegebäck, der Geschmack weckte Erinnerungen, der Esser schrieb ein Buch. Dies lässt sich mit der Formel G → E → B ausdrücken – Geschmack → Erinnerung → Buch. Vor einiger Zeit, als ich ein Buch mit dem Titel *Die Küche Frankreichs* (von Waverley Root) zu lesen begann, machte ich eine umgekehrt verlaufende Erfahrung: Sie folgte der Formel B → E → G, also Buch → Erinnerung → Geschmack. Glücklicherweise waren die Geschmackserlebnisse, welche *Die Küche Frankreichs* für mich nacherschuf – kleine Vögel, Kaninchenragout, gefüllte Kutteln, Côte Rôtie und Tavel – robusterer Natur als das der Madeleine, welche der Larousse als »ein leichtes Gebäck aus Zucker, Mehl, Zitronensaft, Kognak und Eiern« definiert. (Mit dem Quantum Kognak in einer Madeleine könnte man keine Mücke massieren.) Angesichts dessen, was Proust bereits unter dem Einfluss eines so sanften Reizes schrieb, ist es ein Verlust für die Menschheit, dass er keinen kräftigeren Appetit hatte. Nach einem Dutzend Gardiners-Island-Austern, einem Teller Muschelsuppe, ein paar frisch gefangenen Jakobsmuscheln, drei sautierten weichschaligen Krabben, einigen soeben gepflückten Kolben Mais, einem dünngeschnittenen Schwertfischsteak von generöser Breite, zwei Hummern und einer Long-Island-Ente hätte er möglicherweise ein Meisterwerk verfasst.

Will man gut über die Küche schreiben, ist die Hauptvoraussetzung ein guter Appetit. Ohne einen solchen ist es unmöglich, in dem uns zugemessenen Zeitraum hinreichende Erfahrungen zu sammeln, um irgendetwas Mitteilenswertes zu Papier zu bringen. Jeder Tag bringt nur zwei Gelegenheiten zur Feldforschung, und die darf man nicht verschwenden, indem man die Cholesterinaufnahme zu reduzieren versucht. Diese beiden Mahlzeiten sind so unverzichtbar wie die Laufstunden eines trainierenden Boxers. (Ich habe gelesen, dass der verstorbene Maurice Curnonsky, ein professioneller französischer Gourmand, nur einmal am Tag aß – des Abends. Aber das war im späten Leben, und im Übrigen habe ich seiner Qualifikation auch immer misstraut – es werden ihm so viele mittelmäßige Witzworte zugeschrieben, dass ihm nicht sehr viel Zeit fürs Essen geblieben sein kann.) In einem geräumigen Appetit kann sich der Esser bequem drehen und wenden. So ging beispielsweise vor einigen Jahren ein mir bekannter (nichtprofessioneller) Esser ins Restaurant Pierre, an der Place Gaillon, und dachte an ein vernünftig leichtes Essen: ein Dutzend – oder vielleicht auch achtzehn – Austern sowie ein dickes Steak, mit Rindermark behäuft (von Monsieur Pierre als *Délice de la Villette* bezeichnet – was man als Entzücken des Schlachthofs übersetzen könnte). Doch wie er eintraf, hörte er Monsieur Pierre zu seinem Oberkellner sagen:

»Da kommt Monsieur L. Die beiden Portionen Cassoulet, die noch übrig sind – die stellen Sie für ihn beiseite.« Ein Cassoulet ist ein substanzielles Gericht von einer Komplexität, die nähere Erörterung hier nicht zulässt. (Root widmet der großen Kontroverse, was es denn enthalten sollte, drei Seiten.) Monsieur Pierre ist einer der liebenswürdigsten Restaurateurs und setzt seinen Stolz darein, schon im Voraus zu wissen, was seinen Freunden schmecken wird. Ein Gast mit begrenztem Appetit müsste nun entweder auf sein Steak verzichten oder aber Monsieur Pierres Gefühle verletzen. Monsieur L. jedoch hatte keine Probleme. Er aß die beiden Cassoulets, wie es seiner gewöhnlichen Übung entsprach; hätte er nur eines gegessen, hätte der Wirt befürchtet, das Gericht sei nicht auf dem üblichen Niveau geraten. Dann genoss er sein Steak. Die Austern waren keine Schwierigkeit, da sie kein nennenswertes Volumen besitzen.

In der heroischen Zeit vor dem Ersten Weltkrieg gab es Männer und Frauen, die neben einem gigantischen Mittagsmahl und einem ruhmreichen Abendessen noch ein umfängliches *souper* nach dem Theater oder den anderen Vergnügungen des Abends zu sich nahmen. Ich habe einige der Überlebenden dieser Epoche gekannt, Achtzigjährige von makellosem Appetit und nie versagender guter Laune – rüstig, ironisch und frei von den Magengeschwüren, die man sich durch die Sorge um eine ausgewogene Ernährung holt. Aber Nachfolger haben sie in Frankreich keine gefunden, da die Ärzte dort schließlich die Existenz der menschlichen Leber entdeckt haben. Seit diesem Zeitpunkt organisiert sich das französische Leben zunehmend um dieses Organ, und eine kleinliche Vorsicht ist an die Stelle der alten Tollkühnheit getreten. Die Leber war der Sitz der Maginot-Mentalität. Einer der letzten der großen Rund-um-die-Uhr-Tafler Frankreichs war Yves Mirande, ein kleiner, fröhlicher Verfasser von Farcen und Operettenlibretti. 1955 beging Mirande seinen achtzigsten Geburstag mit einer Rede vor dem Vorhang des Théâtre Antoine, dessen Leitung er zusammen mit Madame B. hatte, einer vierzig Jahre jüngeren Protegé. Das Theater war aber nur sein halbes Leben. Er war außerdem der inoffizielle Leiter eines Restaurants in der Rue Saint-Augustin, das er für eine andere Protegé gegründet hatte (ebenfalls vierzig Jahre jünger als er); dies war Madame G., eine Gascognerin und vorzügliche Köchin. Monsieur Mirande setzte seine jüngeren Bekannten, Franzosen und Amerikaner, in Erstaunen, indem er ein Mittagessen einnahm, das aus rohem Bayonne-Schinken und frischen Feigen, einer heißen Wurst im Teigmantel, Röllchen von filettiertem Hecht in einer üppigen rosafarbenen *Sauce Nantua*, einer mit Sardellen gespickten Lammkeule, Artischocken auf einem Gänselebersockel und vier oder fünf Sorten Käse bestand, mit einer Flasche gutem Bordeaux und einer Flasche Champagner. Anschließend rief er nach dem Armagnac und sagte Madame, sie solle für das Abendessen die versprochenen Lerchen und Fettammern bereithalten, außerdem ein paar Langusten und einen Steinbutt – und natürlich ein schönes *civet* von dem *macassin* (dem jungen Wildeber), den der Liebhaber der Hauptdarstellerin seines laufenden Theaterstücks von seinem Gut in der Sologne hatte schicken lassen. »Und wenn ich's recht bedenke«, hörte ich ihn einmal sagen, »dann haben wir seit Tagen keine Waldschnepfen gehabt, oder Trüffeln in der Asche gebacken, und der Keller ist nachgerade ein Skandal – kein Vierunddreißiger mehr und kaum mehr Siebenunddreißiger. Letzte Woche, da musste ich meinem Verleger eine Flasche vorsetzen, die viel zu gut war für ihn – bloß weil zwischen Beleidigung und Superlativ nichts mehr da war.«

Monsieur Mirande konnte auf hundert aufgeführte Stücke zurückblicken, darunter einige ganz große Pariser Erfolge, aber er hatte soeben sein erstes Buch für den Druck geschrieben, deshalb sprach er die Worte »mein Verleger« mit besonderer ironischer Emphase. »Eine informelle Skizze meiner definitiven Autobiographie«, pflegte er von diesem Buch zu sagen. Diese informelle Skizze, die ich sehr liebe, beginnt mit der wichtigsten Entscheidung seines Lebens. Er war in dem kleinen bretonischen Hafen Lannion fast siebzehn geworden – sein bürgerlicher Name lautete Le Querrec –, als sein Vater, ein pensionierter Offizier der Kriegsmarine, zu ihm sagte: »Es ist jetzt an der Zeit, dass du dir einen Beruf aussuchst. Die Marine oder die Kirche?« Eine andere Wahl war in Lannion nicht vorstellbar. Im Morgengrauen riss Yves aus und fuhr nach Paris.

Dort – so hatte er tausendmal gelesen – saßen all die berühmten Ésprits und Kokotten an den Tischchen vor dem Café Napolitain am Boulevard des Capucines. Er fand sich um neun Uhr am nächsten Morgen vor dem Café ein (spät am Tage für Lannion) und musste feststellen, dass man noch nicht geöffnet hatte. Bald war er Journalist geworden. Es war dies eine Presse-Ära von ebenso zynischer Lebendigkeit wie die der Konkurrenz zwischen den Blättern Bennetts, Pulitzers und Hearsts in New York, und in einer zweiten und dritten Stellung arbeitete er für einen Pressezaren, der so herrisch und geizig war wie die meisten; er bestand darauf, dass seine Reporter stets gut gekleidet waren, aber er zahlte ihnen kein Gehalt, das einem bei Regen erlaubt hätte, ein Taxi zu nehmen. Mirande wohnte beim modischen Montmartre-Friedhof und löste das Problem der Regentagsbügelfalte, indem er sich fallweise einer nach der Bestattung aufbrechenden Trauergesellschaft anschloss und sich in einer ihrer zurückfahrenden Droschken gratis ins Stadtzentrum begab. Er wurde schon früh in seiner Karriere Privatsekretär von Clemenceau und dann von Briand, aber das lustige Theater zog ihn mehr an als die Politik, und er traf die zweite große Entscheidung seines Lebens, nachdem einer seiner politischen Gönner zugesehen hatte, dass er zum Unterpräfekten in einer Provinzstadt ernannt wurde. Ein *sous-préfet* ist der Verwaltungsbeamte eines jener Distrikte, in die jedes der neunzig Départements Frankreichs zerfällt, und ein junger *sous-préfet* steht häufig am Beginn einer steilen Karriere, die zu hohen Staatsämtern führen kann. Mirande fuhr in der prächtigen Uniform seines Amtes, die damals *de rigueur* war, in sein Hauptstädtchen, verbrachte dort eine Nacht und lief wiederum fort nach Paris, um dort bei einer Ein-Akt-Farce Regie zu führen. Trotzdem unterhielt er weiterhin freundliche Beziehungen zur ernsthaften Welt. Im Restaurant in der Rue Saint-Augustin stellte er mir Colette vor, mittlerweile eine berühmte Säule der Nationalliteratur.

Die Kost, die seine Protegé Madame G. zubereitete, hielt ihn *en pleine forme.* Als ich ihm zuerst in seinem Restaurant begegnete, im Sommer der Befreiung Frankreichs, war er rüstige neunundsechzig. Im Frühling des Jahres 1955, als wir eine Freundschaft erneuerten, die mit der gegenseitigen Bewunderung unseres jeweiligen Appetits begonnen hatte, hielt er sich so gut wie eh und je. Bei Anlass unseres Wiedersehens begannen wir mit Forelle blau – eine lebende Forelle wird in heißem Wasser ums Leben gebracht wie ein römischer Kaiser im Bad. Sie wurde in genug zerlassener Butter serviert, um einem ganzen Regiment Kardiologen eine Thrombose anzuhängen, und dazu gab es wie angemessen einen Elsässer Wein, einen Lacrimae Sanctae Odiliae – eine Lage, die einst ein wenig zu meiner Ausbildung beigetragen hat. Vor langer Zeit, als ich sehr jung war, führte ich in Straßburg eine Frau aus und bestellte, da ich sie mit meiner Kenntnis der lokalen Usancen beeindrucken wollte, eine Flasche Ste. Odile. Ich machte also einen Fehler, als hätte ich in Boston ein Mädchen eingeladen und ihr *baked beans* bestellt. »Wie nett!«, sagte die Dame in Straßburg. »Das hab ich ja seit Jahren nicht getrunken.« Sie entschuldigte sich, weil sie telefonieren müsse, und kam nie zurück.

Nach der Forelle aßen Mirande und ich zwei Fleischgänge, da wir uns nicht im Voraus entscheiden konnten, was wir vorziehen würden. Wir speisten eine prächtige *daube provençale*, weil wir treu der *cuisine bourgeoise* anhingen, und dann Pintadous – junge Perlhühner, einfach und zart gebraten, mit dem ersten Spargel des Jahres, um unsere

Treue zur *cuisine classique* zu beweisen. Zu beiden Gängen tranken wir Roten, einen Pétrus zur *daube*, einen Cheval Blanc zu den Perlhühnern. Mirande sagte, von Burgundern habe ihm sein Arzt abgeraten. Es war das erste Mal im Lauf unserer Bekanntschaft, dass er eingeräumt hatte, einen Arzt aufzusuchen, aber ich war wieder beruhigt, als er nach dem Essen anderthalb Flaschen Krug trank. Wir tranken zusammen drei – eine auf unsere Liebsten, eine auf unsere Nationen, eine aus Gründen der Symmetrie, und diese letzte ging aufs Haus.

Mirande war ein kleiner alerter Mann mit dem Gesicht eines Scotchterriers – weit vorkragende Augenbrauen und eine hohe Stupsnase. Er sah aus wie eine intelligente Version von Lloyd George. In jenem Sommer wollte er mit Madame B., seiner Theater-Protegé, ein neues Stück von Sartre herausbringen. Mit einem durch Madame B.s Theater jung gehaltenen Verstand, mit einem von Madame G.s Restaurant behüteten Stoffwechsel schien Mirande auf mindestens zwanzig weitere Jahre gegen alle Eventualitäten gefeit. Dann würde er möglicherweise neue Protegés anwerben müssen. Am Sonntag nach unserer Wiederbegegnung traf ich ihn in Longchamp – auf einem Rennplatz, heißt das, wo die Fenster des Restaurants nicht auf die Bahn schauen und die Gäste sich auf das Wesentliche konzentrieren können. Da saß er, strahlend, umringt von Berühmtheiten und Champagnerkübeln, und entsandte immer wieder Stafetten von Dienstmännern, die auf die Tipps setzten, welche ihm begeisterte Rennstallbesitzer nur zu gerne zwischen den Läufen zuraunten. Er war die Verkörperung eines glücklichen Menschen. (Ich selbst landete einen sehr schönen Coup, 27 zu 1.)

Der erste Umschwung von Mirandes Schicksalen betraf mich selbst so direkt, dass ich nicht sogleich bemerkte, wie ernst der Vorfall in sich war. Sechs Wochen später war ich wieder in Paris. (In diesem Jahr reiste ich häufig zwischen dort und London hin und her.) Am Abend der Rückkehr war ich allein und freute mich auf ein angenehmes Diner bei Madame G., deren Restaurant nur zweihundert Meter von dem Hotel am Square Louvois entfernt war, wo ich immer absteige. Madames Restaurant war weit mehr als ein Ort, wo man aß – obwohl man dies dort wunderbar tun konnte. Zuerst würde ich mich ein wenig mit der Besitzerin unterhalten, dann mit den Kellnerinnen Germaine und Lucienne, die das ursprüngliche Personal des Lokals darstellten. Als das Geschäft zu florieren begann, hatte man zusätzliche Kellner eingestellt, doch diese hatten keine vergleichbar ausgeprägten Persönlichkeiten. Madame war eine hochbusige Dame – beredt, mit dunklem gelblichem Teint, großer Nase und glattem schwarzem Haar; sie ließ mich an eine Sarazenin denken. (Die Sarazenen erreichten die Gascogne im 8. Jahrhundert.) Ihre Konversation war eine Chronik der Literatur und des Theaters – so gut wie ein Abonnement auf den *Figaro littéraire*, aber anspruchsvoller. Ihre Unterhaltung bewegte sich zwischen der Avantgarde und dem klassischen Geschmack, in Rufweite beider, und war angereichert mit den Namen all der Großen, die kürzlich dagewesen waren – Monsieur Cocteau, Gene Kelly, la Comtesse de Vogüé. Es war immer gut, den Eindruck zu erwecken, man höre dem allem genau zu, sonst könnte sie einem vielleicht eines Tages die letzte Portion Lerchen *en brochette* nicht mehr aufbewahren und sie stattdessen einem aufmerksameren Gast zuteilen. Mit Germaine und Lucienne – die ich schon gekannt hatte, als wir alle noch jünger waren, im Jahre 1939, zur Zeit des *drôle de guerre* – flirtete ich nun lediglich pro forma ein wenig, aber die *carte du jour* war immer noch ein ernstes Thema: Wie hatte beispielsweise der dicke belgische Industrielle aus Tournai auf die *caille vendangeuse* reagiert – das Wachtel-Confit mit frischen Trauben? »Sie kennen den Herrn«, sagte Germaine, »wenn es nicht ganz vorzüglich ist, nimmt er nur zwei Portionen. Aber wenn er dreimal nimmt, dann kann man sich wahrhaftig sagen …« Sie und Lucienne sahen einander sehr ähnlich – kompakte kleine Frauen mit hohen Stirnen und Wangenknochen und strammen, muskulösen Beinen, die wie *chasseurs à pied* gingen, hundertdreißig Schritt die Minute. 1939 und wiederum 1944 war Germaine brünett gewesen und Lucienne blond, aber 1955 war auch Germaine zur Blondine geworden, und es fiel mir schwer, die beiden auseinanderzuhalten.

Unter meinen Mitgästen bei Madame G. stieß ich meistens auf irgendeinen Freund, den ich von früher kannte. Es ist riskant, sich für den ganzen Abend mit jemandem zu verabreden, den man jahrelang nicht gesehen hat. Das gilt besonders für das heutige Frankreich. Der fast peinlich amerikabegeisterte Bekannte aus der Zeit der Befreiung mag jetzt ein parteigehorsamer kommunistischer Schreiberling geworden sein, der idealistische junge Résistance-

Journalist ein Leitartikler für das reaktionäre Tageblatt eines Textilmagnaten. Der Vichy-Apologet, dem man 1941 in Washington begegnet war, als er de Gaulle einen Verräter und eine Kreatur des britischen Geheimdiensts schimpfte, mag einem jetzt erzählen, dass der General der größte Glücksfall war, der Frankreich je zugestoßen sei – ein anderer, den man in London als Adjutant de Gaulles kannte, vergleicht diesen jetzt vielleicht mit Sulla, dem Zerstörer der Republik. Was die Frauen betrifft – wer will sagen, welche den Jahren widerstanden hat? Aber in einem guten Restaurant, das alle früher aufgesucht haben, kann man auch allen wiederbegegnen, denn so zahlreich sind die guten Restaurants nicht mehr, dass ein Franzose sich auf immer von einem verabschieden würde – falls er nicht pleite ist natürlich, und in diesem Fall würde es einen deprimieren, von seinen Missgeschicken zu erfahren. Trifft man auf alte Freunde, die schon an ihren Tischen Platz genommen haben, hat man Gelegenheit, sie freundlich zu begrüßen und kurz prüfend zu mustern. Wenn sie einem immer noch gefallen, kann man sich weiter verabreden.

An dem fürchterlichen Abend, von dem ich hier spreche – dem eines schönen Junitages –, nahm ich keine Veränderung an Madame G.s äußerlich unauffälligem Restaurant wahr. Der Name – irgendetwas wie Prospéria – war noch derselbe, und da die Fensterscheiben von Leinenbehängen verdeckt waren, konnte man nicht hineinsehen. Auch beim Betreten des Lokals fiel mir zunächst nichts auf. Die Theke, die Tische, die kunstlederbezogenen Sitzbänke, das einfache Dekor mit seinen Spiegeln und rosa Marmorflächen – sie waren wie immer. Das Lokal war einst eine Café-Bar für kleine Angestellte gewesen, ehe Madame G. es von einer langen Reihe namenloser Besitzer übernahm und zu einem illustren Ort machte. Sie hatte das Essen und die Kundschaft ausgewechselt, nicht aber die Räumlichkeiten verändert. Es gibt in Paris Hunderte von identischen Fassaden und Inneneinrichtungen, von irgendeiner Firma Ende der zwanziger Jahre massenhaft hergestellt. Der Umstand, dass der Raum leer war, hätte mir zur Warnung dienen können, aber es war immerhin erst acht und draußen noch hell. Ich war ungewöhnlich früh gekommen, weil ich so hungrig war. Ein Mann, den ich nicht erkannte, trat händereibend auf mich zu und begrüßte mich wie einen alten Bekannten. Ich dachte mir, es könne ein Kellner sein, der mich früher schon bedient hatte. (Die Kellner zählten, wie gesagt, nicht zu den einprägsamen Persönlichkeiten des Etablissements.) Er hatte mich an einen Tisch komplimentiert und ich hatte mich gesetzt, ehe ich die Falle ahnte.

»Madame geht es gut?«, fragte ich höflich.

»Nein, Madame ist ein wenig krank«, sagte er mit – wie mir nun klar ist – schuldbewusster Miene.

Er reichte mir eine *carte du jour*, die in der vertrauten lila Tinte auf dem vertrauten großen Bogen Papier mit Namen und Telefonnummer der Restaurants geschrieben war. Der Inhalt der Speisekarte jedoch hatte sich italianisiert, die Orthographie verschlechtert und die Preise hatten sich derart verringert, dass es ein Wunder gewesen wäre, wenn das Essen immer noch seinen außergewöhnlichen Charakter bewahrt hätte.

»Madame führt immer noch das Restaurant?«, fragte ich scharf.

Ich sah nun, dass er ein Piemonteser von höchst ausweichendem Gebaren war. Er ging vom Reiben seiner Hände zu verstohlenem Ringen derselben über.

»Nicht ganz«, sagte er, »aber wir machen dieselbe Küche.«

Ich konnte in der verwischten Tintenschrift kaum etwas entziffern außer falsch geschriebenen Nudeln und sogenannten *escaloppinis* – Italiener, die Französisch nach Gehör schreiben, regredieren zu einer unbekannten Urform beider Sprachen.

»Versuchen Sie es mit uns«, flehte der Mann, und törichterweise tat ich's. Ich hatte Hunger. Vierzig Minuten später stampfte ich auf die Straße hinaus, dunkelpurpurn wie eine Aubergine vor Wut. Die Minestrone hatte aus Kohlfetzen in fettigem Wasser bestanden. Als ungefährlichstes Gericht in dem subalternen Katalog, in den sich das segensreiche Prospéria-Angebot unversehens verwandelt hatte, hatte ich mir *côtes d'agneau* ausgesucht. Diese stammten dann von einem ermatteten Bergziegenbock und waren in Maschinenöl abgesengt worden; die *haricots verts* der Beilage glichen den sich zersetzenden Strähnen eines falschen Bartes.

»Dieselbe Küche?«, donnerte ich, als ich mein Geld auf die getürkte Rechnung schmiss, die zu überprüfen ich zu zornig war. »Sie halten mich wohl für einen Idioten!«

Ich bin mir sicher, dass der Schuft nickte, sobald ich ihm den Rücken gekehrt hatte. Das Restaurant hat seither mindestens noch einmal den Besitzer gewechselt.

Am anderen Morgen rief ich Mirande an. Er bestätigte mir, dass eine Katastrophe eingetreten war: Madame G. war erkrankt und hatte das Restaurant geschlossen. Schlimmer noch: Sie hatte es ganz und gar verkauft und sich für immer zurückgezogen.

»Was ist denn mit ihr?«, fragte ich in dem Tonfall, der einer tödlichen Krankheit angemessen ist.

»Ich glaube, es war der Versuch, Simone de Beauvoir zu lesen«, sagte er. »Das Herz.«

Madame G. lebt immer noch, aber Mirande ist tot. Als ich ihn im November des nächsten Jahres in Paris traf, sah man ihm den Niedergang nicht an. Es war die Jahreszeit für seinen zobelgefütterten Mantel *à l'impresario* und einen Pelzhut, der seiner Form nach eine Kreuzung aus Kreissäge und Homburg war. Da das Restaurant in der Rue Saint-Augustin nicht mehr existierte, hatte ich ihn in ein winziges Lokal namens Le Gratin Dauphinois eingeladen, in der Rue Chabanais, direkt gegenüber dem Gebäude, das früher das berühmteste öffentliche Haus der Stadt beherbergte. Die Rue Chabanais ist kurz – vielleicht hundert Meter – und führt vom Square Louvois zur Rue des Petits Champs, aber ehe am Ende des Zweiten Weltkriegs eine Stadträtin namens Marthe Richard eine Reformbewegung in Gang setzte, hatte der Name Chabanais ein ganz besonderes Flair. Madame Richard wird als die Carrie Nation des Geschlechtslebens in die Geschichte eingehen. Jetzt ist das Haus geschlossen, und das Gebäude dient irgendeinem niedrigen kommerziellen Zweck. Die Wände des kleinen

Gratin Dauphinois sind mit Karikaturen vollgehängt, die nostalgisch auf die vergangenen großen Zeiten der Straße anspielen.

Mirande kam herein und sprühte von Witzen. Er zog mich auf als einen Missetäter, der unbedingt an den Ort seiner Vergehen zurückkehren muss. Die Küche im Gratin ist robust wie die des Dauphiné, aber das schreckte Mirande nicht. Auch die Weinkarte beschränkt sich auf die schweren, groben Weine von Arbois und dergleichen, mit ein paar Burgunderlagen für Gäste, die angeben wollen. Bordeauxweine gibt es keine; der Besitzer hat noch nie von ihnen gehört. Natürlich steht der eine oder andere Champagner für Hochzeitsgesellschaften oder Geburtstagsfeiern auf der Karte, also entschied sich Mirande, dem der Arzt ja vom Burgunder abgeraten hatte, für Champagner während des ganzen Essens. Diese Kombination mit der Gebirgsküche war *drôle*, aber ich hatte den Bordeaux-Mangel nicht bedacht, als ich ihn einlud.

Wir bestellten zunächst für jeden ein Dutzend *escargots en pots de chambre*. Das sind Schnecken, die – damit der Gast es leichter hat – einzeln in kleinen Tontöpfchen aus dem Ofen kommen, anstatt dass man sie zurück in ihre Häuser pfercht. Die Schnecke muss natürlich für die Zubereitung aus dem Schneckenhaus genommen werden, und das Haus, in welches man sie zurückzwängt, braucht nicht ihr eigenes zu sein. Insofern gibt es nicht einmal einen sentimentalen Grund für diese erneute Einkerkerung. Die Usance des Servierens der Schnecken *en pot* trägt nichts zur besseren Zubereitung bei und nimmt ihr auch nichts, aber den Verzehr erleichtert und beschleunigt sie. (Die Vorstellung, das Auftischen der Häuser beweise die Authentizität der Schnecken – wie der Kopf, den man an der Waldschnepfe lässt –, ist nicht stichhaltig, da heutzutage jede Hausfrau in den Vororten weiß, dass man im Supermarkt eine Dose Schneckenhäuser kaufen und sie dann mit einer Mischung aus Nusskäse und gehackten Oliven füllen kann.)

Mirande war mit seinem Dutzend als Erster fertig und wischte die Knoblauchbutter in jedem *pot* pedantisch mit einem Stück Brot aus, das in den Durchmesser des Töpfchens so präzise hineinpasste wie eine Kugel in den Flintenlauf. Brot so zurechtzubrechen braucht lange Übung. Wir hatten die erste Flasche Champagner geleert, als er mit einer zarten Bewegung die Rechte auf jenen Punkt der Weste legte, der von der Wirbelsäule am weitesten entfernt war.

»Liebling«, sagte er, »mir ist nicht gut.«

Es war wie der Augenblick, da ich Joe Louis zum ersten Mal in den Seilen hängen sah. Ein großes Mitleid erfüllte mein Herz. *»Maître«*, sagte ich, »ich bringe Sie nach Hause.«

Die betroffen dreinschauende *patronne* winkte ihrem Mann in der Küche (der sie durch die Durchreiche sehen konnte), dass er die Zubereitung des *gendarme de Morteau* einstellen solle – der großen geräucherten Wurst in ihrer harten Haut, die wir auf die Schnecken folgen lassen wollten. (»Sie ist von kurzer und breiter Gestalt und besteht aus reinem Schweinefleisch; meist ... reicht man dazu warmen Kartoffelsalat« – Root, S. 217.) Wir hatten entschieden, statt der *pommes à l' huile* den *gratin dauphinois* zu nehmen. (»Dünn geschnittene Kartoffeln werden mit gekochter Milch und geschlagenem Ei durchfeuchtet, mit Salz, Pfeffer und Muskat gewürzt und mit geriebenem Gruyère vermengt. Man tut sie dann in eine irdene Schüssel, die mit Knoblauch ausgerieben und gebuttert wurde, übersät sie mit kleinen Klümpchen Butter und bestreut sie mit weiterem Käse. Dann werden sie langsam im nicht allzu heißen Herd gegart.« – Root, S. 228.) Anschließend wollten wir ein Huhn in Sahne mit *morilles*, den schwarzen Wildpilzen der Berge, zu uns nehmen. All das brachen wir ab.

Ich führte Mirande auf die Straße hinaus und rief ein Taxi her.

»Mir ist nicht gut, Liebling«, sagte er. »Ich werde alt.«

Er wohnte weit vom Restaurant entfernt, hinter der Place de l'Étoile, im Paris der Erfolgreichen. Von Zeit zu Zeit sagte er während der Fahrt: »Es ist nichts, Sie müssen mich entschuldigen ... Mir ist nicht gut.«

Das Mietshaus, in dem er und Madame B. wohnten, glich einem der schicken modernen Museen des Stadtviertels – man betrat es durch ein kleines Labyrinth von überglasten Gartenwegen. Ein Gittertor nach dem anderen schwang auf, als ich den Knopf drückte, auf den mich Mirande jeweils hinwies – in diesen modernen Palästen gibt es keine sichtbaren Lakaien –, und schließlich kamen wir zu einem Aufzug, der uns lautlos hinaufkatapultierte zu seiner Wohnung, die etwas größer war als der Square Louvois. Die Einrichtung mit ihren Basaltsäulen und den Fellen riesenhafter sibirischer Tiger auf dem Boden (wohl eine speziell für Stars des frühen Films hochgezüchtete Rasse) erinnerte mich an das Studiodekor für *Belphégor*, eine Stummfilmserie, die mir als Student an der Sorbonne 1926 gut gefallen hatte. (Sie handelte, soweit ich mich erinnere, von einem altägyptischen Hohepriester, der wieder zum Leben erwacht und sich in Paris eine Junggesellenbleibe im Stil des Tempels von Karnak einrichtet.) Drei, vier Dienstmädchen kamen herbeigerannt, um Mirande seinen zobelgefütterten Mantel, seinen Hut und seinen Stock (mit der Geweihsprosse eines Albinogamsbocks als Knauf) abzunehmen. Ich führte ihn zu einem Diwan, auf dem zwei Theda Baras gleichzeitig ihre Ehre gegen einen Stummfilmwüstling hätten verteidigen können, ohne dass sich die beiden Paare in die Quere gekommen wären. Die meisten horizontalen Oberflächen des Raumes waren mit Skulpturen vollgestellt, die meisten vertikalen mit großen Bildern vollgehängt. Obwohl er Schmerzen hatte, machte mich Mirande auf diese Kunstwerke aufmerksam.

»Alle die Plastiken sind von Renoir«, sagte er. »Das war sein Hobby. Und alle Bilder sind von Maillol. Das war *dessen* Hobby. Wenn es umgekehrt wäre, dann wäre ich einer der reichsten Männer von ganz Frankreich. Beide waren meine Freunde. Aber man schenkt seinen Freunden eben nicht sein tägliches Brot. Und immerhin ist es so origineller.«

Nach einer kleinen Zeit bat er mich, ihm in sein Schlafzimmer zu helfen, das in einem eigenen Flügel der Wohnung lag. Als wir angelangt waren, kam eines der Mädchen herein und zog ihm die Schuhe aus.

»Ich bin jetzt in guten Händen, Liebling. Leben Sie wohl bis zum nächsten Mal. Es ist nichts.«

Ich rief am anderen Tag mittags an, und er sagte, sein Arzt, dieser Schwachkopf, bestehe darauf, dass er krank sei.

Wieder verließ ich Paris, und als ich gegen Ende Januar des folgenden Jahres zurückkam, vernachlässigte ich Mirande. Ein unverwüstlicher Alter ist ein tröstlicher Gefährte für den Mann mittleren Alters – er erinnert ihn daran, dass das Beste noch kommt, dass die alten Knochen noch ein Tänzchen aufführen können. Ein kranker alter Mann aber ist entmutigend. Mein Gewissen regte sich erst, als ich in einer Klatschspalte des *France-Dimanche* las, Toto Mirande erhole sich gut und würde reichlich Kaviar verschlingen – mit Champagner, versteht sich. (Ich hatte Mirande nie als »Toto« gekannt – so heißt in der Babysprache das Kindchen, der Kleine; aber von nun an sprach ich nie anders von ihm. Ich wollte vermeiden, dass irgendjemand denken könnte, ich sei nicht eingeweiht.) So schickte ich ihm am nächsten Tag ein Pfund frischen Kaviar von Kaspia an der Place de la Madeleine. Dies war die Art Therapie, die ich billigte.

Am anderen Morgen kam ein Rohrpostbriefchen von Mirande an; er tadelte mich, weil ich ihn so verwöhne. Es ginge ihm besser, schrieb er, und er würde in ein, zwei Tagen anrufen, um einen Abend für das Revanchematch zu vereinbaren. Als er dann telefonierte, sagte er, der Idiot von Doktor würde ihm noch nicht erlauben, ins Restaurant zu gehen, und so lud er mich stattdessen zu einem Essen *en famille* bei Madame B. ein. »Nur ein paar alte Freunde, und nicht gerade die Küche, die ich Ihnen das nächste Mal bei Maxim's vorzusetzen hoffe«, sagte er. »Aber man behilft sich.«

Am vereinbarten Abend kam ich zu früh – beziehungsweise pünktlich, was dasselbe ist – bei Madame B. an: Man nimmt in Paris zu den Stoßzeiten ein Taxi, wenn man eins kriegt. Das hübsche Viertel, das über dem Trocadéro auf die Seine sieht, ist derart langweilig, dass ich beim Aussteigen aus dem Taxi vor der Tür meines Gastgebers gar keine Lust verspürte, noch ein wenig herumzuschlendern, bis etwas Zeit vergangen war. Es ist dort wie auf der Park Avenue oder der inneren North Side von Chicago. Demgemäß war ich der erste oder zweite Gast, und Madame B.s vierzehnjährige Tochter aus einer früheren Ehe empfing mich im Belphégor-Zimmer und bat um Entschuldigung: ihre Mutter sei noch bei Toto. So nannte sie ihn. Sie hätte mir das nicht zu sagen brauchen, denn in diesem Moment hörte ich Madame, die für ihre entschiedene Stimme berühmt ist, auf ein unverwechselbares Gegenüber einstürmen: »Du gehst zu weit, Toto! Das ist ja widerlich. Aus ganz Paris schicken dir die Leute freundlicherweise Kaviar, und du nennst das monoton und bewirfst das Mädchen damit! Wenn du glaubst, dass es jetzt einfach ist, Dienstboten zu bekommen ...«

Als sie einige Minuten später den Raum betraten, lächelte mein alter Freund freudig. »Woher wussten Sie, dass ich Kaviar derartig anbete?«, fragte er mich. Doch ich war des Mitgehörten wegen besorgt, denn der Mirande, den ich in Erinnerung hatte, hätte sich niemals durch die Verpflichtung, ein paar Kilo frischen Kaviar zusätzlich zu verzehren, irritieren lassen. Das kleine Mädchen, das hoffte, ich hätte nichts mitbekommen, umarmte Toto. »Sei nicht böse mit Maman!«, bat sie ihn.

Unter den anderen Gästen waren die recht junge neue Gattin eines alten einstigen Premierministers, der leider in Lille auf dem Kongress der nun von ihm angeführten Partei festsaß – diese hatte vier Abgeordnete im Parlament, von denen zwei einen linken Flügel bildeten, zwei einen rechten. (»Wenn sie bei den letzten Wahlen noch einen fünften durchgebracht hätten, oder wenn glücklicherweise einer geschlagen worden wäre, dann könnten sie sich den Luxus einer Mitte leisten«, sagte Mirande, als er mich aufklärte, wer die Dame war. »*C'est malheureux*, eine Partei ohne Mitte. Das schränkt die Möglichkeiten zum Intrigieren ein.«) Ferner war ein liebenswürdiges Ehepaar Ende sechzig oder Anfang siebzig eingeladen: Der Mann war der große Manitu der Champagnermarke Veuve Clicquot. Mirande stellte die beiden mit ihrem richtigen Namen vor, den ich vergessen habe, und redete sie den Rest des Abends über mit Monsieur und Madame Clicquot an. Ein energischer dunkelhaariger Mann aus dem Midi, in der Jugend des mittleren Alters – breitschultrig, untersetzt, forsch, ostentativ männlich – verwaltete, wie man mir sagte, Madame B.s Weinberge und Kellereien in der Provence. An zwei weitere Gäste von weniger deutlichen Konturen erinnere ich mich kaum, und vervollständigt wurde die Gesellschaft durch das junge Mädchen – schüchtern; sorgsam arg- und schmucklos –, durch Madame B., Mirande und mich. Madame B. hatte ein markantes dreieckiges Gesicht auf einer markanten dreieckigen Basis – ein starkes Kinn, hohe Wangenkochen und die Linie eines breiten, starken Kiefers, doch voll stürmischer guter Laune. Sie war eine Frau, die als Mann Wert darauf gelegt hätte, eine bekanntermaßen »ehrliche Haut« zu sein. Ihre Wangen waren rot, ihr Händedruck stählern, und sie betonte wiederholt, sie rede ganz geradeheraus, sie sei *sans façon*, sie würde die Dinge eben gerne beim Namen nennen. »Ich werde mich nicht entschuldigen«, sagte sie zu mir. »Ich weiß, Sie sind ein großer Esser, wie Toto hier, aber ich werde Ihnen kein Menü hinstellen, wie Sie es in Ihrem Restaurant da bekommen haben – da, wo er sich die Leitungen ruiniert hat. O diese Frau! Ich war immer derart eifersüchtig. Ich habe hier nur ein einfaches Abendessen zu bieten.« Und sie winkte uns an einen etwa sieben Meter langen Marmortisch. Zu meinem Unglück meinte sie auch, was sie sagte. Das Essen begann mit einer Pastete, gefüllt mit einem Nieren-Pilz-Haschee – die Sorte von Gericht, wie man sie etwa in einem New Yorker Literatenhotel bekommt. Die Innenseite des halbrohen Pastetenmantels fühlte sich wie die Handfläche eines kleinen Kindes an, in bester Tearoom-Tradition.

»Rezent, aber bekömmlich«, sagte Madame mit Nachdruck und ging mit gutem Beispiel voran, indem sie eine massive zweite Portion nahm, ehe sie die Platte noch einmal in die Runde schickte. Mirande betrachtete die Textur der unberührten Teighülle auf seinem Teller mit nur unvollkommen verhehltem Entsetzen, aber in seinem Zustand verfügte er über eine Entschuldigung. »Immer noch ein wenig üppig für mich, meine Liebe«, murmelte er. Die anderen, mich eingeschlossen, lieferten Beifallssalven ab. Ich verschwende meine moralische Courage nicht in kleineren Krisen. Monsieur Clicquot sagte: »Unmöglich, so etwas *chez* Lapérouse zu bekommen!« Madame Clicquot sagte: »Nicht einmal im Tour d'Argent!«

»Und was halten Sie von meinem Weinchen?«, fragte Madame B. Monsieur Clicquot. »Mir ist so viel an Ihrer professionellen Meinung gelegen – Sie sind doch auch vom Fach, Sie sind ein Erzeuger, ein Konkurrent.«

Der Wein war ein dünner Rosé in einer Art-Nouveau-Flasche mit einem Etikett, das einen Triumph der Lithographie darstellte: Es zeigte Türme, Mönche, Troubadoure und mittelalterlich dekorierte Blondinen, und der Name des *cru* starrte von gotischen Schnörkeln und Wimpeln. Er hieß so ähnlich wie Château Guillaume d'Aquitaine, *grand vin*.

»Was für ein ausgelassener, lustiger kleiner Wein, meine Liebe!«, sagte Monsieur Clicquot und verbarg – nicht rasch genug – eine Grimasse des Schmerzes.

»Man würde fast sagen: ein guter Tavel-Jahrgang«, rief ich, »sofern man ein totaler Idiot wäre« (den Nachsatz sprach ich nicht laut aus).

Mein alter Freund betrachtete mich mit ungewohnter Hochachtung. Er entdeckte in mir eine Begabung für Heuchelei, die er nicht geahnt hatte.

Der Hauptgang bestand aus einem Hammelbug mit weißen Bohnen – der arme Vetter der Hammelkeule, und auf seine Art ein sehr gutes Gericht, wenn das Fleisch nicht zu trocken ist. Dieses war es.

Als zweiten Wein holte der Mann aus dem Midi stolz einen Roten in unetikettierter Flasche herbei, den er Monsieur Clicquot vorsetzte mit dem Gebaren eines Katers, der seinem Herrn eine Feldmaus zu Füßen legt. »Jetzt sagen Sie mir, was Sie von dem halten«, sagte er, als er das Glas des Champagnerproduzenten füllte.

Monsieur Clicquot – in dem man wohl einen Veteranen derartiger Situationen sehen durfte – hielt das Glas gegen das Licht, sog den Geruch dramatisch ein und nahm dann einen Schluck, nach einer leichten Erstarrung seiner Züge, die mir zeigte, dass er wusste, was ihm bevorstand. Nachdem er das Glas halb geleert hatte, überlegte er.

»Er hat eine wunderbare Farbe«, sagte er.

»Aber was ist das? Was ist das für ein Wein?«, fragte der Mann aus dem Midi hartnäckig.

»Manches daran erinnert mich an einen Beaujolais«, sagte Monsieur Clicquot (damit meinte er offenbar, dass der eine wie der andere nass war), »aber alles in allem möchte ich ihn eher mit einem Bordeaux vergleichen« (kaum zu seinen Gunsten).

Madame B.s Geschäftsführer war außer sich vor triumphierendem Entzücken. »Weder – noch!«, krähte er. »Der kommt von der *domaine* – Château Guillaume d'Aquitaine!«

Der bewunderungswürdige Monsieur Clicquot bekundete sein Erstaunen, und ich sagte, nachdem ich ein Glas geleert hatte, dass dieser Wein gewiss großen Absatz in den Vereinigten Staaten finden würde, wenn man ihn in der richtigen Weise auf den Markt brächte. »Unglücklicherweise«, sagte ich, »sind die Kosten für die Werbung …« – und ich rollte die Augen himmelwärts.

»Ah ja!«, rief Madame B. traurig. »Die Kosten für die Werbung!«

Ich bemerkte, wie Mirande mich wieder musterte, und dachte an den Pétrus und den Cheval Blanc unserer letzten gemeinsamen Mahlzeit *chez* Madame G. Er trank ein Glas von dem Roten, verdursten wollte er schließlich nicht.

Als Dessert gab es einen schlichten Obstkuchen mit Milch, gerade das Richtige für den Magen eines Rekonvaleszenten, wenn Mirande auch nichts davon aß.

Monsieur Clicquot rettete, önologisch gesehen, den Abend, indem er zwei Flaschen eines Weines, »den man im Keller keines einzigen Restaurants in Frankreich findet«, präsentierte – Veuve Clicquot 1919. Im Augenblick gibt es im Weinhandel in Frankreich und in den USA ein großes Geräusch um die »jungen Weine« und eine dementsprechende Neigung, den vorgeblichen Mythos der alten Weine abschätzig zu kommentieren. Ebenso wie, nebenbei bemerkt, Verkäufer in Eisenwarengeschäften, die man nach einem Büchsenöffner fragt mit einem Holzgriff, der dick genug wäre, dass man richtig zugreifen kann, und lang genug, um eine ordentliche Hebelwirkung auszuüben, einem bloß irgendein kompliziertes mechanisches Allotria andrehen wollen. Das Motiv ist in beiden Fällen dasselbe: schlichte Geldgier. Wenn man Weine unterschiedlichen Alters verkaufen möchte, braucht man ein gutes Urteil, erhebliche Erfahrung, ein Flair. Man riskiert Geld dabei, denn jede Partie Wein hat – wie jeder Mensch auch – eine Lebensspanne, und die muss der gute Weinhändler abschätzen können. Sein Ziel sollte es sein, den Wein zum Zeitpunkt seines höchsten Wertes zu verkaufen – für den Weintrinker wie für den Händler. Wer lediglich junge Weine verkaufen möchte, verfährt wie eine Versicherungsgesellschaft, die ausschließlich Policen für Kinder auszustellen im Sinn hat; der unqualifizierte Händler will nichts riskieren und gleichzeitig sein Geld nicht fest anlegen. Der Kunde, verblendet durch irgendwelche Broschüren, die ihn vor Bordeaux und Champagner warnen, die älter als zehn Jahre sind, und die ihm einreden, dass man den Beaujolais ganz grün trinken soll, kommt um die größten Freuden des Weintrinkens. Weise mit Wein zu handeln und ihn bloß zu verkaufen – das ist ein ebenso großer Unterschied wie der zwischen einem gelehrten Numismatiker und jemandem, der in einem Souvenirladen George-Washington-Zehner verkauft.

Trotz dieser meiner Überzeugungen hätte ich niemals einen siebenunddreißig Jahre alten Champagner versucht, wenn eine geringere Autorität als der gesegnete Monsieur Clicquot ihn empfohlen hätte. Es ist dies bei Weitem der älteste, den ich jemals getrunken habe. (H. Warner Allen schreibt in *The Wines of France* – veröffentlicht um 1924 –, meiner persönlichen Wein-Bibel: »Was das Alter betrifft, ist der Champagner ein kapriziöser Wein. Als allgemeine Regel gilt, dass er seinen Höhepunkt nach fünfzehn bis zwanzig Jahren überschritten hat, und doch kann sich eine einzelne, dreißig Jahre alte Flasche als ausgezeichnet herausstellen, während alle ihre Genossen untrinkkbar sind.« Er zitiert Saintsburys Notiz, dass »ein Perrier Jouet von 1857 im Jahre 1884 immer noch majestätisch war«, und fügt hinzu: »Und alle Weintrinker kennen solche erstaunlichen Entdeckungen.« Mr Root, dessen Buch nicht einfach ein törichter Lobgesang auf alles und jedes Französische ist, hat meiner Ansicht nach ein zu hartes Urteil über den Champagner. Er verfällt einem Irrtum, der gewöhnlich nur bei weniger intelligenten Kritikern auftritt: Er tadelt etwas deshalb, weil es nicht etwas anderes ist. Da die Vorzüge des Champagners nicht die des Burgunders oder des Bordeaux sind, unterschätzt er jene besonderen Qualitäten, die der Champagner mit jenen nicht teilt – als wolle man Dickens dafür schelten, dass er nicht Stendhal ist, oder Marciano deshalb, weil er nicht Benny Leonard ist.)

Der Veuve Clicquot von 1919 war herb ohne Aufdringlichkeit – von wirkungsvoller Zurückhaltung, verglichen mit den jungen Champagnern, die auch im besten Fall zu übertriebener Rhetorik neigen. Doch die ganze Kraft war noch da, wenn ich nach den zwei Gläsern urteilen soll, die ein klein wenig mehr als mein rechtmäßiger Anteil waren. Der Wein hatte immer noch einen diskreten *cordon* – der Ring von Bläschen, der sich im Glas bildet –, und er hatte den Farbton angenommen, den man als »Rebhuhnauge« bezeichnet. Ich habe nie ein Rebhuhnauge gesehen, da hier im Gegensatz zur Schnepfe der Kopf nicht mit aufgetragen wird, aber die so bezeichnete Farbe ist die von serösem Blut oder einem sich frühherbstlich verfärbenden Ahornblatt.

»Wie schön es doch war, das Leben im Jahre 1919, was, Monsieur Clicquot?«, sagte Mirande beim zweiten Glas.

Nachdem wir Monsieur Clicquots Gabe ausgetrunken hatten, spielten wir ein Kartenspiel, das sich Lügenpoker nannte; jeder Spieler hatte ein Kapital von fünfhundert

Francs auf den Tisch zu legen, das dann unter keinen Umständen ergänzt werden durfte. Als Madame B. allen Anwesenden ihre fünfhundert Francs abgenommen hatte, brach die Gesellschaft auf. Mirande versprach mir, er werde bald wieder auf den Beinen sein und werde mir dann zeigen, wie man sich in den heroischen Tagen der Belle Époque verlustiert habe, doch hatte ich so ein Gefühl: Die Glocke hat einen Sprung.

Ich verließ Paris und kam im Lauf des nächsten Jahres siebenmal wieder, doch sah ich ihn nie. Einmal, als ich in Gesellschaft einer bemerkenswert hübschen Frau zufällig in seinem Stadtviertel war, suchte ich ihn auf, einfach weil ich wusste, er würde sie gerne betrachten. Doch er war zu müde. Ich weiß nicht mehr, wann ich das letzte Mal mit ihm telefoniert habe. Im folgenden Winter, als ich in Ägypten oder Jordanien war oder irgendwo, wo man keine französischen Zeitungen zu Gesicht bekam, starb er, und ich erfuhr es erst, als ich nach Europa zurückkehrte.

Als Mirandes Wohlbefinden zum ersten Mal stockte, in der Rue Chabanais, da hatte ich versäumt, Ursache und Wirkung in Beziehung zu setzen. Ich hatte sogar ein gewisses egoistisches Erschrecken empfunden. Wenn das gute Essen bei Mirande mit achtzig Folgen zeigte, dachte ich, dann reffte ich besser meine Segel ein wenig. Ich war schließlich nur dreißig Jahre jünger. Doch nach dem Essen bei Madame B. und im Lichte späterer Überlegungen erkannte ich: Was seine Konstitution untergraben hatte, das war die Fahnenflucht von Madame G. aus dem Restaurantgeschäft. Lange Jahre hatte er Madame B.s Sorge um seine Gesundheit immer zu entrinnen gewusst, indem er bei Madame G. zu Mittag und zu Abend aß – bei Madame G., die von Madame B. verabscheut wurde. Verzaubert von Madame G.s wunderbarem Essen, hatte er fort und fort gelebt wie der (so sagt man in Frankreich) Hahn in der Pastete – er hatte so gut gegessen wie mit dreißig, und beinahe ebenso viel. Die inneren Organe – niemals sehr intelligent, da können die psychosomatischen Quacksalber sagen, was sie wollen – bekamen jeden Tag das Quantum Lust, an das sie gewohnt waren, und spürten nie die Zeit vergehen; es war dies die unverzichtbare Laufarbeit des Preisboxers. Als Madame G., die gute Seele, sich zurückzog, da begannen die fatalen Attacken der Mäßigung auf seine Widerstandskraft. Der Appetit meines alten Freundes, unzulänglich stimuliert, begann sich müßiggängerisch zu langweilen – zweifellos die tückische Folge der Ratschläge jenes Doktors, dessen Existenz er mir durch seine ungewollte Enthüllung offenbart hatte, weshalb er keinen Burgunder mehr tränke. Mirande fing vielleicht damit an, dass er den Fischgang nach den Austern ausließ oder die Austern vor dem Fisch, dann fing er an, den Käse zu vernachlässigen, oder trank mittwochs die zweite Flasche Wein nicht mehr. Das, was er als seine Leitungen bezeichnete, sein Röhrensystem *(»ma tuyauterie«)*, blieb nicht mehr hinreichend in Übung, es verlor die Elastizität – wie die Beinmuskeln eines Weltmeisters, der sich zurückgezogen hat. Als er bei seinem liebenswürdigen Versuch, mir zu Gefallen noch einmal anzutreten, die *escargots en pots de chambre* anging, da war er wie ein alter Boxer, der ohne ausreichendes Training ein Comeback versucht. Doch trat hier lediglich die Zersetzung zutage, die schon lange begonnen hatte. Es geschah, was stets geschieht. Der Schaden war da, und doch hätte man ihn so leicht abwehren können, hätte ihn nur jemand vor der tödlichen Falle der Abstinenz gewarnt.

## *Dessen Entsprechung*

Monsieur Mirande führte zwischen den Mahlzeiten ein ebenso erfülltes Leben. Er hatte Freude an den Frauen. Augenblicklich gelten die Freude und die Frauen als inkompatible, antithetische, einander ganz und gar ausschließende Dinge, wie Tonic Water und Scotch. Mirande erfreute seinerseits auch die Frauen; viele Frauen hatten Freude an ihm. Dies gilt nun nicht mehr als ehrlicher und anständiger Tausch. Frauen lehnen es ab, als erfreulich zu gelten; sie sehen in einer solchen Einschätzung ein Indiz des männlichen Chauvinismus. Sie möchten, dass man sie ernst nimmt, wie Radioaktivität.

Die Bestimmung der Geschlechter besteht, wenn ich die Autoren der Epoche richtig lese, darin, sich gegenseitig zu langweilen.

Es ist üblich geworden, ohne Rückhalt über die geschlechtliche Begegnung zu schreiben – aber unbedingt im ernsten Ton. Man kann durchaus von seiner sexuellen Initiation berichten, vorausgesetzt: Sie war eine Katastrophe. Holden Caulfield kam nie ans Ziel. Henry Miller darf Orgiasten schildern, die sich zu einem selbstgewebten Körperteppich verflechten, weil seine Ekstase etwas überaus Ernsthaftes hat. (Als er mit neununddreißig Jahren in Paris ankam, begann er über *la noce* zu schreiben wie ein

Kind, das verspätet Bekanntschaft mit dem Banana Split macht.) *Lady Chatterley* ist akzeptabel, weil es sich um ein »ernsthaftes Kunstwerk« handelt. Aus guten Gründen ist es unmöglich, den Kunstcharakter unter Beweis zu stellen, aber der feierliche Ernst, der das ganze legal macht, lässt sich leicht demonstrieren. Das komisch erotische Kunstwerk ist immer noch etwas Ungeheuerliches. Es ist uns hier nicht zum Scherzen zumute.

Die elenden Leitfäden zur Kopulation sind voll ernsthafter Absicht und feierlichem Tonfall; die Selbsthilfebücher werden auch bald vorliegen.

Der einzige Aspekt dieser herrlichen Form der Unterhaltung, über den niemand mehr schreibt (oder zumindest niemand mehr etwas veröffentlicht), das ist der Umstand, dass sie immer noch die vergnüglichste ebenso wie die instruktivste Aktivität der Menschheit darstellt, und eine der harmlosesten. Dieselbe Tendenz herrschte in Frankreich, und Mirande wurde oft wütend deswegen.

»Wenn ich eine *tapette* wäre, die über den Inzest schreibt anstatt nur über die schlichte Unzucht, säße ich schon seit zwanzig Jahren in der Académie Française«, sagte er einmal zu mir.

Die Akademie hat nach seinem Tode gesühnt, indem sie Marcel Achard gewählt hat, Mirandes Freund und Schüler, der ein komischer Schriftsteller ist. Monsieur Achard hat Monsieur Mirandes Bibliothek geerbt, welche niemals in der Bibliothèque Nationale ausgestellt werden wird.

Trotzdem war Mirande fromm: Er ging sonntagmorgens so regelmäßig zur Messe wie nachmittags zum Rennen. Ich nehme an, der Sieur de Brantôme war auch ein guter Katholik.

In Mirandes *Souvenirs* findet sich eine wunderbare Schilderung seines Besuchs bei der Hauptdarstellerin in einem seiner großen Erfolge kurz vor dem Ersten Weltkrieg. Er hatte damals die Gewohnheit, prächtige möblierte Wohnungen zu mieten, aus denen er schließlich ausgesperrt wurde. Drei oder vier seiner Stücke wurden jede Saison auf den Boulevards gespielt, er verdiente viel Geld, aber dieses Geld ging in unregelmäßigen Schüben ein, er hatte teure Liebhabereien und spielte mit hohem Einsatz. Die Vermieter bezahlte er immer als Letzte. Er verabscheute Hauswirte.

An jenem Tag stellte er in der Stunde vor Morgengrauen, aus dem Maxim's zurückkehrend, fest, dass ein besonders rachsüchtiger Hausbesitzer sich diese Nacht ausgesucht hatte, um ihn vor die Tür zu setzen. Mirande war im Abendanzug und konnte sich nun nirgends umziehen. Vom Telefon einer die ganze Nacht lang geöffneten Bar rief er die Schauspielerin an. Könnte er wohl vorbeikommen und bei ihr schlafen? Glücklicherweise war sie allein; sie sagte, sie sei entzückt. Er blieb den kleinen Rest der Nacht und den halben folgenden Tag bei ihr. Ein Gästezimmer gab es nicht.

Am frühen Nachmittag wurden sie von der Zofe der Schauspielerin geweckt, die in höchster Erregung eintrat. Sie entschuldigte sich für die Störung, aber es sei etwas Furchtbares geschehen: im Wohnzimmer sei ein Mann, und der habe angekündigt, er werde jetzt sämtliche Möbel sofort abholen lassen, wenn ihre Herrin nicht eine längst überfällige Rechnung bezahlte. Sie streckte ihnen eine offiziell aussehende *facture* hin, eindrucksvoll mit administrativen Stempelmarken dekoriert.

Dies war eine Nummer, welche die Zwei-Frauen-Truppe regelmäßig für reiche Bewunderer aufführte, die zum ersten Mal über Nacht blieben. Der Part der Schauspielerin erforderte nun, dass sie auf das gegebene Stichwort hin in Tränen ausbrach, sich selbst als törichtes, verschwenderisches Frauenzimmer verwünschte und den Bewunderer anflehte, doch zu verhindern, dass sie vor dem ganzen Viertel bloßgestellt würde. (Das Szenarium gab Mirande die Idee für einen ersten Akt.)

Diesmal jedoch drehte sich die Schauspielerin voll Verachtung zu ihrer Zofe hin.

»Dummes Ding!«, rief sie. »Kannst du nicht sehen, dass das mein *Autor* ist?«

Da die Vorstellung, man könne von einem Autor Geld erwarten, in der Tat ganz offensichtlich eine Dummheit war, wusste die Zofe nichts zu erwidern.

»Und außerdem ist der Umschlag da schon ziemlich grau. Sorg vor dem nächsten Mal für neues Briefpapier! Und jetzt geh!«

Es war eine Situation, wie Mirande sie liebte. Insbesondere liebte er die Schauspielerin dafür, dass sie sich in Form hielt, indem sie auch an Tagen ohne Matinée einen großen Auftritt hinlegte.

Den Kampf der Geschlechter – diese Vorstellung hätte er nicht begriffen. Er sah das Leben als deren freundliche Kooperation. Als Mirande ein siebzehnjähriger Knabe war, frisch aus Lannion eingetroffen, liebten ihn ältere Frauen –

Semimatronen in den Zwanzigern – und erzogen ihn. Als er ein reifer Mann war, erwiderte er die Gefälligkeit, indem er mit der Jugend die Liebe übte.

Mirande rühmte sich, bis zum Ende zuverlässig geblieben zu sein. Von einer Expedition nach Hollywood in der grünen Jugend seiner sechzig kehrte er mit einem reichen *tableau de chasse* zurück, und mit achtzig, kurz vor der Schließung des Restaurants von Madame G., dachte er über einen weiteren Feldzug nach.

»Wir Franzosen betreiben die Liebe mit unserem Gehirn!«, sagte er einmal zu mir.

»Wir anderen benutzen das traditionelle Material«, sagte ich. Es war das einzige Mal, dass ich ihm im Gespräch über war.

Nachdem ich meine erste Studie über Mirande im *New Yorker* veröffentlicht hatte, ging eine Lawine von Briefen bei mir ein – mindestens ein Dutzend –, die von des Englischen mächtigen Bewunderern des großen Mannes kamen, welche ihre eigenen Erinnerungen an ihn mitteilten – Erinnerungen, die ihn noch imposanter hätten erscheinen lassen, wäre eine Steigerung möglich gewesen.

»Immerhin war er der Liebhaber der großen Schauspielerin X.«, schrieb mir eine Frau, »und das ist wahrhaftig keine Kleinigkeit.«

»Ich habe« – fuhr sie fort – »ihn einmal gefragt, wie die X. denn bei der Liebe so sei, und er antwortete: ›Sie ist so heiß wie eine schwangere Kätzin.‹«

Achard erzählte mir, dass Mirande (wie die meisten ungewöhnlich produktiven Autoren) faul war. Er ließ sich so viele Vorschüsse wie möglich auszahlen, ehe er seinen Verpflichtungen nachkam, und dann wartete er bis zum Tag vor der ersten Probe, ehe er zu schreiben begann. Seine Erfahrung ließ ihn darauf vertrauen, dass ihm eine Idee kommen würde, wenn er sie brauchte.

»Einmal hat er einen Tag zu lange gewartet und tauchte bei der Probe mit ein paar Blatt Papier auf, die er niemand zu lesen gestattete, weil er behauptete, sie seien so vollgekritzelt, dass nur er sie entziffern könne. Er improvisierte das ganze Stück während der Probe, vom Titel ausgehend, und es war dann ein großer Erfolg – *Die Frau meines Freundes*. Die Handlung können Sie sich vorstellen. Er war ein Genie.«

Monsieur Achard, der wohl sah, dass mir das ein wenig stark vorkam, definierte seinen Begriff.

»Sie wissen, was ein Genie ist?«, fragte er. »Jacques Duval hat es formuliert: ›Ein Genie ist ein Autor, der nicht immer durchfällt.‹

Mirande hat einmal zu mir gesagt, dass er die Liebe mit Damen der Gesellschaft nicht besonders schätzte«, fuhr er fort, um noch einmal auf einen anderen Aspekt der Genialität seines alten Freundes zu kommen. »Er sagte: Die küssen, als ob sie *crème de menthe* durch einen Strohhalm nippen.«

## *Mein erstes Paris*

Mein persönliches Paris ist wie Byblos im Libanon, ein Stapel von Städten, dem Alter nach aufeinandergetürmt, die älteste ganz zuunterst. Byblos hat übrigens auch seine kulinarischen Bezüge, denn die unteren Schichten sind durchsetzt von großen Kochgeschirren, welche die Skelette eines Volkes enthalten, das seine Toten sott und zusammenklappte. Ich weiß – weil man es mir erzählt hat –, dass ich im Jahre 1907 in Paris war, mit drei Jahren, in einem Hotel am Cours-la-Reine, aber von diesem frühesten Besuch hat mein Gedächtnis nichts aufbewahrt. Das erste Paris, an das ich mich erinnere, ist eine Stadt der Arkaden, wie die Theaterdekoration einer Straße, deren eine Seite stets im kühlen Schatten liegt, die andere in der hellen heißen Sonne. In der Straßenmitte befand sich ein Kürassier, die ähnlichste Verkörperung eines geharnischten Ritters, die ich außerhalb eines Bilderbuchs erblickt hatte, riesenhaft in Lederkoller und Stiefeln. Er saß auf einem Pferd mit zwei Schwänzen, dem einen am üblichen Ort und dem anderen hinten am Helm des Mannes. Das war die Rue de Rivoli in den Hundstagen des Jahres 1911, als meine Familie hier auf der Reise zurück nach New York Station machte, nachdem die Ferien im »richtigen Europa« – Europa odiosa! – vorüber waren, in einer Region, wo die Bewohner Deutsch sprachen, wie dies auch meine Unterdrückerinnen taten, die Fräulein. Das Wort »Fräulein« hat für mich in starkem Maße die besondere Bedeutung von »Kindermädchen«. Es dauerte Jahre, bis ich dahinterkam, dass man es auch auf eine unverheiratete Frau, die keine Hausangestellte war, anwenden konnte. Viele der Fräulein in unserem Dienst müssen verheiratet gewesen sein, aber ich dachte niemals an eine von ihnen als »Frau«. Die Fräulein waren meine uralten Feinde, sie standen zwischen meinen Eltern und mir wie sadistische Gutsverwalter zwischen dem leutseligen Baron und seinen Leibeigenen. Sie waren die bösen Türhüter des gütigen Sultans. Ohne ihr aufdringliches Dazwischentreten, da war ich mir sicher, hätte ich vierundzwanzig Stunden am Tag mit meinen Eltern verbringen können, und diese wären entzückt gewesen, mich dabeizuhaben. An zwei Ereignisse der Reise des Jahres 1907 erinnerte ich mich 1911 doch noch, und ich weiß sie bis heute, aber sie trugen sich in Deutschland zu.

In Wiesbaden zerrte mich ein Fräulein namens Martha in unvergesslichem Tempo mit sich, so dass meine Füße nur gelegentlich den Boden berührten, voran durch – in meiner Erinnerung – meilenweite Straßen, damit ich einen hochgewachsenen Mann in einer weißen Uniform mit Mantel sehen konnte, der auf irgendeinem hässlichen öffentlichen Platz in einem Automobil saß, umringt von einer jubelnden Menge. Das war, erzählte sie mir in hysterischen Ausrufen, der Kaiser. Ihr Tonfall wäre noch bei der Wiederkunft des Gottessohnes angemessen gewesen. Martha nahm in der Fräuleindynastie etwa den Platz ein, der Caligula unter den römischen Kaisern gebührt: Sie zählte zu den Schlimmsten. In Nürnberg hatte sie mich in den Folterturm der alten Burg mitgenommen, damit ich die Eiserne Jungfrau sehen konnte, eine aufklappbare hohle Frauenfigur, innen mit Metallstacheln besetzt. Der Führer erklärte, dass Gefangene in die Figur eingeschlossen wurden, was sie gleichzeitig zerdrückte und blendete. Wie ich heute weiß, ist die Eiserne Jungfrau eine späte Erfindung, allerdings eine sehr deutsche. Dann zeigte man mir die Öffnung des Brunnenschachts, in den die Folterknechte die zerrissenen Leiber hinabgeworfen hatten. Der Führer streckte eine brennende Kerze vor und Martha hielt mich in den Armen und ließ mich hinuntersehen. Dann warf er einen Stein hinab, und wir warteten eine eindrucksvoll lange Zeit, bis wir das Aufklatschen im Wasser hörten.

»Das passiert auch mit unartigen Kindern«, sagte Martha.

Als Andenken kaufte sie mir eine Miniatur der Eisernen Jungfrau.

Meine Kriege gegen die Fräulein ließen in mir eine verwischte Erinnerung an Ungerechtigkeit und Auflehnung zurück, so etwas wie das kollektive Gedächtnis der Iren, für welche ich eine anomale Sympathie empfinde, auch dann, wenn sie sich besonders unmöglich verhalten. Wir können – wie die Kinder langer, schmerzhafter Geburtswehen – unsere Freiheit nicht fassen, wenn wir schließlich das Licht erreicht haben. Das Fräulein, so habe ich seither oft gedacht, war ein bemerkenswert effektiver Mechanismus, um von den Eltern all jene Feindseligkeit abzuziehen, die ihnen (wie die Psychoanalyse uns versichert) von Rechts wegen zukommt. Vorsichtige Alkoholschmuggler im Harlem der Prohibitionszeit ließen suspekten Alkohol immer erst durch einen alten Filzhut laufen – dies sollte (so dachte man) das Gift auffangen. Das Fräulein hatte die Funktion des alten Filzhuts. Voll aufgefangener Feindseligkeit wie der Hut voller Fuselöle, wechselte sie auf die nächste Stelle, wenn das Kind ihr entwuchs. Dieses war dann harmlos für die Eltern, wie ein Klapperschlangenjunges, dem man das Toxin ausgemolken hat. Dem Kinde, das sein bewusst erfahrenes Leben unter dem Regiment eines Fräuleins begann, erschien selbst die unerträglichste Mutter als ein Engel.

Das Verfahren scheint mir in der Rückschau vernünftiger als jenes, bei dem eine Nanny eingesetzt wird, wie man sie in englischen Romanen beschrieben findet. Die Nanny saugt nicht die Feindseligkeit auf, sondern die Zuneigung, so dass der Protagonist dieser Beziehung lebenslang nicht mehr in der Lage sein wird, irgendjemanden sonst gern zu haben. (Da ich damit rechne, dass diese Notizen irgendwann in der Zukunft von Biographen ausgewertet werden, unter denen einige mit psychoanalytischen Neigungen sein mögen, werde ich ihnen den Weg ebnen, indem ich von Zeit zu Zeit derartige Darlegungen einschalte.)

Es kam mir nie in den Sinn, zu überlegen, weshalb meine Eltern diese Fräulein bezahlten – welche sie doch des Vergnügens meiner ständigen Gesellschaft beraubten. Ich war mir sicher, dass die Hexen (wie jene in den Märchen, mit welchen sie mich zu entsetzen suchten) sich dem gütigen Königspaar durch irgendeinen listigen Schwindel aufgedrängt hatten. Wir hatten selbst in Paris ein Fräulein dabei, obwohl ich, um meinen Stolz zu retten, darauf bestand, sie sei nur meiner Schwester wegen da, die ein klein wenig über zwei Jahre alt war. Ich war fast sieben. Tatsächlich hatte jedoch das Fräulein auch über mich die Befehlsgewalt, insbesondere in Abwesenheit meiner Eltern. Ich war erst der Vierte in der Hierarchie, und meine Schwester, das einzige Mitglied der Truppe, das einen noch niedrigeren Rang einnahm, war zu blöd, um von mir Befehle entgegenzunehmen.

Frankreich war besser als das richtige Europa, weil wir hier schon auf dem Weg nach Hause waren. Die Sprache hörte sich auch besser an, obwohl ich nicht verstand, was die Leute in ihr sagten. Wir wohnten im Hotel Regina, da, wo die Place des Pyramides sich in die Rue de Rivoli öffnet, und wenn wir zu Fuß ausgingen, blieben wir der Hitze wegen unter den Arkaden. Wir erreichten nur selten die Place de la Concorde, weil meine Schwester, die in späteren Jahren behände war wie ein Rehbock, damals gar kein Talent zur Fortbewegung zeigte. Noch Jahre später war mein Bild von Paris das einer vorwiegend überdachten Stadt, wie ein arabischer Souk. Warum ich den Kürassier für einen dauerhaften Bestandteil der Kulisse hielt, weiß ich nicht. Vielleicht stand eine feste Ehrenwache vor einem der Hotels, weil dort im Rahmen eines offiziellen Besuches ein Monarch oder ein Staatsoberhaupt abgestiegen war. Aber es ist auch möglich, dass ich den Soldaten nur ein einziges Mal sah und so beeindruckt war, dass ich ihn nie wieder vergaß.

Meine Eltern verließen uns drei des Öfteren und machten sich in einem Fiaker oder einem Taxi davon in die weiten nichtüberdachten Regionen. Die Zeitalter des Hippomobils und des Automobils überschnitten sich gerade; es war nicht mehr aufsehenerregend schick, ein Auto zu lenken, und es war noch nicht altfränkisch, einer Droschke den Vorzug zu geben. Mein eigenes Vorurteil zugunsten der Pferde war so groß, dass meine Eltern sich ihm beugten, wenn wir anderen gelegentlich mit von der Partie waren.

Wir waren alle zusammen vier Wochen lang in Marienbad gewesen (einem böhmischen Kurort, der jetzt einen slawischen Namen trägt), und Mama hatte dort abgenommen. Insofern sie abgenommen hatte, hatte sie Grund, sich vor der Heimreise für ihre neue Figur auch eine neue Garderobe zuzulegen. (Sie würde mit Gewissheit ihr altes Gewicht wiedererlangt haben, ehe noch die »Kaiserin Augusta Victoria« neun Tage nach der Abfahrt in Cherbourg in Hoboken anlegte, aber die Kleider würde man ja jederzeit auslassen können.) Vater musste sie begleiten, um sehen zu können, wie hübsch sie aussah, und um Ausgaben zu autorisieren, die er entsetzt ablehnen würde, wäre er nicht gegenwärtig und sähe meine Mutter nicht. Er war nicht nur stolz auf ihr Aussehen – »eine richtiggehende Lillian Russell«, sagte er gerne –, sondern empfänglich für das Wohlwollen der Mannequins und *vendeuses*. Der Anblick einer hübschen Frau war ein luftiges Fluidum, er hatte einen chemischen Effekt, wie Nervengas. Er lockerte das Gummiband um seine Brieftasche. Außerdem war Vater in Paris ohne Mutter hilflos, weil er kein Französisch konnte und im Glauben lebte, sie spräche es fließend. Es war dies eine Illusion, die sie aufrechterhielt, solange sie zusammen reisten.

»Wenn man Englisch mit denen spricht, berechnen sie einem doppelt so viel«, pflegte er zu sagen.

In Europa odiosa litt er nicht unter einem solchen Mangel, da er Deutsch konnte, wenn es ihm auch wenig Freude machte. Als Gegenstand seiner Unterhaltung in Marienbad ist mir hauptsächlich in Erinnerung, wie er sich darüber ausließ, dass ein Oberkellner versucht hatte, ihn zu beschwindeln, indem er dreiundzwanzig Brötchen auf die Frühstücksrechnung setzte, während wir in Wahrheit nur einundzwanzig genommen hatten. Mutter beschränkte sich, wenn sie eine Diät machte, auf drei Brötchen.

In diesem Sommer nahmen sie mich einmal – unvergesslich! – zum Grab Napoleons mit, wo das goldene Licht, der Marmor und die Phalanx der Regimentsfahnen ein Inbild napoleonischen Ruhmes abgaben, das mir immer geholfen hat, jene Seite an Stendhal zu begreifen, welche die irrationalste ist. Wenn dieser kurze Kontakt mit der Herrlichkeit des Empire mich hundert Jahre später derart überwältigen konnte, war die Wirkung auf einen achtzehnjährigen Leutnant verzeihlich, der inmitten der Sechsten Leichten Dragoner daherritt – flaschengrüne Uniform, rote Weste, weiße Hose, Helm mit Kamm, Pferdeschwanz und roter Kokarde.

Napoleons Name und allgemeine Reputation kannte ich bereits. Er war eine Gottheit des kleinen privaten Olymps, den ich mir nach und nach zusammenstellte – wie die Sammlung der Bilder berühmter Baseballspieler, die man damals in Zigarettenpackungen fand. Der Kapitän dieser Mannschaft war George Washington, und ferner gab es Miss Russell (Aphrodite) und Enrico Caruso (Pan). Washington war Zeus, der Götterboss. Seine strenge Tugendhaftigkeit – »Lügen kann ich nicht« – stellte ihn hoch über mich und über alle mir ansonsten Bekannten, weil wir allesamt häufig zu lügen pflegten. Das Beil dieser Kindheitsanekdote erfüllte mich mit einer Angst, die ich mir damals nicht erklären konnte. Jetzt verstehe ich, dass sein kantiges altes Gesicht unter dem weißen Haar – ich hatte keine Ahnung, dass es sich um eine gepuderte Perücke handelte – ihn zum Alten Mann des Stammes machte, zum Urvater, mit einer Macht ausgestattet, welche das Beil symbolisierte. Er schaute böse genug drein – als ob er dieses Werkzeug auch ohne Weiteres eingesetzt hätte. Das Kirschbäumchen der Geschichte ist natürlich ein Sohnessymbol – Isaak verhält sich zu Abraham wie der Kirschbaum zu Washington. Und selbst der Beschränkteste kann erkennen, was die Kirschen – symbolisch gesprochen – wohl sind. (Die Schaufenster der deutschen und griechischen Konditoreien in New York füllten sich vier Wochen vor Washingtons Geburtstag mit kandierten Kirschen, Beilen aus Pappmaché oder Schokolade und Pappkirschbäumchen. Hier haben wir die Personen und Requisiten eines Kults, mit eingebautem Mysterienspiel.) Miss Russell kannte ich wie George Washington nur vom Hörensagen. In meiner Kosmogonie war sie bereits eine Figur der Vergangenheit, sie stand in Verbindung mit meiner Vorgeschichte und den Lenzeszeiten meiner Eltern, denn entsprechend redeten diese von ihr. Es erstaunte mich, festzustellen – als ich ihre Lebensdaten für diese Aufzeichnung kontrollierte –, dass sie sich erst 1912 vom Theater zurückzog, und da war sie einundfünfzig Jahre alt. 1911 war sie auf ihrer Umlaufbahn zwar nicht mehr in unmittelbarer Sonnennähe, doch immer noch eine unbesiegte Größe, die bald darauf mit einem wohlhabenden Zeitungsmann in Pittsburgh die Ehe schloss. Miss Russell war auf der Bühne und außerhalb des Theaters seit etwa 1885 die regierende Schönheit Amerikas gewesen: ein Buttertoffeedessert von einer Frau, schön wie eine Biertulpe mit hoher weißer Schaumkrone. Wenn ein Millionär aus dem Westen, einer à la Hearst oder Mackay, einem Architekten freie Hand zum Entwurf einer Idealfrau hätte geben können, dann hätte sie ausgesehen wie Lillian: San Simeon in einem strammen Mieder.

Mutter, die siebzehn Jahre jünger war, war in einer Ära aufgeblüht, da alle kleinen blonden Mächen mit blauen Augen Lillian Russells werden wollten. In der Pubertät begann dann die Verwandtschaft – sofern die Mädchen immer noch hübsch waren –, sie zu mustern und mit ihrem Modell zu vergleichen.

Miss Russell verkörperte einen eigenen Stil. Ihre Hüte waren berühmt wegen ihres Umfangs und ihrer Federpracht, selbst in einer Epoche der gigantischen gefiederten Hüte. Auf den Fotografien scheint sie immer einen Wald von Straußenfedern auf einer von Satinschleifen wuchernden Mesa zu tragen. Ihre Konturen ermutigten die Nachahmerinnen nicht gerade zum Fasten. Indem sie eine vergleichbare Opulenz anstrebte, entwickelte eine jüngere Frau dann wohl Essgewohnheiten, die schwer wieder in den Griff zu bekommen waren, wenn sie die Zielfigur einmal erreicht hatte. Vielleicht war dies Mutters Problem.

Die Lillian Russell, ein beliebtes, nach dem Star benanntes Dessert, bestand aus einer halben Melone, gefüllt mit etwa einem knappen Liter Sahneeis. Würde man heute ein Dessert nach einer Schauspielerin benennen, bestünde es aus vier Phenobarbitaltabletten mit einem Spritzer Metrecal. Damals war die heilige weibliche Silhouette die Stundenglasform. Daher rührte dann wohl eine Ernährungsschwierigkeit: Die Frauen mussten so essen, dass sie oberhalb und unterhalb der Verjüngung üppig blieben und in der Mitte schlank.

Mieder konnten hier nur teilweise und unter Schmerzen helfen. Ich kann mich erinnern, dass ich als kleiner Junge im Badepavillon in Far Rockaway zuschaute, wie die Frauen, ehe sie auf den Strand hinaustraten, den Kabinenwärter herbeiwinkten, einen ledrigen alten Mann, damit er ihnen die Mieder möglichst fest schnürte. Wenn er sie zusammenzerrte, stemmte er manchmal einer den bloßen Fuß ins Fischbeinkreuz. Sie gaben ihm ein Trinkgeld dafür, dass er ihnen diese Gewalt antat. Damals waren die Leute eher bereit, Schmerz zu erleiden, um gut auszusehen. Die Frauen standen hier nicht alleine. Marschall Mannerheim erinnert sich in seinen Memoiren, wie Offiziere der Kaiserlichen Leibgarde in Russland ihre Wildlederhosen anlegten, sich in eine Badewanne setzten und sie dann auf die Haut antrocknen ließen.

Miss Russell und ihre Nachahmerinnen trugen ihre schönen Kinne hoch, um den Hals zu wölben und Runzeln zu verhüten. Es war dies keine Ära für ein unentschiedenes Profil. Hälse, Arme, Rücken brachten mehr Punkte als heute, weil die Frauen häufiger tiefausgeschnittene Kleider trugen. Die Leute legten beispielsweise selbst für den ersten Rang in der Metropolitan Opera Abendtoilette an, während sie heute in den Logen Straßenkleidung tragen. Auch Ehepaare wie meine Eltern, die lediglich einigermaßen wohlhabend waren, gingen oft in voller Abendgarderobe zum Essen zu Freunden. Ich erinnere mich, wie Mutter manchmal bei derartigen Gelegenheiten kurz in mein Zimmer schaute, um sich in einem weißen Abendkleid mit goldenen Pailletten zu präsentieren, oder in Lila mit Silber. Ich stimmte Vater zu: Sie war eine richtiggehende Lillian Russell.

Miss Russell, widergespiegelt in meiner Mutter, gab mir mein Grundmuster weiblicher Schönheit. Doch dieser Typus schwankte im Jahre 1911 bereits am Abgrund des Altmodischen, wie die Stummfilme im Jahr vor der Erfindung des Tons. Irene Castle lauerte schon um die nächste Ecke der Geschichte – leichtfüßig, langbeinig und schmal, und Anfang der zwanziger Jahre, als ich dann begann, Frauen absichtsvoll zu betrachten, war nicht eine einzige russellineare Dame mehr zu finden. (Diesem scharfen Knick im historischen Strom der weiblichen Morphologie schreibe ich manchmal meine unersättliche Nostalgie für die Vergangenheit zu: Ich bin fixiert auf eine Lebensform, die in der heutigen Fauna nicht mehr vorkommt.)

Caruso, der Vierte in meinem Pantheon, war eine körperlose Stimme – ein wesentlicher Zug in der Geschichte einer jeden Religion. Die seine, mir gut vertraut, drang aus dem Trichter unseres Victrola-Geräts, der die Form einer Petunienblüte hatte. Ich konnte nicht verstehen, was sie sagte; dies erhöhte die Ehrfurcht. Zumeist, so scheint es mir heute, sang er »E lucevan le stelle«. Ich kann auf fünfzig Jahre Entfernung seine Interpretation durch jene Stelle identifizieren, wo Cavaradossi aufschluchzt. Caruso schluchzte lauter als irgendein anderer Tenor, und wenn er es tat, sagte mein Vater stets: »Das ist Kunst. Man erkennt den wahren Künstler an solchen Zügen.«

*Tosca*, bemerkte mein Vater gerne, war auch für Sopranistinnen der große Prüfstein. »Wenn sie Scarpia ordentlich hinbettet und die Kerzen neben die Leiche stellt, dann kann man sehen, ob sie eine Schauspielerin ist«, sagte er dann. »Sie hat ihn eben erstochen, verstehst du, und dann wird sie abergläubisch.«

Der einzige Grund, weswegen ich gerne persönlich in die Metropolitan gegangen wäre, war der, dass ich neugierig war, diesen Messerstich wirklich zu sehen; ich fragte mich, wie sie wohl das mit dem Blut hinkriegten. Von der Musik, so schloss ich, konnte man rasch zu viel bekommen. Die Charakterisierung »ein regelrechter Caruso« war eine ebenso legitime Lobesform wie »eine richtiggehende Lillian Russell«, aber in beiden Fällen war nicht gemeint, dass die betreffende Person buchstäblich eine Gottheit war – nur, dass der Amateur gut sang oder dass das Mädchen lecker aussah. Auf derselben Ebene hatte das Bild eines dritten Gottes gestanden, doch der war gestrauchelt.

»Ein richtiggehender Jim Jeffries« bedeutete im Jahre 1911 nicht mehr das, was es vor 1910 geheißen hatte, als dieser hellhäutige Titan seinen Kampf gegen Jack Johnson verlor. Man konnte kaum sagen, dass irgendein weißer Junge ein regelrechter Jack Johnson war.

Caruso war darüber hinaus der Gott Pan: ein Satyr. Alle Welt wusste, dass er einst einer Frau ins Affenhaus des Zoos im Central Park gefolgt war, um sie in den Hintern zu kneifen. Die Frau hatte ihn verhaften lassen. Der Vorfall machte Schlagzeilen; er war in die Legende eingegangen. Dreißig Jahre später erfuhr ich, dass es sich um den Trick eines Presseagenten handelte, der die Aufmerksamkeit auf das Debüt Carusos in der Rolle des Rodolfo in *La Bohème* lenken sollte. Aber damals war diese Geschichte ein Mythos, und ich glaubte sie ebenso rückhaltlos wie die von George Washington und dem Kirschbaum. Caruso war – wiederum wie Miss Russell – eine Gottheit, die sich meinen Eltern (die dessen offenbar würdiger waren als ich) oft direkt manifestierte. Wenn sie aus der Oper nach Hause zurückgekehrt waren, sprachen sie von seinen Mandeln, als wären es die von meinem Onkel Mike.

In jenen Tagen sahen die Einwohner von New York ihre Götter im Fleische, auf der Bühne der Met oder des Colonial Theatre oder auf- und abstolzierend vor dem Saloon von Kid McCoy, je nach ihrer Zuständigkeit. Sie waren nicht lediglich eine diffuse Masse von Rasterpunkten auf einer Leinwand.

Die Kultur durchdrang das Alltagsleben. Mein Vater sang beim Rasieren die Toreador-Arie aus *Carmen*, während er sein Rasiermesser am Lederriemen schärfte. Ich brachte diese Angewohnheit ebenfalls mit dem Caruso-Kultus in Verbindung, doch das war ein Irrtum. Vater war wie Escamillo ein Bariton. In seiner Version der Arie gab es nur ein einziges Wort, und dieses war durch eine weibliche Endung entstellt, die er aus Gründen des Wohlklangs anfügte: »Toreeea-dora …«

Er sang den Rest der Musik auf einen entverbalisierten Text – »Ta – ra – ta – ra – taaa …«

Er konnte sich selbst im Sturm auf einem transatlantischen Dampfer mit dem Messer rasieren. Der elektrische Rasierapparat bringt keine vergleichbaren Talente hervor.

Ich willl mein Pantheon der Zeit vor fünfzig Jahren nicht geringschätzen. Eine Ästhetik, die sich auf das goldene Licht um Napoleons Grab, auf Lillian Russells Körperbau und Caruso als Cavaradossi gründet (und auf Sousas Marschmusikkapelle und die Buffalo-Bill-Show), muss notwendigerweise großzügig und üppig sein. Sie kann dann später zurückgestutzt werden.

An den Pariser Abenden dinierten Vater und Mutter *en ville* und wir drei aßen auf dem Zimmer zu Abend. Das Fräulein und ich teilten uns irgendein uninteressantes Gericht, einen Aufschnitteller oder eine Omelette, und meine Schwester bekam eine Tasse Consommé und ein weiches Ei, womit sie nicht glücklich war. Dieses Fräulein war übrigens recht nett, das einzige, an das ich mich ohne Widerwillen erinnere. Ich hatte so oder so nun ein Alter erreicht, das die unwürdigsten persönlichen Übergriffe ausschloss. (Der irritierendste war es, wenn sie einem den Waschlappen ins Ohr bohrten und gleichzeitig mit der anderen Hand am Ohrläppchen zogen, doch die größte Demütigung in der Öffentlichkeit geschah, wenn sie auf ein Taschentuch spuckten und einem dann ein Schmutzfleckchen von der Nase wischten.) Dieses Fräulein war eine Volksdeutsche aus dem nördlichen Ungarn und schaute eher ungarisch aus als deutsch, mit einer guten Figur, lebhafter Farbe und dichten schwarzen Augenbrauen. Der Zimmerkellner war Elsässer und gewann ihr Vertrauen, indem er Deutsch sprach. In der ersten Nacht unseres Aufenthalts jedoch zeigte er, als ich und meine Schwester im Bett waren und er das Geschirr abzutragen kam, dass er genau wie alle anderen Franzosen war. So erzählte es das Fräulein am nächsten Tage meiner Mutter: Er war frech geworden. Von da an sagte sie ihm, er solle das Geschirr stehen lassen, das Zimmermädchen würde es am nächsten Morgen holen. Und sie verbarrikadierte die Tür mit Stühlen.

»Aber was kann er Ihnen denn tun, Fräulein?«, fragte ich.

Wir plagten das arme Mädchen in diesen heißen Tagen so, dass Mutter ihr riet, uns einmal in Rumpelmeyers *confiserie* unter der Arkade, gleich beim Hotel Continental, auszuführen, damit wir dort das zu uns nehmen könnten, was auf einer kleinen Werbetafel im Fenster zu lesen stand: ein amerikanisches Icecream Soda. Fräulein mochte sich um diese Exkursion herum dann einen ganzen Tag des Friedens erschaffen – morgens konnte sie uns disziplinieren, indem sie drohte, wir dürften nicht hingehen, wenn wir nicht brav wären, nach dem Mittagessen konnte sie uns anweisen, als Vorbereitung auf den Ausflug ein wenig zu schlafen. Im Anschluss an den Besuch würde es uns dann mit etwas Glück schlecht werden, und sie könnte uns wieder ins Bett schicken.

Der Tag kam heran, und wir gingen hin. Fräulein und ich bestellten das Soda, aber es war meiner Meinung nach nicht auf dem Niveau der New Yorker West Side. Wenn ich über diese lange Zeit hinweg versuche, das Problem zu analysieren, so glaube ich, dass man bei Rumpelmeyer einfach nicht die richtige Soda-Fountain-Pumpe hatte, um die Kohlensäure ins Glas zischen zu lassen. Ich habe diesen berühmten *salon de thé* im Verdacht, dass man dort lediglich ein Fläschchen Perrier über das Eis gekleckert hat. Jungs mochten damals ihr Soda sehr kohlensäurereich, mit einem strengen, metallisch-säuerlichen Biss, der mich an den Geruch einer Fahrradwerkstatt erinnerte. Meine Schwester bekam wohl etwas von dem Eis aus meinem Soda. Dann brachte die Kellnerin die Rechnung. Fräulein, die gedacht hatte, unsere Sodas würden wie zu Hause jeweils zehn Cent kosten, hatte nicht genug französisches Geld dabei, um zu bezahlen.

Es gab eine längere Konferenz, denkwürdig, weil Fräulein kein Französisch sprach und die Franzosen keinem Menschen trauten, der Deutsch redete. Die allegorische Statue Straßburgs unter den Städten Frankreichs auf der Place de la Concorde war permanent in Schwarz gehüllt und stand knietief in Trauerkränzen; einmal waren wir so weit gegangen. *La revanche* hing in der Luft wie die hohe Feuchtigkeit. Endlich handelten Fräulein und die Geschäftsführung ein Konkordat aus: Sie würde ins Hotel zurückgehen und dort österreichische Kronen wechseln – die Firma Rumpelmeyer war dazu nicht bereit. Norma, die bereits heulte, sollte sie mitnehmen, ich blieb als Pfand da.

Sie erklärte mir die Abmachung vor ihrem Aufbruch. Mir gefiel das gar nicht. Ich schlug vor, Norma dazulassen. Sie erläuterte geduldig, dass der einzige Grund für ihre eigene Entlassung auf Zeit der war, dass das Etablissement Norma loswerden wollte. Ich forderte ergänzendes Süßgebäck, nach dem Prinzip der Gefahrenzulage, aber Fräulein sagte, die Geschäftsführung würde uns keinen weiteren Kredit gewähren.

Nun saß ich da, sieben weitere Jahre meines Lebens (so schien es mir), und meine Befürchtungen wuchsen ständig, während sie die paar hundert Meter zurück ins Regina ging, Norma auf die Toilette brachte und zurückkehrte. Ehe sie eintraf, war ich schon ein dutzendmal bei der sicheren Überzeugung angelangt, sie würde nie wiederkommen. Als sie endlich hereintrat, bat sie mich, meinen Eltern nicht zu erzählen, was vorgefallen war, und ich erpresste sie und ließ mir ein Eclair kaufen.

Es war dies ein prophetisches Trauma. Ich habe, alles in allem, einen großen Teil meiner Lebenszeit in Situationen zugebracht, wo sich jene Viertelstunde bei Rumpelmeyer wiederholte: darauf wartend, dass man mir etwas leiht und mich auslöst. Und ganz gleich, wie sicher ich mir sein kann, dass das Geld eintreffen wird, ich empfinde doch immer die alte Furcht. Mein Erlebnis als lebendes Pfand hätte mich eigentlich auf immer angstvoll gegen Paris einnehmen sollen, aber dem war nicht so (obwohl ich auch nicht bemerkte, wie tief verliebt ich bereits war). Es sollte dann eine Zeit kommen, da mir – hätte ich das Leben mit einem Kuchen verglichen – die Aufenthalte in Paris immer die Schokoladenfüllung waren; dazwischen lagen Schichten von banalem Biskuitteig. Aber meine Leidenschaften beginnen auch nicht bei der ersten Geschmackserfahrung. Ich knabbere ein wenig, überlege, kehre zurück und greife wieder zu, und dann stelle ich fest, dass ich dem Genossenen lebenslänglich verfallen bin.

Ich erinnere mich aus diesem ersten Paris an das goldene Grabeslicht, den Kürassier und die *vespasiennes*, in die mich kein Fräulein verfolgen konnte. Und es gab zwei Spielzeuge, die ich mit auf die »Kaiserin Augusta Victoria« trug. Das eine war ein Koch, ein *légumier*, der mit einem großen Messer auf eine Mohrrübe einhackte – eine weitere Version des George-Washington-Mythos, hätte ich's nur zu sehen vermocht. Das andere war ein maßstabgetreues kleines Feuerwehrauto, mit Schläuchen nicht dicker als Vermicelli, durch welche ich richtiges Wasser pumpen konnte.

Der Koch symbolisierte in meinem Unbewussten Paris, *ville gastronomique*, und das Auto mit seinem Spritzschlauch Paris, *ville d'art*. Die Malkunst hat ihren Ursprung in den freien Mustern, die der eiszeitliche Mensch mit warmem Wasser in den Schnee zeichnete. Dies erklärt die Tatsache, dass es nur wenige gute Künstlerinnen gibt. Lots Weib, das sich umdrehte, mag man als Pionierin der Bildhauerei ansehen, aber wir hatten schon einige Millionen Jahre Vorsprung.

Die Jahre von 1911 bis 1924 waren schlichter Biskuit, doch in diesem eher langweiligen Stratum entschied sich meine Loyalität. 1914 war das Jahr meines Wechsels von der bloßen Germanophobie zur Frankophilie. Am 1. August überschritten die Armeen von Fräulein Germania die Grenze, und die Marseillaise wurde meine Lieblingsmelodie. Mittlerweile war ich bereits ein zwanghafter Zeitungsleser, nicht lediglich wie 1911 ein gelegentlicher, experimenteller. Ich zählte darauf, dass Papa Joffre und seine Kürassiere meine frühen Demütigungen rächen würden. Joffres Gesicht erinnerte mich an den Weihnachtsmann, eine hübsche Assoziation, auch wenn ich schon lange nicht mehr gläubig war. (Wenn ich die Weihnachtsmänner an den Straßenecken stehen sah, wusste ich, dass ich nun bald viele Geschenke bekommen würde, und eine angenehme Stimmung trat ein. Heute weiß ich, dass ich bald viele Geschenke zu machen habe, und die Galle kommt mir hoch.) Den ganzen August hindurch zogen sich die Franzosen jedoch zurück. Die Deutschen – ich weiß nicht mehr, wann sie zu »Hunnen« wurden – rückten auf die Konditorei Rumpelmeyer und das Hotel Regina vor. Es war dies eine persönliche Demütigung, denn in Amerika war ich umgeben von deutschfreundlichen Enthusiasten. Wir wohnten im Hotel Schaefer in Lake Hopatcong, einem heißen Ferienort in New Jersey. Das Schaefer war ein deutsch-amerikanisches Etablissement, an den Hang eines Hügels gebaut, mit einer dunklen, kühlen Bar im Erdgeschoss. In dieser Krypta stand ein Spielautomat, an dem ich Tag für Tag mein Glück versuchte, bis ich den letzten Nickel verloren hatte, den ich meiner Mutter abzubetteln oder abzupressen wusste. Dann trank ich Sarsaparilla und aß Sandwiches (Schweizerkäse auf Roggenbrot), während ich Scotts Waverley-Romane las. Sarsaparilla und Sandwiches kamen auf die Zimmerrechnung. Die Romane stammten aus einem kunstgewerblich-rustikalen Bücherschrank im Foyer vor dem Esssaal. Wenn das Fräulein – noch immer dasselbe wie in Paris – mich an die unangenehm frische Luft hinaustrieb, ging ich zu einem Landungssteg hinunter, setzte mich wieder hin und angelte nach Barschen. Ich fing nie einen, der groß genug zum Verzehr gewesen wäre.

Die Bar, die nach schalem Bier duftete, verkörperte einen Aspekt deutscher Kultur, den ich zu schätzen wusste, und meine Antipathie wäre vielleicht zu Gleichgültigkeit verblasst, wenn der Krieg nicht gekommen wäre. Als er jedoch begann, fingen Otto, der Barkeeper, und Fred und Karl, die Kellner, an, ihre nationale Überlegenheit im Vergleich mit allen anderen Völkern krähend herauszustreichen. Die Franzosen, sagten sie, machten sich vor Angst in die Hosen, und die Engländer waren doch alle Schwuchteln. Da ich ein großer Leser der Werke von G. A. Henty war, verwickelte mich dies noch an einer zweiten Front in die Auseinandersetzung.

Sieg folgte auf Sieg, und die Brust des Personals schwellte sich mehr und mehr. Auch der Busen des Fräuleins wogte mit. Sie war österreichisch-ungarische Untertanin, eine Verbündete. Karl war ein etwas schräger Vogel und kniff die weiblichen Gäste in den Po, wenn er glaubte, er käme damit durch. Er hatte schon gelegentlich angedeutet, er sei das nach Amerika verbannte schwarze Schaf einer guten Familie, und nun offenbarte er, er sei früher Offizier auf einem U-Boot gewesen. Fräulein sah ihn mit ganz anderen Augen an als den elsässischen Kellner in Paris. Meine Haltung ihr gegenüber war nun zwiespältig, denn ich hatte ein verstohlenes Interesse an Frauen entwickelt. Halb bedauerte ich es, dass ich nicht länger ein Zimmer mit ihr und Norma teilte – die Gelegenheit zu Beobachtungen wäre mir willkommen gewesen. Deshalb irritierte mich Fräulein Faschings Interesse an Karl. Der Patriotismus, so spürte ich, ließ sich für noch ganz andere Zwecke mobilisieren. Ich sagte zu ihr, wenn Karl schon so mutig sei, dann solle er doch nach Hause gehen und bei der Marine mitmachen. Sie erklärte, das könne er nicht, weil das feige England das Meer blockierte – es bräche ihm das Herz. Aber es lohnte sich kaum, hier großes Bedauern zu empfinden, denn selbst wenn die Schiffe verkehren würden – die Deutschen und Österreicher würden den Krieg ja doch gewinnen, noch ehe Karl mitmachen könnte. Karl war offenbar so oder so fein heraus. Ich sehnte mich danach, dass Joffre das Kriegsglück wenden würde, aber es sah eigentlich so aus, als läge er kurz vor Spielende noch unaufholbare Punkte zurück. Die Marneschlacht entschied für mein ganzes Leben über meine andere Nationalität. Ich wurde Franzose zweiten Grades.

Mittlerweile waren wir, glaube ich, wieder in unserem Haus in Far Rockaway, einem Grenzdistrikt des Staates New York auf Long Island. Wie alle Grenzbewohner war ich chauvinistisch gestimmt und hielt die Leute, die auf der anderen Straßenseite in Nassau County wohnten, für Hinterwäldler. Es war ein hohes, hageres Haus, dunkelgrün gestrichen und von allzu nahe wachsenden Eichen überdunkelt. (Dreißig Jahre später sah ich es wieder: Es war in verschiedene Wohnungen aufgeteilt worden.) Dort bekam

Fräulein, die unter dem Ansturm der vereinten Angriffe von Joffre und mir ins Wanken geraten war, neue Unterstützung durch Louis, unseren Hausburschen, einen Tiroler aus Meran. Er hatte in einem anderen Sommerhotel als Kellner gearbeitet, solange wir fort waren.

Louis war ebenso pangermanisch gesinnt wie Fräulein. Er sagte voraus, die Marneschlacht würde sich als bloß momentaner Rückschlag herausstellen. Die Franzosen waren schließlich nur so eine Art Ithaker, ich würd's schon sehen. Er hatte seinen eigenen Grenzchauvinismus: Er war entschieden anti-italienisch. Er beherrschte eine eindrucksvolle Nummer: Er sprang aus einem Fenster des zweiten Stocks, hielt sich am Ast einer Eiche fest und schwang sich von Ast zu Ast hinunter, ein Tarzan vor Johnny Weissmuller.

Ich war in der zweiten Klasse. Der Krieg zog meine Tagträume ein und füllte meine Gedanken, vier Jahre lang. Als er endete, war ich in der Highschool angelangt. Ich wurde in diesem Krieg erwachsen, und in meinen Phantasien ließ ich mich von den Kürassieren – ich erkannte, dass die Kavallerie hier nichts brachte – zu den heroischen Poilus versetzen, den Verteidigern von Verdun. Ich machte kurze Zeit Dienst als Offizier einer Einheit heroischer Sengalesen, und dann diente ich ein Weilchen bei der heroischen Escadrille Lafayette. Ein Zeitlang war ich Liaisonoffizier bei unseren tapferen Alliierten, den heroischen Kosaken des heroischen Brussilow. Selbst jetzt ist dieser Weltkrieg für mich lebendiger als der, der ihm folgte: Ich sah ihn durch die Augen von Journalisten, die ihre Vorstellungskraft zu gebrauchen wussten. Jeden Herbst, wenn die so optimistisch begonnenen Offensiven wieder stecken geblieben waren, sagte ich zu Fräulein und Louis: »Wartet nur ab bis nächstes Jahr!« (Wie die Fans der Brooklyn Dodgers zu sagen pflegen.) Für Fräulein war die Sache ganz offensichtlich kein Spaß mehr – ihr Bruder stand als österreichischer Militärarzt in Galizien, und nach der Versenkung der »Lusitania« war klar, welcher Seite Amerikas Sympathien galten.

Im Verdun-Frühling des Jahres 1916 wurde es mir, während ich oben am Rand meines Schützengrabens entlangspazierte, um meinen Kameraden vorzuführen, was für schlechte Schützen die Hunnen waren, auf einmal ganz komisch und man schickte mich aus der Schule nach Hause. Mutter steckte mich ins Bett, und es stellte sich bald heraus, dass ich Typhus hatte. Den hatte ich mir beim Verzehr von Austern aus verseuchten Gewässern geholt (die natürlich nicht ihrer Herkunft entsprechend gekennzeichnet waren), und bald lag ich im Delirium, wo ich Wochen im Kriegseinsatz an verschiedenen Fronten verbrachte, die ich vorher noch nicht aufgesucht hatte. Besonders mühselig war eine vage, lange Zeit als serbisches Armeepferd, während derer ich in drangvoller Enge über einen Fluss transportiert wurde. Auf der anderen Seite wurde ich vor den angetretenen Kürassieren aufgestellt, und General Nivelle, der heroische Befehlshaber der heroischen Verteidiger von Verdun, verlieh mir die Médaille Militaire, die er mit einer Sicherheitsnadel an mein rechtes Pferdeohr ansteckte. Ich legte die Auszeichnung unter mein Kissen.

Ich hatte zwei ausgebildete Krankenschwestern, die im Haus wohnten und um die Uhr Dienst taten – meine Eltern hielten nichts auf das lokale Krankenhaus. Als mein Bewusstsein bruchstückhaft zurückkehrte, nahm ich Miss Galt und Miss McCarthy als Pflegekräfte eines Militärhospitals wahr. (Ich war kein Pferd mehr, hatte aber noch meine Medaille unter dem Kissen.) Sie waren nett, aber ich war mürrisch, und manchmal sagten sie die üblichen Kinderkrankenbettsätze.

Einmal, als das Fieber verschwunden war und die Schwestern meinten, ich sei nun wieder ganz bei Verstand, jammerte oder würgte ich wegen irgendeiner therapeutisch notwendigen Maßnahme, und Miss McCarthy sagte: »Jetzt sei keine Heulsuse.«

Das erregte den Zorn des *grand decoré* in mir und ich schrie: »Heulsuse? Was glauben Sie wohl, weshalb ich die Medaille unter dem Kissen hier bekommen habe?«

»Medaille unter welchem Kissen?«, fragte sie.

Ich stützte mich auf einen Ellenbogen und drehte das Kissen um, aber meine Auszeichnung war nicht da.

Ich war in meinem ganzen heroischen Leben noch nie so enttäuscht.*

* Sechsunddreißig Jahre später, 1952, bekam ich eine französische Auszeichnung aus dem enttäuschendsten aller Gründe: als Schriftsteller. Ich nehme sie manchmal heimlich aus der Schachtel und betrachte sie intensiv, indem ich so tue, als hätte ich sie bekommen, weil ich bei Waterloo über die Bajonette eines britischen Karrees gesetzt und dahinter Colonel Dingsda, einen Tory-Hinterbänkler im Unterhaus, mit einem Streich enthauptet habe.

## *Gerade genug Geld*

Wenn für gute Essschriftstellerei – wie ich ausgeführt habe, ehe ich abzuschweifen begann – die allererste Voraussetzung ein guter Appetit ist, so ist es die zweite, dass man seine Lehrlingszeit als Esser unter Lebensumständen absolviert, wo man genügend Geld hat, seine Rechnung zu bezahlen, nicht aber so viel, dass einem die Gesamtsumme gleichgültig wäre. (Ich wollte übrigens auch schon seit Längerem sagen, dass Waverley Root über einen guten Appetit verfügt, aber es hat sich irgendwie nicht ergeben.) Die optimale finanzielle Ausstattung eines ernsthaften Esslehrlings wäre die, dass er noch Geld für drei Tage hat – mit der guten, aber nicht ganz und gar sicheren Aussicht auf spätere Verstärkung. Der Student an der Sorbonne, der auf seine Überweisung wartet, der Journalist in Erwartung seines Gehalts, der freie Schriftsteller, der damit rechnen darf, dass ein Scheck in der Post ist – all diese bringen günstige Voraussetzungen für das Erlernen des Essens mit. (Dass dies in Frankreich geschehen muss, brauche ich nicht eigens zu erwähnen.) Der Mann mit einem guten Appetit, der sich zurückhält, wenn er noch auf drei Tage hinaus planen kann, der ist nicht zu Höherem berufen – und von dem Verrückten, der alles bei einem einzigen großen Festmahl auf den Kopf haut und dann bis zum nächsten Zahltag von

Bratkartoffeln lebt, will ich nicht reden; so speisen die Tuareg, aber lediglich deshalb, weil sie nicht wissen, wann ihnen das nächste Schaf über den Weg läuft. Der große Esser mit klarem Kopf lernt hinzu, weil er versucht, seine Mahlzeiten so zu komponieren, dass er von einer jeden ein schätzenswertes Quantum Genuss empfängt. Im Abwägen der einzelnen Freuden und ihrer Kosten lernt der Student (vor allem, wenn er an der Universität von Paris studiert), einen Kanon von Werten aufzubauen, den er dann anwenden kann, bis er stirbt oder lange Zeit im Mittleren Westen verbringen muss. Die Skala ist für jeden Esser verschieden, wie auch für jeden Schriftsteller.

Das Essen ist etwas höchst Subjektives, und der Mann, der sich in seiner Jugend ans Hörensagen hält, wird im Mannesalter in schlechten Restaurants mit Nobelreklame sitzen und bestellen, was ihm der Maître d'hotel empfiehlt. In diese Etablissements locken ihn gastrosnobistische Veröffentlichungen, und er wird sich angewöhnen, bereits vor dem Essen zu viel zu trinken – weil er im Voraus den Geschmack des Essens abtöten möchte, das man ihm eingeredet hat, das er aber nicht mag. Ein Beispiel: Etwa sechs Jahre lang hörte ich immer wieder von einem Restaurant in der reichsten Ecke von Connecticut, dessen Besitzer, ein Franzose, einst Gehilfe eines Schülers des großen Escoffier gewesen war. Es verlautete, in jener Wildnis – bewohnt nur von Managern der höchsten Rangklasse, die den Wald einsam durchstreifen wie der König von Nemi, bis schließlich jemand aus Winnetka daherkommen und ihnen die Kehle durchschneiden würde – ließe der Restaurateur der Flamme seines kreativen Feuers freien Lauf. Seine Kunden aßen, was er ihnen auftischte. Lehnten sie das ab, dann mussten sie die Landstraße runter bis zur nächsten Wirtschaft fahren, wo ein Steak nur zwölf Dollar kostete, und es würde sich rasch herumsprechen, dass ihre Krone wackelte – man hätte sie in einem Augenblick der Sparsamkeit ertappt. Ich sorgte schließlich dafür, dass man mich in der Maske eines Vizechefabteilungsleiters bei Time Life, zuständig für Hosiannarufe, dort einschmuggelte – mit dem vorgeblichen Auftrag, den Werbemanager der Hebrew National Delicatessen Corporation zu bewirten. Als wir ankamen, fanden wir dem Speisesaal das yale-blaue Vicuñaseil vorgehängt, und die Bar war voller Ehepaare aus der Ab-Hunderttausend-Dollar-Steuerklasse, die sturzbetrunken auf einen Tisch warteten; da sie wussten, dass es hier weiß Gott nicht um eine Grillparty ging, hatten sie sich vorsichtshalber anästhesiert. Als ich das Essen schließlich verkostete, erkannte ich, dass sich die guten Leute ganz unnötig geängstigt hatten. Der Franzose hatte sich, entmutigt durch den Umstand, dass vier Jahre lang kein Gast tatsächlich geschmeckt hatte, was er aß, längst dem Bourbon on the rocks zugewandt. Mürrisch hatte er sich damit abgefunden, auf unehrenhafte Weise reich zu werden. Das Essen war auch nicht besser als bei Howard Johnson's, und es hätte den Gästen auch so gut wie jenes geschmeckt, wenn sie nicht beim Niedersitzen an ihren Tischen bereits alkoholisch paralysiert gewesen wären. Die *spécialité de la maison*, erzählte mir der unglückliche *patron*, als ich ihn befragte, waren rot-weiß-blau gefärbte Austern in Aspik. »Das nehmen sie immerhin wahr«, sagte er. »Die Farben erregen ihre Aufmerksamkeit.« Ein Wagen vom Geldtransport Brink's fuhr regelmäßig die Strecke zwischen dem Restaurant und dem Nachteinzahlungsschalter einer Bank in New York und schaffte weg, was unaufhaltsam in die *caisse* strömte. Die Räder des Lieferwagens knirschten über das innerste Herz des Besitzers. Seine Absicht war einstens eine erhabene gewesen, aber er war ein Opfer des Systems.

Das Forschungszentrum, wo ich meine ersten ernsthaften Recherchen als Esser ohne das lähmende Handicap übermäßiger Mittel betrieb, war das Restaurant des Beaux-Arts in der Rue Bonaparte, in den Jahren 1926–1927. Ich war – wenn man den Begriff sehr allgemein fasst – Student an der Sorbonne und befasste mich in meinem Studium mit einer Art Theorie der guten Gelegenheiten. Das Essen wurde rasch zu einem meiner wichtigsten Fächer. Der Franc stand sechundzwanzig zu eins zum Dollar, und der Forscher, der jeweils nur eine bestimmte Summe – sagen wir: sechs Francs – auszugeben hatte, wurde sich bald darüber klar, ob beispielsweise eine Flasche Tavel *supérieur* zu dreieinhalb Francs und geschmortes Rinderherz mit hellgelben Rübchen zu zweieinhalb ihm mehr oder weniger Vergnügen verschafften als ein *contre-filet* vom Rind zu fünf Francs mit einer Flasche *ordinaire* (ein Franc). Es mochte sich herausstellen, dass das Herz mit seinem starken, üppigen Geschmack und seiner eigenartigen Textur ihm gut schmeckte, fast so gut wie das Rindfleisch, und dass er – da der Tavel unvergleichlich besser war als der billige Wein – mit dieser ersten Variante gut gewählt hatte. Oder er stellte möglicherweise fest, dass er das generöse, leicht blutige *contre-filet* so sehr vorzog, dass er dazu den bescheidenen *picrat* statt des Tavel akzeptieren konnte. Wie bei einem Bridgeturnier spielte man einmal das eine Blatt, einmal das andere, und wählte beim nächsten Mal, da sich die Alternative anbot, den anderen Weg. (Es war natürlich selten so einfach wie in meinem kleinen Beispiel, denn eine Mahlzeit umfasst ja für gewöhnlich auch ein *hors-d'œuvre* und einen Käse, und in beiden Fällen gab es die Komplexitäten der Wahl. Wenn in der entsprechenden Saison frischer Spargel oder Wild eingetroffen waren, komplizierte das die Sache weiter. Im ersten Fall musste der seine Untersuchungen anstellende Esser entscheiden, auf welchen Gang er verzichten wollte, um den Spargel mitzunehmen, im zweiten, ob er alles andere beiseitelassen wollte, um sich das Wild leisten zu können.)

Ein reicher Mann würde, vor diesem simplen Verzehrdilemma stehend, einfach den Tavel *und* das *contre-filet* bestellt haben. So hätte er nie erfahren, ob Rinderherz ihm schmeckte oder ob ein *ordinaire* es ihm nicht genausogut tat wie etwas Besseres. (Es gibt Menschen, für die der Wein lediglich eine alkoholhaltige Soße ist, obwohl sie für Fleisch oder Gebäck einen guten Gaumen haben.) Wenn man die Millionen Kombinationsmöglichkeiten der zu prüfenden Speisen und Weine bedenkt, erkennt man rasch, dass das Leben zu kurz ist für die Formulierung eines Dogmas. Jeder Esser kann nur ein paar allgemeine Prinzipien umreißen, die lediglich für ihn selbst Geltung haben. Unser hypothetischer reicher *client* hätte vielleicht sogar einen Pommard bestellt, weil hier auf der Karte ein höherer Preis stand als bei dem Tavel, und weil er dem Wein mit größerer Wahrscheinlichkeit schon einmal begegnet war. So hätte er nie erfahren, dass ein guter Tavel besser ist als ein ganz anständiger Pommard – besser, meiner Ansicht nach, als überhaupt irgendein ganz anständiger Wein irgendeiner anderen Sorte. In Studentenrestaurants waren renommierte Weine wie der Pommard meist mit mittelmäßigen Beispielen vertreten, da die Kunden nie die Marktpreise für die besten Lagen und Jahrgänge hätten bezahlen können. Ein Mann, der in den Jahren der Adoleszenz reich ist, sieht sich fast dazu verurteilt, bei Tisch ein ewiger Dilettant zu bleiben. Dies nicht deshalb, weil alle Millionäre blöd sind, sondern weil sie nicht zum Experimentieren gedrängt werden. Beim Erlernen des Essens muss sich der Kunde, damit etwas dabei herauskommt, wie bei einer Psychoanalyse immer dessen bewusst sein, wie viel es kostet.

Es ist unwahrscheinlich, dass ein reicher Mann selbst zu Beginn seiner geschmacklichen Laufbahn in bescheidenen Restaurants einkehren wird – er geht in solche (darunter gelegentlich gute), wo die Preise hoch sind und die Karte sich dementsprechend auf jene Gerichte beschränkt, für die es konventionellerweise zulässig ist, hohe Preise zu berechnen. Von dieser Karte wird er das bestellen, was ihm in seiner begrenzten Erfahrung bereits einmal gefallen hat. Später, wenn seine Essgewohnheiten starr geworden sind, wird er jener Originalität misstrauen, die zu entwickeln er niemals gezwungen war. Eine hauptsächlich auf Wildgeflügel und Austern aufgebaute Ernährung wird ebenso leicht zur Angewohnheit wie eine von Doughnuts und Hamburgern. Sie ist gewiss eine bessere Angewohnheit, aber sie bleibt doch restriktiv. Selbst in Paris kann man jahrelang in den teuren Restaurants essen, ohne zu ahnen, dass es noch andere Fische gibt außer Seezunge, Steinbutt, Lachs (jahreszeitlich), Forelle und aus dem Mittelmeer *rouget* und *loup de mer*. Der frische Hering oder die Sardine mit *sauce moutarde*; der *colin froid mayonnaise*; der Meeraal *en matelote*; die kleinen Süßwasserfische der Seine und der Marne, kross gebraten und *en buisson* serviert; der Weißfisch *en colère* (den eigenen Schwanz im Maul, als bisse er sich selbst vor Zorn), selbst der Rochen und die Dorade – all diese schwimmen außer auf spezielle und seltene Einladung dort nie vorüber. (Es ist ein uralter Touristenwitz, dass die Angler auf den Seine-Kais niemals etwas fangen, aber tatsächlich nehmen sie oft das Material für eine hübsche Fischpfanne mit nach Hause, vor allem im Winter. In meinem Hotel am Square Louvois hatte ich einen Zimmerkellner – einen in Frankreich eingebürgerten Tschechen –, der an seinen freien Tagen Hunderte von *goujons* und *ablettes* fing. Er brachte einmal einen Schuhkarton voll auf mein Zimmer, um vorzuführen, dass das Angeln in der Seine nicht bloß ein Jux war.) Alle die erwähnten Fische kommen in den bescheideneren Restaurants vor – an dem einzigen Ort, wo der lernbegierige Esser sich mit ihrem ehrlichen Fischgeschmack vertraut machen kann und mit den markanten Zubereitungsformen, die sich zu ihnen schicken. Ich persönlich schätze an Speisen ein Aroma, das weiß, was es will. Der Grund dafür, dass Leute, die

Fisch verabscheuen, die Seezunge oft tolerieren, liegt darin, dass diese nicht besonders intensiv nach Fisch schmeckt und dass selbst dieser leise Anklang verschwindet, wenn man sie unter einer Soße begräbt, wie sie die Kunden piemontesischer Restaurants in London und New York für typisch französisch halten. Diese Leute mit ihrer Antipathie gegen die entschiedene Geschmacksnote schätzen auch die Schwänze des sogenannten südafrikanischen Hummers – so lange tiefgekühlt wie das sibirische Mammut –, weil sie nicht hummrig schmecken. (»Südafrikanische Hummer« sind eine Art maritimer Steinkrebs oder *langouste*, was nicht gegen sie spräche, wenn man sie frisch bekäme.) Man zieht neutralen Fabrikkäse vor, eben weil er nicht nach Käse schmeckt, und synthetischen Vanilleextrakt, weil er nichts von der eigentlichen Vanille hat. So erklärt sich auch der Triumph des Delicious-Apfels, der nicht nach Apfel schmeckt, und insbesondere der des sogenannten Golden Delicious, der nach überhaupt nichts mehr schmeckt. Auf einem verwandten Feld kann man auf die »trockenen« (nicht nach Bier schmeckenden) Biere und den *light* genannten Scotch (der nichts vom Scotch hat) hinweisen. Die Voraussetzungen für den perfekten Wodka (keine Farbe, kein Geschmack, kein Geruch) hat mir vor langer Zeit einmal der damalige estnische Generalkonsul in New York erläutert, und sie erklären mir vollkommen die wachsende Beliebtheit dieses Drinks bei jenen, die ihren Alkohol gerne zusammen mit den beruhigenden Aromen der Kindheit zu sich nehmen – Tomatensaft, Orange, Hühnerbrühe. Wodka ist das ideale Berauschungsmittel für den Trinker, der nicht daran denken mag, wie tief verletzt Mutti wäre, wenn sie wüsste, was er treibt.

Der durchgängig reiche Mann wird auch kaum je die Bekanntschaft der robusten Fleischgerichte machen – der heißen *andouille* und *andouillette*, prallgefüllter Räucherkuttelwürste, und des *boudin*, der Blutwurst, mit seiner ganzen Verwandtschaft, der man bei Rabelais und auf den Speisekarten der Marktgaststätten begegnet. Er stößt nie auf die *civets* – die dunklen, weinigen Ragouts von Hauskaninchen und altem Truthahn. Ein zäher alter Truthahn mit viel Charakter gibt das beste *civet*, und nur in einem *civet* ist der Truthahn gut zu essen. Der junge Truthahn ist – wie Lamm, Kalb, Junghuhn und Babyhummer – eine blasse Frühphase der jeweiligen Spezies. Das Schwein, die Taube und die Ziege sind die einzigen Tiere, die – als Spanferkel, Täubchen, Zicklein – in der Unreife am besten schmecken. Ersteres wird im dann späteren Leben durch Trägheit fett und krass, die beiden Letzteren werden durch hohe Aktivität zu muskulös. Und die ganze Welt der Kutteln ist den Wohlhabenden auch verschlossen, die es höchstens einmal ganz gelegentlich mit einer zensierten Version der *tripes à la mode de Caën* zu tun bekommen. Sie haben niemals *gras-double* gesehen (Kutteln mit Gemüse, vorwiegend Zwiebeln, gekocht) oder *pieds et paquets* (Schafskutteln und Kalbsfüße mit gepökeltem Schweinefleisch). In seinem Buch lehnt Waverley Root die Kutteln rundweg ab, doch ist er kein Plutokrat; seine Zurückweisung erfolgt absichtsvoll nach einem fairen Prüfungsverfahren. Trotzdem scheint mir diese mangelnde Empfänglichkeit für die Reize der

Kutteln bei einem Neuengländer, wie er es seiner Herkunft nach ist, recht merkwürdig. Gebratene eingelegte Wabenkutteln waren früher das Schönste an einem Winterfrühstück in New Hampshire. Und Fall River, Roots Heimatstadt, liegt doch in derselben Kulturregion.

Schließlich – um mit unserem reichen Mann an ein Ende zu kommen – bekommt er nur selten das simple, gut geklopfte *bifteck* zu Gesicht oder den *pot-au-feu* selbst – die ruhmreiche Grundlage der französischen Küche überhaupt. Alexandre Dumas der Ältere schrieb in seinem *Dictionnaire de Cuisine*: »Die französische Cuisine, die erste aller Küchen, verdankt ihre Überlegenheit der exzellenten Qualität der französischen Bouillon. Diese Qualität rührt von einer Art Intuition her, mit der – ich will nicht sagen, unsere Köchinnen, aber die Frauen aus dem Volke begabt sind.« Diese Bouillon ist eines der beiden Endprodukte des *pot*. Das andere ist das Material, das die Brühe erzeugt hat: Rindfleisch, Mohrrüben, Pastinaken, weiße Rübchen, Lauch, Sellerie, Zwiebeln, Gewürznelken, Knoblauch und aufgehauene Markknochen sowie – für die erlesene Version – Huhn. *In* der Bouillon aufgetragen, stellt dies das Gericht dar, das man *pot-au-feu* nennt. Dumas ist gegen das Huhn, »sofern es nicht alt ist«, rät aber, dass »eine alte Taube, ein Rebhuhn oder ein vorgebratenes Kaninchen, im November oder Dezember auch eine Krähe« Wunder wirken. Er postuliert »sieben Stunden fortwährenden Köchelns« mit ständiger Beaufsichtigung des »Abschaums«, der sich auf der Oberfläche bildet, und der Wasserhöhe. (»Man überlege es sich zweimal, ehe man Wasser hinzufügt, doch wenn das Fleisch über die Oberfläche der Bouillon hinausragt, ist es notwendig, kochendes Wasser hinzuzugeben, um es zu bedecken.«) Diese Aufsicht bedarf der ständigen Anwesenheit des Kochs oder der Köchin in der Küche, den ganzen Tag über, und die Aufrechterhaltung der Kochtemperatur erfordert eine beträchtliche Menge Heizenergie. Das gehört zu den Gründen, weshalb der *pot-au-feu* nicht länger im Mittelpunkt der Arbeiterküche in Frankreich steht. Die Frauen gehen arbeiten, und das Gas ist zu teuer. Für einen wirklich guten *pot-au-feu*, sagt Dumas, solle man ein Stück frisches Rindfleisch nehmen – »ein Rumpfstück, zwölf bis fünfzehn Pfund« – und es sieben Stunden lang in der Bouillon jenes Rindfleischs köcheln lassen, das bereits am Vortag sieben Stunden lang geköchelt hat. Er sagt nicht, was die gute Hausfrau mit dem ersten Stück Rindfleisch anstellt – vielleicht schneidet sie es aufs Brot für das Mittagessen der Kinder. Er stellt mit Bedauern fest, dass schon zum Zeitpunkt seiner Veröffentlichung, im Jahre 1869, übertriebene Hast die Küche zu schädigen begonnen hat: Das aufwendige Ritual des *pot* war schon aufgegeben worden. Der war »ein Gefäß, das niemals vom Feuer kam, bei Tag oder Nacht«, schreibt Dumas. »Man tat, wenn man ein Huhn herausnahm, en anderes hinein, ebenso mit einem Stück Rindfleisch, und für jede entnommene Tasse Fleischbrühe kam ein Glas Wasser hinzu. Jedes Stück Fleisch, das in der Bouillon gekocht wurde, nahm mehr Geschmack auf, als es abgab.« *Pot-au-feu* ist heute in schicken Restaurants derart schwer zu finden, dass jeden Samstagabend eine massenhafte Pilgerfahrt aus den mondänen Vierteln zu Chez Benoit einsetzt, in der Nähe des

Châtelet – ein kleines, nicht billiges Restaurant, das den *pot* einmal wöchentlich serviert. Ich habe nie eine Krähe in Benoits *pot* gefunden, aber alles andere ist vorzüglich.

Ein drastisch armer Mann hat natürlich noch weniger Chancen als ein drastisch Reicher, sich gastronomisch zu bilden. Für ihn ist das Essen eine bloße Überlebensfrage; er kann keine Wahl treffen. Die Hauptattraktion der Studentenrestaurants zu meiner Zeit war auf ihren größten Tafeln angeschrieben: *»Pain à discrétion«* (Brot nach Belieben). Solche Lokale brachten keine kennerischen Esser hervor. In meinem unschätzbaren Studienjahr begegnete ich einem scharfen Beobachter, der mir folgenden Hinweis gab: »Wenn Sie ein Restaurant entdecken, wo oft zwei Priester zusammen essen oder zwei leichte Mädchen, dann können Sie sicher sein, dass es gut ist. Das sind zwei Berufsstände, die gerne gut essen und zusehen, dass für ihr Geld auch etwas auf den Tisch kommt. Wenn Sie einen Priester mit einem Laien essen sehen, dann seien Sie sich nicht zu gewiss, dass die Preise gerechtfertigt sind – der Mann *en civil* ist vielleicht ein reiches Mitglied der Gemeinde, und der gute Herr Pfarrer schert sich nicht um die Höhe der Rechnung. Und wenn das Mädchen mit einem Mann dasitzt, kann man auf nichts zählen. Vielleicht ist er ihr Geliebter, dann ist es ihr egal, was sie für ihn ausgibt, oder er ist der Liebhaber, der sie aushält, dann ist es ihr gleich, was für sie bezahlt werden muss.«

In Abwesenheit der hier zitierten sicheren Anzeichen ist die Gegenwart französischer Zeitungsjournalisten immer ein gutes Omen.

Das Restaurant des Beaux-Arts, wo ich meine frühen Analysen vornahm, lag der École des Beaux-Arts gegenüber, es war nicht in meinem Viertel, dem der eigentlichen Universität, eine gute halbe Meile entfernt auf der anderen Seite des Boulevard Saint-Germain. Diese halbe Meile schuf einen Unterschied wie die Grenze zwischen Frankreich und der Schweiz. Die Sprache war dieselbe, nicht aber die Einwohner. In der Rue Bonaparte drängten sich die Antiquitätengeschäfte, und in den Nebenstraßen fand man die zugehörigen Handwerker – Rahmenmacher und Buchbinder. Die zahlreichen Buchhandlungen verkauften Erstausgaben und Rara und nicht die gebrauchten Lehrbücher und wissenschaftlichen Werke, die man um die Universität herum vorwiegend fand. Die Studenten der Beaux-Arts machten nur einen kleinen Teil der Nachbarschaftsbevölkerung aus, und sie waren ein anderer Schlag als die Studenten vom Boulevard Saint-Michel und dessen Nebenarmen wie der Rue de l'École de Médecine, wo ich wohnte. Sie waren älter und schienen gesicherter zu leben. Ich hatte sie im Verdacht, dass sie Kaufhauskunst ablieferten und italienischen Händlern behilflich waren, alte Meister zu fälschen. Weil mehr Geld im Umlauf war und weil das Viertel einen höheren Anteil an erfahrenen, erwachsenen Essern hatte, war dies ein besseres Territorium für Restaurants als die unmittelbare Umgebung der Sorbonne. Ich hatte mich an der Faculté des Lettres und an der École des Chartes (wo man Mediävisten ausbildet) eingeschrieben, aber da ich nach zwei Wochen aufgehört hatte, die Lehrveranstaltungen zu besuchen, war es nicht notwendig, dass ich mich in der Nähe der Universität hielt. Eine der Hauptfreuden dieses akademischen Jahres lag darin, dass es ein einziges langes Schwänzen ohne Furcht vor Vergeltung war.

Ich stieß auf das Restaurant des Beaux-Arts beim morgendlichen Umherschlendern, und ich probierte es aus, weil es weder schick noch schäbig wirkte und weil die Preise auf der Karte in etwa richtig für mich waren: *pâté maison* 75 Centimes, Sardinen 1 Franc, Artischocke 1.25 und so fort. Eine Aufschrift über der Tür nannte als Besitzer einen Monsieur Teyssedre, doch der Kopf der Speisekarte erwähnte ihn als Monsieur Balazuc. Welcher Name sich auf einen ehemaligen Besitzer bezog, welcher auf den augenblicklichen – das fand ich nie heraus. Ich hatte eine Abneigung gegen direkte Fragen, sie schienen mir ungezogen. Dies war ein gewisses Handicap während meiner kurzen Karriere als Reporter in Providence, Rhode Island, gewesen, doch eigentlich kein so großes, wie man vielleicht denken sollte. Direkte Fragen machen den anderen befangen, und selbst wenn er antwortet, sagt er nichts, wonach man ihn nicht gefragt hat. Das Beste ist es, ihn seine eigene Geschichte erzählen zu lassen, und anschließend kann man dann klärende Fragen stellen wie: »Wie kam es, dass Sie da gerade das Beil in der Hand hatten?« Ich hatte diese journalistische Fron nach einem Jahr abgebrochen – auf den Rat meines Vaters hin, eines weisen Mannes. »Du hast doch immer davon geredet, dass du gerne ein Jahr zum Studium nach Europa willst«, sagte er an einem Frühlingstag des Jahres 1926, als ich übers Wochenende zu Hause in New York war. »Du fängst an, dich so sehr für das zu interessieren, was du jetzt machst, dass du fahren solltest, oder du tust es nie. Am Ende willst du hier noch heiraten.«

Ich spürte die großzügige Absicht meines Vaters, und da ich befürchtete, er könne vielleicht anderen Sinnes werden, sagte ich ihm, ich sollte wohl tatsächlich besser nicht fahren, weil ich in der Tat heiraten wollte. »Sie ist zehn Jahre älter als ich«, meinte ich, »und Mutter wird sie wohl für etwas frivol halten, weil sie von einem Baumwollmakler aus Memphis ausgehalten wird, aber der kommt immer nur dann und wann in den Norden. Du bist ein Mann von Welt und weißt: Eine Frau kann nicht immer so, wie sie möchte. Im Grunde ...« Noch in derselben Woche hatte ich einen Kreditbrief auf den Irving Trust über zweitausend Dollar in Händen und eine Reservierung auf der alten »Caronia« für den Spätsommer, wenn die Nachsaisontarife galten. Es war typisch für meinen Vater, dass er, im Begriff, etwas bemerkenswert Generöses zu tun, trotzdem den Unterschied eines Tickets der Haupt- oder Nebensaison für die Überfahrt auf einem einklassigen Boot nicht außer Acht lassen wollte. (Er nannte einen Ozeandampfer nie anders als ein »Boot«, und ich fand es immer schwierig, ihm das nicht nachzutun, bis ich schließlich aufhörte, es mir abgewöhnen zu wollen. »Boot« ist ein Ausdruck der Zuneigung; es ist, wie wenn man eine Frau »Mädel« nennt. Im Verhältnis zu Oxford, wo das große Wörterbuch erscheint, mögen es ja Schiffe sein, aber im Verhältnis zu New York sind es eben Boote – sie schmiegen sich dort eifrig ans Ufer, wie die Wasservögel im Central Park.)

Während ich weiter für die Zeitung in Providence arbeitete, bis der Tarif umschlug, schiffte sich Vater mit meiner

Mutter und Schwester auf einem Schiff der Holland-Amerika-Linie nach Europa ein (Hauptsaison und erste Klasse), damit meine Schwester ihre Sommerschulferien gut nutzen konnte. Ich sollte dann am Ende des Sommers ein paar Tage lang zu ihnen stoßen, worauf sie in die USA zurückkehren würden, und ich würde mein Studium antreten. Glücklicherweise entdeckte ich, dass der Titular eines Kreditbriefes bei der Bank, die diesen ausgestellt hat, ebenso einfach Geld abheben kann wie im Ausland. Als ich abreiste, hatte ich bereits achthundert Dollar abgeknapst, und nach einer Woche in Paris in einem Hotel an einer Nebenstraße der Champs-Élysées stellte ich ohne Erstaunen fest, dass ich über die Hälfte des väterlichen Stipendiums verbraucht hatte, welches mir eigentlich das ganze Jahr lang reichen sollte. Das akademische Jahr begann erst im November, und mir wurde klar, dass ich von großem Glück sagen könnte, wenn ich zu diesem Zeitpunkt überhaupt noch Geld besäße. Da kam mir das Mädel des Baumwollmaklers in einer Vision zu Hilfe, wie der Engel, der Konstantin erschien. Ich telegraphierte meinen Eltern, die sich am Comer See aufhielten, dass ich unterwegs war zu ihnen. An meinem Auftreten dort – wortkarg, würdig, geistesabwesend – merkte mein Vater, dass ich in Schwierigkeiten steckte. Am Morgen nach meiner Ankunft schlug ich meinem Vater vor, dass er und ich einen Spaziergang am See entlang machen sollten, nur wir beide. Bald empfanden wir Durst, und wir traten in den Spalierobstgarten eines Hotels, bescheidener als das unsere, und bestellten eine Flasche Landwein, der an den Stoff erinnerte, welchen Big Tony, mein Friseur in

Providence, in seinem Hinterhof auf dem Federal Hill verfertigte. Erwärmt von diesem quasi heimatlichen Getränk erzählte ich meinem Vater, ich hätte sein großzügiges Geschenk schon fast vergeudet; ich hätte zweiundsiebzig Prozent der freiwilligen Wohltat des guten Mannes bereits vertan. Und nun gab es eben nur eine einzige anständige Lösung für mich – zurückfahren, wieder arbeiten, heiraten und zur Ruhe kommen. »Sie ist so nobel, dass sie mir nie etwas gesagt hat«, meinte ich, »aber ich fürchte, ich habe sie im entscheidenden Moment im Stich gelassen.«

»Gottverdammt«, sagte er, »ich hab's gewusst, ich hätte dir dieses Geld nie auf einmal geben dürfen. Aber du sollst deine Erziehung fortsetzen. Wie viel wirst du monatlich brauchen?«

»Zweihundert«, sagte ich maßvoll. Später wünschte ich, ich hätte noch fünfzig draufgelegt – er wäre vielleicht darauf eingegangen. »Bleib du in Paris«, sagte er (er wusste, dass ich mich für die Sorbonne entschieden hatte), »und ich lass dir vom Irving monatlich zweihundert Dollar schicken. Keine großen Summen mehr. Wenn ein junger Mann sich mit einer solchen Frau einlässt, können die einem das ganze Leben ruinieren.«

So kam es, dass ich in jenem Jahr mein Studium unter finanziellen Umständen betreiben konnte, die mir meine Forschungen erleichterten. Wenn ich zurücksehe, bin ich mir sicher, dass mein Vater wusste: Ich wollte bleiben, und eine Frau, über die man sich hätte Sorgen machen müssen, gab es nicht. Aber er verstand auch, dass ich nicht einfach betteln konnte – aus Gründen des Stolzes musste ich ein

Quid pro quo erschwindeln und vor mir selbst so tun, als glaube er mir. Er hatte eine sehr genaue Vorstellung vom Wert der Muße, da er sie selbst nie gekannt hatte, bis es zu spät war, sich daran zu gewöhnen. Und einen sehr guten Begriff von dem Vergnügen, welches ein Wissen bedeutet, welches keine unmittelbare kommerzielle Anwendung kennt, da er nie Zeit gehabt hatte, sich mehr als ein paar Fragmente anzueignen. Seine Eltern hatten ihn nach Amerika gebracht, als er acht Jahre alt war; er fing mit zehn zu arbeiten an, machte mit einundzwanzig seine eigene Firma auf und starb mittellos mit fünfundsechzig – eine klassische Horatio-Alger-Geschichte, nur folgt Alger dem Schicksal seiner Helden nie lange genug. Im Augenblick hatte er jedoch das Geld und wusste auch, welches die besten Dinge waren, die man damit kaufen konnte.

Der große Tag eines jeden Monats war also der, an welchem meine Anweisung am Boulevard des Italiens im Haupthaus des Crédit Lyonnais – der Partnerbank des Irving Trust – ankam. Es war nie auch nur näherungsweise klar, welcher Tag dies sein würde; es gab keine Luftpost, und ich konnte nicht wissen, mit welchem Schiff sie kam. Der Crédit würde mich bei Erhalt benachrichtigen, wiederum mit gewöhnlicher Post, und das würde einen weiteren Tag brauchen. Ab dem zweiten des Monats verfolgte mich die Vorstellung, das Geld könne nun da sein und ich würde einen Tag einsparen, wenn ich vorbeiging und mich erkundigte. Also ging ich viele Male über den Fluss und durch die Stadt von der Rue de l'École de Médicine zum Boulevard des Italiens, durch die Rue Bonaparte, wo ich dann in der Maison Teyssedre beziehungsweise Balazuc zu Mittag aß. Auf beiden Seiten der Restauranteingangs waren lange vertikale Schilder aus schwarzer Emaille angebracht, auf denen in goldenen Lettern dies und das angekündigt stand: »Raum für größere Gesellschaften«, »Telefon«, »Schnecken«, »Unsere Bratengerichte« und, besonders bemerkenswert, »Weitbekannter Weinkeller, große Spezialität Rhôneweine«. Die große Spezialität ging auf die Regierungszeit eines Besitzers zurück, der vor Monsieur Teyssedre-Balazuc herrschte. Dieser prähistorische *patron*, zweifellos ein Einwanderer aus dem Languedoc oder der Provence, hatte hier in Paris einen Brückenkopf für die Weine seiner Region eingerichtet.

Die Weine der Rhône haben alle eine entschiedene Individualität, die sich selbst in Verbindung mit *brandade de morue* durchsetzt – einem wunderbaren Püree aus salzigem Stockfisch, Olivenöl und geriebenem Knoblauch, das auch aus der Region kommt. Die *brandade* ist Root zufolge »keinesfalls ein Gericht, das man im Tour d'Argent serviert bekäme«. »Subtil«, dieses ausgelutschte Weinkennerwort, ist ein Klischee, das man nur selten auf Rhôneweine angewandt findet; ihr Reiz ist ein vollkommen eindeutiger. Bei Teyssedre-Balazuc fand man die ganze Phalanx, angefangen mit einem groben, etwas sauren Côtes du Rhône – eine Bezeichnung, die, nehme ich an, alles umfasst, was an diesem Fluss wächst, während er seinen dreihundertachtzig Meilen langen Weg durch Frankreich nimmt. Es ging weiter mit einem Tavel und einem Tavel *supérieur*. Der Besitzer ließ seine Weine in Fässern liefern und füllte sie in seinem weitbekannten Keller ab; der einfache Tavel kam in einer Flasche mit blauem Wachssiegel auf den Tisch, der *supérieur* in einer mit purpurrotem Siegelwachs. Er kostete zwei Cents mehr die Flasche. Ich will nicht vorgeben, dass ich noch jeden Preis auf der Karte des Restaurant des Beaux-Arts in meiner Erinnerung bewahre, aber eine Zahl ist mir ins Herz gegraben wie »Konstantinopel« in das des sterbenden Zaren. Eine Flasche Tavel *supérieur* kostete 3.50; ich kann die Zahl noch vor mir sehen, wenn ich die Augen schließe, mit roter Tinte auf das billige gräuliche Papier der *carte* geschrieben. Dies ist ein mnemotechnischer Beweis für die Güte dieses Weines und für die hohe Zahl der Anlässe, da ich an dieser besonderen Stelle der Karte mit meinen Neigungen zum Lotterleben kämpfte: Ich sagte mir, dass der normale Tavel, der sehr gut war, wirklich auch gut genug wäre; zwei Cents pro Tag mal dreißig, so erläuterte ich mir des Öfteren, machten im Monat immerhin fünfzehn Francs. Ich glaube nicht, dass ich diese Auseinandersetzung je gewann; mein verschwenderischer Gaumen trug den Sieg davon. Tavel hat eine rosenfarben-kirschrote *robe*, die an die Farben mancher Rennställe erinnert, aber sein Geschmack ist nicht dünn oder säuerlich wie bei den meisten ihn oberflächlich nachahmenden Weinen. Er ist warm, aber trocken, wie ein zurückgehaltener Enthusiasmus, und es ergibt sich eine unendlich suggestive Ahnung von Bitterkeit, wenn der Wein oben auf dem Gaumen angelangt ist. Mit dem zweiten Glas wächst der Enthusiasmus, mit dem dritten wird er überwältigend. Die Wirkung ist weitausgreifend und wärmend, der Wein stimuliert das Denkvermögen und die geselligen Instinkte. Einen »scheinbar leichten, doch tückischen Rosé« nennt ihn Root mit einer Nuance nachtragender Ablehnung, der man ein altes Trinkermissgeschick ablesen möchte.

Der Tavel kommt aus dem Ort desselben Namens im Languedoc, gleich westlich der Rhône. Im Jahre 1926 gab es in ganz Frankreich nur zwei bekannte Weine, die weder rot noch weiß waren. Einer war der Tavel, der andere der Arbois aus dem Jura – und dieser ist nicht rosig, es ist ein sogenannter »Zwiebelschalen«-Wein, in dem es rostgelb und purpurn blinkt. In den späten Dreißigern begannen die Rosés in Weingegenden aufzutauchen, wo man sie nie zuvor gekannt hatte – die Winzer entdeckten, wie gut sie sich absetzen ließen, und bis zum heutigen Tag breiten sie sich nun wie die Masern auf der Landkarte der Weine aus. Meist werden Roséweine aus den blauen Trauben gemacht – der übliche Prozess wird abgekürzt, indem man die Flüssigkeit vorschnell von den Traubenschalen trennt. Das spart Zeit und Mühe. Als Produkt ergibt sich eine Art abgetriebener Rotwein. Jeder für gewöhnlich weiße Wein lässt sich in einen Rosé verwandeln, indem man einfach eine Dosis Rotwein* oder Cochenille zusetzt.

In den Jahren 1926 und 1927 hörte ich zum Beispiel niemals von irgendwelchen Rosé-Anjous, obwohl ich jeden

* »Manche [Bauern] nennen einem ein rasches Rezept für einen Rosé, mit dem ich diese Seite nicht beflecken will.« Aus Morton Shands Klassiker *A Book of French Wines*, Jonathan Cape, London, Ausgabe von 1960.

Tag Weinkarten studierte und eine Woche des konzentrierten Trinkens in Angers verbrachte, einer herrlichen Weißweinstadt. Das Elsass ist eine weitere berühmte Weißweinprovinz, die jetzt ihren Namen zahllosen rosa Kreuzungen zwischen No-Cal-Soda und Essig leiht; wäre ich 1926 über die geheiligte Schwelle von Valentin Sorgs Restaurant in Straßburg getreten und hätte vom Sommelier einen *rosé d'Alsace* verlangt, hätte er mich ganz zu Recht mit Fußtritten über die deutsche Grenze gejagt. Jetzt ist die Liste endlos; wenn man rasch die Seiten der Hochglanzbroschüre irgendeiner Weinhandlung durchblättert, sieht man Rosés aus Bordeaux, Burgund, dem ganzen Süden Frankreichs, Kalifornien, Chile, Algerien und weiß Gott woher noch. Rosa Champagner, der im selben Verfahren gefärbt wird, gibt es seit einem Jahrhundert; er wurde ursprünglich für die afrikanische und angelsächsische Kundschaft entwickelt. Die »Entdeckung« eines Marktes für rosa Champagner fällt etwa mit der Aufhebung der Prohibition in den USA zusammen. (Die amerikanische Hausfrau ist leicht mit optischen, farblichen Reizen zu verwirren.) In England trat im Zuge der sozialen Revolution um diese Zeit ein neuer Typus des Weinkäufers auf. Auch da tat das Rosa seine Wunder – und ebenso in Frankreich selbst, wo viele Familien, die sich bis dahin auf den billigsten Wein beschränken mussten, zu den sogenannten besseren Dingen des Lebens vordrangen.

Logisch gesehen gibt es keinen Grund, weshalb irgendeine gute Weiß- oder Rotweingegend nicht auch ebenso guten Rosé produzieren sollte. Aber in der Praxis sieht es so aus, dass die Besitzer der guten Weinberge keinerlei Grund haben, ihre Weine irgendwie zu verändern; sie können jeden Tropfen verkaufen, den sie produzieren. Es ist unmöglich, sich vorzustellen, dass der Besitzer beispielsweise einer Lage Montrachet, Chablis oder Pouilly seinen Wein behandelt, um einen Rosé-Burgunder zu erhalten. Fast ebenso schwer fällt es, sich das von den Erzeugern erstklassiger Weine des Elsass oder Anjou vorzustellen. Die Weine, die in den großen Weingegenden zu Rosé verwandelt werden, sind deshalb vermutlich die schlechtesten – ein Verdacht, der sich bei fast jeder meiner Begegnungen mit ihnen bestätigt hat. Was die Rosés aus den Billigweinprovinzen angeht, sind sie so schlecht wie die grobschlächtigen Kreszenzen, aus denen sie hervorgehen, aber sie werden in aufwendig gestalteten Flaschen von untraditioneller Form verkauft – ein Trick, den man sich bei der Parfümindustrie abgeschaut hat. Die Flaschen werden in der Regel mit künstlerisch ambitionierten Etiketten beklebt, im Stil von Robidas Rabelais-Illustrationen, und die Weine werden zu einem Preis verhökert, der in keinem Verhältnis zu ihren sehr bescheidenen Meriten steht. Hinter ihrer grauenhaften Ausbreitung steht auch ein Bericht, lanciert von irgendeinem französischen Werbemann, der behauptet, während man bekanntlich den Weißwein nur zu bestimmten Speisen und den Rotwein nur zu bestimmten anderen genießen solle, passe Rosé »zu allem« und könne so ohne die Gefahr irgendwelcher Verlegenheiten von der unerfahrenen Gastgeberin jederzeit eingesetzt werden. Die Wahrheit ist natürlich die, dass ein Wein, der nicht gut ist, zu überhaupt nichts »passt«, und wenn er es ist, dann passt er in jede Gesellschaft.* Der Tavel jedoch ist der gute, der alte und – was mich betrifft – immer noch der einzige würdige Rosé.**

Im Restaurant des Beaux-Arts stand der Tavel *supérieur* so weit oben auf der Karte, wie ich meinen Blicken hinaufzuschweifen gestattete, bis ich spürte, dass das nächste Geld unterwegs war. Wenn ich die ersten übersinnlichen Anzeichen seines Nahens empfand, fing ich an, den Kostbarkeiten weiter oben auf der Karte nachzuhängen – Côte Rôtie, Châteauneuf-du-Pape und roter sowie weißer Hermitage, die per Flasche drei bis fünf Francs mehr kosteten als mein gewöhnliches Purpursiegel. Renn-Enthusiasten behaupten gerne, ein großes Pferd habe für gewöhnlich

* Mr Frank Schoonmaker, ein Weinschriftsteller und Weinhändler, der viel dazu getan hat, den Rosé in den Vereinigten Staaten zu verbreiten, schrieb mir nach dem ersten Erscheinen dieser Feststellung, ich würde »doch gewiss nicht einen guten Bordeaux zu Sardinen oder einen Montrachet zum Roastbeef servieren« wollen. Hierauf muss ich erwidern, dass ich auch einen Montrachet oder überhaupt irgendeinen guten Wein jeglicher Farbe nicht zu Sardinen servieren möchte, da er, mit diesen zusammen genossen, nur wie weitere Sardinen schmecken würde. Hier wäre ein Bier die beste Lösung, oder ersatzweise ein Rosé. Ich stelle kostenlos den Werbespruch zur Verfügung: »Rosé, der ideale Gefährte des Fischöls«.

** Der große Kenner Shand schrieb 1960 *(A Book of French Wines)* mit größerer Autorität als ich, doch mit nicht geringerer Bitterkeit von der rosa Pest: »Merkwürdige kleine Rosés wurden nun sehr spät ihrer mehr als provinziellen Obskurität entrissen und lärmenden Touristengruppen vorgesetzt; wenn es nichts derartiges gab, unternahm man sogleich Schritte zur Herstellung eines heimischen Rosé.«

auch einen großen Namen, eindrucksvoll und wohlklingend, und bei diesen drei Weinen ist es ähnlich. Das neue Schloss des Papstes und die Eremitage lassen an mittelalterliche Festivität und Frömmigkeit denken, doch der Name Côte Rôtie – der in der Sonne gebratene Weinberghang – ist der liebenswürdigste von den dreien, was auch für den Wein gilt, der einen reineren Geschmack als Châteauneuf und einen wärmeren als Hermitage hat. Châteauneuf macht oft den Eindruck eines Zuviel, um wahr zu sein, und seine Eigenschaften schwanken in jeder Hinsicht verheerend – bis auf den Alkoholgehalt, der immer hoch ist. Der rote Hermitage ist gewiss ein distinguierter Wein; wie seine Lobredner gerne sagen, ähnelt er von allen Weinen der Rhône am stärksten einem großen Burgunder, aber vielleicht aus diesem Grunde war er für einen jungen Mann am schwierigsten zu begreifen. Er entsprach am wenigsten dem typischen *vin du Rhône*. Was den seltenen weißen Hermitage angeht, von dem ich nun viele Jahre lang keine Flasche mehr angetroffen habe, so hinterließ er eine glorreiche, doch vage Erinnerung. Côte Rôtie war meine große Liebe. Wenn ich ihn trank, glaubte ich jene buchstäblich bratende, doch wundersam grüne Hanglage vor mir zu sehen, knisternd vor Genüsslichkeit wie die Haut eines Entenbratens, während kleine weinfarbene Teufelchen kleine Nymphen die dampfenden Bäche des Weines entlangjagten. (Dreißig Jahre später trug ich ein längeres Rückspiel mit dem Côte Rôtie aus, als ich ihn auf der Weinkarte bei Prunier in London entdeckte. Ich näherte mich ihm mit Besorgnis – wie man einen Lieblingsautor wieder aufschlägt, den man sehr lange nicht gelesen hat: in der Hoffnung, er möge noch so gut sein, wie man ihn in Erinnerung hat. Ich hätte mich nicht ängstigen brauchen. Wie Dickens besteht Côte Rôtie diese Prüfung. Er ist kein Rudyard Kipling in der Flasche, bei dem man ein konfuses Gedächtnis oder einen beschädigten Korken vermutet.)

An Tagen, da ich lediglich den Verdacht hatte, es könnte wieder Geld auf der Bank sein, ging ich auf einem beliebigen Umweg vom Restaurant des Beaux-Arts zum Boulevard des Italiens und schaute mir die Auslagen der Antiquare an, um mir im Geiste eines jener Bücher auszusuchen, die ich mir nur einmal im Monat leisten konnte. Da ich meist beim Crédit Lyonnais kein Glück hatte, blieb mir viel Zeit für Blicke ins Schaufenster und Kontrollgänge an den Bücherständen auf den Seine-Kais. Diesem Umstand verdanke ich einige der besten Bücher in meinem Besitz – das *Moyen de Parvenir* etwa, im frühen 17. Jahrhundert in Chinon gedruckt, mit einem Vermerk auf dem Titelblatt: »Neue Ausgabe, gereinigt von so manchen Fehlern, die nicht da waren, und vermehrt um gar viele gänzlich neue.«

An meinem *guten* Tag, wenn ich tatsächlich die Nachricht erhielt, musste ich dann wiederum hingehen, um das Geld einzustreichen, aber diesmal war mein Schritt ein anderer. Allein an meiner Haltung beim Verlassen des Hotels in der Rue de l'École de Médecine konnte mein Wirt, Monsieur Perès, ablesen, dass ich an diesem Abend meine Rechnung bezahlen würde – zusammen mit den sechs-, siebenhundert Francs, die ich ihm unweigerlich nach persönlichen Anpumpereien schuldete. Er klopfte heiter ans Glas des Fensters, das seine wohlgeheizten Büro- und Wohnräume vom weniger wohlgeheizten Vestibül trennte, und schwenkte den Arm mit einer Geste, wie er sie wahrscheinlich eingesetzt hatte, um seine Kompanie bei Verdun zu einer Attacke aus den Schützengräben zu reißen. Er war ein *grand blessé* und ein Ritter der Ehrenlegion, *à titre militaire*, mit einer Silberplatte im Kopf, was seine Kapazität für den Alkohol schwächte – woran er Madame häufig erinnerte, wenn sie ihn anschrie, er hätte wieder zu viel getrunken. »Ein einziges kleines Glas, und du siehst, wie es mir geht«, sagte er dann traurig. Tatsächlich tranken er und ich gewöhnlich unsere sechs Gläser in der Taverne Soufflet, und er zechte auch mit anderen Mietern – insbesondere mit einem Iren namens O'Hara, der in einer Bank arbeitete, und einem leichtsinnigen Koreaner, der ein Mädchen aushielt.

Im Restaurant trank ich dann Côte Rôtie, wie ich es mir erträumt hatte, und nach dem Essen nahm ich ein, zwei Gläser Armagnac. Danach ging ich sehr geschäftsmäßig durch die Stadt und hielt nur zehn- oder elfmal inne, um den Fluss zu betrachten, und noch zwei-, dreimal, um Mädchen nachzusehen. Beim Crédit empfing man mich mit feierlicher Verachtung, wie einen Bewerber um die Hand der Tochter eines reichen Geizhalses. Man ließ mich mit anderen elenden Bittstellern, die unbedingt Geld von der Bank haben wollten, auf einer kahlen Holzbank Platz nehmen, und wir kamen uns alle von Minute zu Minute immer mehr wie Missetäter vor. Eine französische Bank begründet kraft des intensiven Ernstes ihrer Sucht nach Geld einen emotionalen Anspruch auf überwiesene Summen. Der Kunde kommt sich vor wie eine leichtsinnige Mutter, die ihren Säugling auf den Treppenstufen eines Hauses zurückgelassen hat und später dann zurückkehrt, um Ansprüche auf das Kind zu erheben, das die Zieheltern längst schon als ihr eigenes betrachten. Ich bekam eine Metallmarke mit einer Nummer, und wenn ich dann – infolge des guten Mittagessens, des Côte Rôtie, des raschen Spaziergangs und der schlechten Luft hier drinnen – eben eingenickt war, schüttelte mich ein *huissier* an der Schulter, der gewiss im Repertoire eines Provinztheaters den Harpagon gegeben hatte. Ich näherte mich einem Schaltergitter, hinter dem ein weiterer Harpagon in einer Alpakajacke die Anweisung in Händen hielt und zuversichtlich schien, meinen erschlichenen Anspruch auf die dokumentarische Identität sofort zerfetzen zu können. Manchmal weckte er durch sein rabiates Misstrauen Zweifel in mir, wer ich wirklich war. Ich stand da und tastete hektisch in der falschen Tasche nach meiner *carte d'identité* (die eine Begabung dafür hatte, von einem Punkt meiner Kleidung zu einem anderen zu wandern wie die Münze eines Varietézauberkünstlers) und dann nach meinem Pass, der bei solchen Anlässen ein ähnlich scheues Wild war. Das Hohngrinsen auf Harpagons Kuttelfischgesicht wurde triumphal, und ich rechnete schon damit, dass er hinter seinem Gitter auf einen Knopf drücken würde, der einen Trupp Polizisten alarmierte. Endlich fand ich meine eigenwilligen Papiere, ich legte sie vor, und er händigte mir die Anweisung aus. Dann schickte er mich auf die Sitzbank zurück, ein *huissier* überreichte mir eine weitere Nummer, und alles wiederholte sich – diesmal legte ich meine Kafka-

Nummer vor einem anderen Schalter und einem anderen Harpagon hin, der mir dann die stattliche Summe aushändigte. Endlich trat ich mit zweihundert mal sechsundzwanzig Francs minus gewisser Abzüge für amtliche Stempel auf den Boulevard des Italiens hinaus – einmal im Monat der Graf von Monte Cristo. »Taxi!«, rief ich. Zu Fuß zurückgehen brauchte ich nicht.

## *La Nautique*

Der Satz »Mens sana in corpore sano« ist ein Widerspruch in sich – eine Art chimärische Einrede gegen die störrische Volkserkenntnis »You can't have your cake and eat it«. Kein vernünftiger Mensch kann es sich leisten, ohne ungesunde Vergnügungen zu existieren; kein Asket kann als verlässlich bei Sinnen gelten. Hitler war der Archetyp des enthaltsamen Menschen. Als die anderen Krauts ihn im Bierkeller Wasser trinken sahen, da hätte ihnen klar sein müssen, dass diesem Mann nicht zu trauen war.

Ich habe mich einmal – mit zweiundfünfzig – aus freien Stücken einem Abnehmgefängnis in der Schweiz überantwortet, aber ich litt lediglich an momentanem Wahnsinn. Ich bereute bald, doch blieb ich noch, weil ich zwei Wochen Nichtpension im Voraus bezahlt hatte und den erlegten Betrag nicht verfallen lassen wollte, der einigermaßen höher war als der Preis, den mich vier tägliche Mahlzeiten bei Pierre an der Place Gaillon gekostet hätten, jeweils mit einer Flasche Corton Charlemagne, einer weiteren La Mission Haut-Brion und drei gesunden Calvados hinterher.

Es war wie ein Irrenhaus, wo im Verlauf einer Meuterei die Patienten die Stellen des Personals besetzt hatten, um sich nun gegenseitig mit »Herr Doktor« anzureden. All die freundlichen, dicken, vernünftigen Leute wie ich, die sich nach etwas Anständigem zu essen sehnten, standen unter scharfer Kontrolle, während die *soi-disant* Doctores, denen es freigestanden hätte, sich normal zu ernähren, Hagebuttentee tranken und aus Apfelkerngehäusen und Weizenkeimen verfertigten Dreck aßen. Uns gestatteten sie nur winzige Mengen davon. Die Schwestern und Therapeuten aßen in demselben ironisch »Speisesaal« benannten Raum wie wir und schienen, abgesehen von den größeren Portionen, denselben Schund zu verzehren. (Einmal bekam ich als besondere Belohnung, weil ich mich so tapfer hielt, drei Haselnüsse.)

Der abgesehen von uns Patienten einzige vernünftige Mensch in der Klinik war der Masseur, ein großer, breiter Schweizer namens Sprüdli.

»Und du, tust du diesen Scheiß essen?«, fragte ich ihn in meinem mangelhaften, aber geläufigen Deutsch.

»Nein«, sprach Sprüdli, während er wie an Harfensaiten an meinem Bizeps zupfte und ihn wieder zurückspringen ließ. »Ich brauche meine Kräfte. Ich esse zu Hause.«

»Und was hast du zu Hause gegessen gestern Abend?«

»Blutwurst«, sagte er, »und Leberwurst.«

Ich wünschte, ich hätte nicht gefragt, aber der Masochismus benagt sich selbst, vor allem, wenn es sonst nichts zu essen gibt. Ich empfand einen Appetit auf selbstzugefügten Schmerz, was mir seither geholfen hat, die Gefügigkeit der Gefangenen in Konzentrationslagern nachzuvollziehen.

»Und was hast du getrunken zu Hause gestern Abend?«

»Wein«, sagte er, »und Bier.«

Er renkte mir eines meiner Knie aus und schob es wieder in die Gelenkpfanne zurück, mit der Geste eines Mannes, der am Billard einen Massé-Stoß ausführt.

Tränen des Hungers und Schmerzes füllten meine Augen. Sprüdli war – wie die meisten Schweizer – eben doch ein Deutscher. Nachdem er meinen Kummer begriffen hatte, ließ er es sich angelegen sein, bei jedem seiner Besuche vom Speisezettel des Vortags zu berichten.

»Guten Morgen«, sagte er etwa. »Kalbshaxen habe ich gestern zu Hause zu Mittag gegessen, mit Kartoffelknödeln, und abends junges Huhn und noch einmal Knödel.« Dann lachte er, noch ehe ich leidend das Gesicht verziehen konnte, so sicher war er, ich würde es tun. Gute alte Schadenfreude.

Als ich meine Zeit in diesem ruinös teuren Quasi-Buchenwald abgesessen hatte, machte ich mich auf nach Pontarlier, auf der französischen Seite der Grenze, wo Freunde wohnten, die ich seit dem Krieg nicht gesehen hatte. Auf dem Weg dorthin musste ich in Bern umsteigen. Als ich Bern erreichte, hatte ich bereits eine schwere Grippe, und als ich durch die Zollschranke auf dem Bahnhof von Pontarlier ins Département Doubs hineingewankt war, brach ich in den vier Armen meiner Freunde zusammen. Ich wog immer noch ziemlich viel. Sie schafften mich im Peugeot nach Hause und brachten mich zu Bett, wo ich unter acht oder neun Decken zitterte. Ich wusste, ich würde wieder auf die Beine kommen, als ich wie durch dichten Nebel die Stimme eines gütigen doubsischen Arztes hörte, der freundlich nach Kirsch und Pfeifentabak stank.

»Der Mann ist ja völlig ausgehungert!«, sagte er. »Seine Konstitution ist total aufgelöst! Sie müssen ihm zu essen geben – aber fangen Sie nicht allzu grob an, er könnte es nicht verkraften. Ein Perlhuhn oder zwei am ersten Tag, und Bachforellen.«

»Und Wein?«, fragte meine engelgleiche Gastgeberin. »Wein darf er doch haben? Er liebt ihn.«

»Er darf es nicht übertreiben«, sprach Hippokrates. »Höchstens zwei Liter am Tag und nichts Schweres – vielleicht ein Mercurey. Wenn der Puls schwach ist, ein wenig *marc d'Arbois*, und vor morgen keine Fondues. Dann können wir beginnen, ihn aufzupäppeln!«

Ich verließ Pontarlier – wie es Mutter einst nach ihren Diätkuren ergangen war – um einige Pfund schwerer, als ich zum Zeitpunkt meines Flugs nach Zürich zur Abnehmkur gewesen war. Diese Episode blieb in meinem Leben einzigartig: Es kam nur dieses eine Mal vor, dass ich der Versuchung erlag, mir Schmerz zuzufügen. Anderen Versuchungen zu widerstehen war schwieriger.

1926 aber hatte ich eine andere Methode, mein Gewicht innerhalb vernünftiger Grenzen zu halten. Ich boxte gerne, und ich hatte die Illusion, wenn ich viel boxen würde, könnte ich auch sehr viel essen und trinken und sogar noch spät in der Nacht mit den Mädels umherziehen. Im Training würde das alles wieder verbrennen. Ich war zu jung, um zu wissen, dass dem, der diese drei Dinge häufiger treibt, nur noch selten nach Boxen zumute ist – und das Boxen macht keinen Spaß, wenn einem nicht danach ist. Das kommt daher, dass man nach dem Boxen Lust zu essen hat, nicht aber nach dem Essen Lust zu boxen. Ich hatte damals noch nicht den großen Sam Langford sagen hören: »Bier kann man ausschwitzen, Whisky kann man ausschwitzen, was man nicht ausschwitzt, sind die Weiber.« Aber Sam hatte nie gegen meinen zähesten Gegner anzutreten, die reine Esslust.

Mit dreizehn, als mich mein Onkel Mike aus San Francisco in die Anfangsgründe der hohen Kunst des Boxens einführte, war ich noch kein bedeutender Lebemann. Später auf dem College und selbst bei der Zeitung in Providence waren die Versuchungen nur spärlich gewesen. Am *Journal* machte ich für vierzig Dollar die Woche eine Nachtschicht. Das hieß, dass ich nach der Arbeit ausschlief und mich einfach ernährte. An den meisten Tagen lief ich gegen Mittag im YMCA ein und boxte mit irgendeinem Partner ein paar Runden, oder ich joggte ein paar Meilen, ehe ich in die Redaktion ging. Ich wog zwischen zweiundsiebzig und siebenundsiebzig Kilo. In Paris waren die langen Spaziergänge mein einziges Training. Eine Zeitlang reichte das auch, und dann bekam ich Schuldgefühle. Ralph Henry Barbour und G. A. Henty gehörten zu den Autoren, die meine Moralvorstellungen geprägt hatten; sie hatten die Nachfolge Washingtons angetreten. Und die Helden ihrer Bücher waren stets in bester körperlicher Form, damit sie linksaußen spielen oder gefährliche Missionen hinter den feindlichen Linien durchführen konnten. Keine Überlagerung durch Rabelais- oder Stendhal-Lektüre konnte diesen perversen Einfluss ganz ausschalten.

Onkel Mike, der ein wenig jüngere Bruder meiner Mutter, gehörte nicht zu jenen Verwandten, aus denen »etwas geworden war«. Er hatte ein kleines, verkniffenes Cruikshank-Gesicht, das klein geblieben war, während die Backen sich drumherum wölbten und feisteten, so dass es nun wirkte wie ein kleiner Druck mit breitem Rand. Der Typus, den er sich ausgesucht hatte – der agile Sportsmann der Jahrhundertwende –, fand sich nun ebenfalls im Fett der Respektabilität eingeschlossen, als er nach und nach sesshaft wurde. Er hätte Vaudevillekomiker oder Bauernfänger werden sollen. Aber seine beiden Schwestern hatten solide Geschäftsleute geheiratet, und er hatte die schlechte Gewohnheit angenommen, für seine Verwandten zu arbeiten.

Mike war insofern eine Enttäuschung für die Familie, aber er war ein stimulierender Pädagoge. Das akademische Leben wäre auch etwas für ihn gewesen, wenn ich mir's recht überlege, aber er hatte die Minerva nicht über die Portale der Lowell High School hinaus verfolgt und es vorgezogen, eine Seitengasse hinabzurennen, den Vaudevillegirls hinterher. Der Zweck des Boxens, das machte Mike mir von Anfang an klar, war nicht die Selbstverteidigung. Es war ein sinnliches Vergnügen wie das Schwimmen im Meer.

Man schwimmt nicht in den Ozean hinaus, um sich gegen das Ertrinken zu verteidigen. Tatsächlich sind die Chancen zu ertrinken eher größer, wenn man ins Meer hineingeht, anstatt am Strand zu bleiben. Ebenso boxt man nicht, weil man sich davor bewahren möchte, ein blaues Auge zu fangen.

Die Befriedigungen sind größer als die Risiken. Boxen ist eine stärker soziale Aktivität als das Schwimmen oder die Lyrik, weil es ein Dialog ist. Eine unglückliche Verszeile fordert hier einen katastrophalen Reim heraus.

Ich war ein unbeholfenes Kind, dick vom Herumsitzen und Lesen, und ich musste alles von Grund auf lernen – sogar, dass man die Augen offenhält, auch wenn man eins auf die Nase bekommt. Ich redete zwar gelehrt über die Namen im Sportteil, und als Mike mich fragte, ob ich boxen könne, bejahte ich dies mit Nachdruck. Aber dann stellte ich mich hin, die Rechte vorgestreckt und die Füße beieinander. Es war ein Augenblick der Demütigung, aber ein guter Ausgangspunkt für das Weitere. Ich wusste überhaupt nichts. Mike brachte mir bei, wie man steht, wie man sich bewegt, wie man zuschlägt – immer auf dem kurzen Weg –, vor allem aber lehrte er mich das Grundmotiv des Boxens, das wie beim Schach die Vernichtung des Gegners ist.

Verteidigung ist entweder die Ouvertüre eines Angriffs oder ein Zwischenspiel zwischen Attacken. Man bewegt sich, um den anderen Mann zu schlagen, nicht um zu vermeiden, dass man geschlagen wird. Auch liegt die größte Sicherheit – relativ gesprochen – im Angriff. Man ist sicherer *in* einem Schlag – in seiner Schwungkurve –, als wenn man man dem Schlag ausweicht und möglicherweise in seine Schwunglinie tritt.

Mehr noch – wenn man im Schlag steht, kann man selbst zuschlagen, aber wenn man draußen steht, ist man bloß einem Angriff entkommen. Das ist das Wesentliche. Alle Schlüsse, die man daraus ziehen mag, sind optional und zufällig.

Mike brachte mir, da bin ich sicher, weniger bei, als er wusste. Aber alles, was er mir gab, war richtig oder doch in argumentativer Sichtweite des Richtigen. Die linke Schulter vor das Kinn zu klemmen passt nicht zu jedem Stil, aber er sagte, so habe das Jim Jeffries gemacht. Dem Arm beim Hieb eine halbe Drehung zu geben gilt bei manchen Puristen als affektiert, aber Mike sagte, das sei Kid McCoreys Korkenzieherschlag, und dies machte die Technik für mich unwiderstehlich. Mikes Stil trug deutlich die charakteristischen Zeichen des goldenen Zeitalters von Kalifornien. Die Kalifornier waren wie ihre Zeitgenossen, die Impressionisten: anmutig, direkt und voll hellem Licht.

Was mich mehr als alles andere faszinierte, war ein listiger Umgehungstrick, den Mike mir beibrachte: wie man die gute Hand des anderen in der Achselhöhle einfängt und ihn aus der Balance schwenkt, während man auf ihn eindrischt.

»Mit der einen Hand festhalten und der anderen zuschlagen, das ist ein Foul«, erklärte Mike, »aber wenn der andere seinen Handschuh unter deiner Achsel einklemmt, was kannst du dazu? Und wenn du zufällig einem mit dem Schädel gegen den Mund haust, dann geh mit dem Kopf nochmal hoch, um dich zu entschuldigen, wenn du Glück hast, erwischst du ihn an derselben Stelle.« So fühlte ich mich nicht nur mutig, sondern auch weise.

Meine Weisheit wurde mir einmal in diesem leichtlebigen Jahr in Paris zum Nachteil, als ich im American Baptist Center in der Rue Denfert-Rochereau mit einem jungen Mormonenmissionar kämpfte. Wir hatten beide die Köpfe gesenkt und ruckten sie gleichzeitig nach oben. Er muss wohl auch einen Onkel Mike gehabt haben. Die rechte Seite seines Kopfes schlug gegen die rechte Seite des meinen. Wir rissen einander das rechte Augenlid auf, von der Braue zu den Wimpern, präzis und identisch. Das Blut rann wie aus zwei Wasserhähnen; es war kein Schmerz zu spüren, aber wir waren ungeheuerlich blutverschmiert. Die Erste Hilfe der herumstehenden Amateure war sinnlos. Die Sache wäre selbst für einen professionellen Ringpausenspezialisten wie Whitney Bimstein ein Problem gewesen. So brachen wir auf, wie wir waren, in Sweatshirts und Turnhosen, und rannten zu einem Krankenhaus an der Avenue de l'Observatoire, das nicht weit entfernt war. Wir hinterließen beim Joggen eine blutige Spur.

Der Mormone machte einen Französischkurs an der Sorbonne, um eine bessere Kundschaft bekehren zu können. Er sah aus wie ein richtiger Collegebubi, mit sorgfältig an den Kopf geklatschtem Blondhaar, aber er war ein netter Junge. Mittlerweile wird er wohl Bischof sein.

Wir wurden mit großem Hallo im Krankenhaus empfangen, wo uns die Schwestern und Assistenzärzte *rigolo* fanden – törichte Opfer unserer Leidenschaft für gesunde Leibesübungen. Ein Stationsarzt schloss den langen vertikalen Riss in meinem Lid mit kleinen Metallklammern, die er mit einem hefterartigen Gerät anbrachte. Zum Nähen war die Wunde zu eng am Auge, sagte er, und der Hefter war schneller und weniger schmerzhaft. Ein alter Arzt in Cherbourg nahm ein paar Wochen später den letzten Verband ab und ließ die Klammern drin. Seine Theorie war vielleicht die, dass sie sich auflösen würden. Im Lauf der Zeit wuchs die Haut über das Metall, und diese haarfeine weiße Linie, die sich uneben anfühlt, ist als Erinnerung an meine Universitätszeit das, was am ehesten einer Mensurnarbe entspricht. Außerdem ist sie das einzige Rohstoffvorkommen in meinem Besitz: Metallpartikel haben sich im Lauf der Jahre immer wieder an die Oberfläche gearbeitet, und ich habe manchmal den Verdacht, dass sie sich fortpflanzen oder durch Teilung vermehren.

Mein Aussehen bei der Rückkehr ins Hotel Saint-Pierre erheiterte Monsieur Perès einen Monat lang.

Dies war die aufregendste Episode meiner sportlichen Laufbahn in Paris. Das Baptisten-Center hatte ich durch eine zweizeilige Anzeige im *Herald* entdeckt. Es hatte eine kleine Turnhalle mit einem Basketballfeld und Duschen, die aber den größten Teil der Woche von französischen Baptistenkindern benutzt wurden. Vielleicht gab es dort nicht nur eine Kirche, sondern auch eine Schule; ich war nicht neugierig.

Gegen eine bescheidene Gebühr konnten wir Nichtbaptisten an Mittwochnachmittagen trainieren, und das war besonders günstig, da man im Hotel für jedes Bad bezahlen musste. Allein die Dusche wog so schon die Kosten auf. Manche in der gemischten Gesellschaft, die hier auftauchte, begnügten sich mit dieser einen Dusche pro Woche. Einige spielten Basketball oder Volleyball, ich aber war der einzige Centerbesucher, der gerne boxte. Ich besaß auch als einziger Boxhandschuhe, und meine Versuche, weitere Interessenten anzuwerben, wurden mit Misstrauen betrachtet.

Ein paar von den jungen Malern und Studenten waren durchaus athletisch durchtrainiert, aber das Anziehen der Boxhandschuhe machte sie nervös und sie erstarrten. Es macht keinen Spaß, mit einem Nicht-Boxer zu boxen: Man kommt sich blöd vor, wenn man ihn schlägt, und dann, wenn man behutsam wird, erwischt er einen mit einem ungeschickten Hieb, der weh tut, und man muss noch sagen: »Gut gemacht!«, obwohl man ihn umbringen möchte. Ich habe seitdem in zahlreichen Memoiren von dem American Artists' Club am Boulevard Raspail gelesen, wo Literaten wie Hemingway, Morley Callaghan und Bob Coates einander ständig das Hirn zu Brei schlugen, aber damals stieß ich nicht auf diese Adresse. Der Raspail lag weit weg von meinem Revier, und ich nehme auch an, die hätten nicht mit jemandem geboxt, der nie etwas veröffentlicht hatte. Der einzige amerikanische Autor, der bei den Baptisten vorbeikam, war Joe Gollomb, ein stark behaarter, breiter, netter Mann, der seriell Krimis produzierte. Er war achtunddreißig, und ich konnte meine Ungläubigkeit nicht verbergen, als er mir sagte, er habe immer noch ein schönes Sexualleben. Es tauchte dort auch ein dünner, strenger junger Mann aus Kansas namens Harold Callender auf, der Korrespondent des *New York Sunday Times Magazine*. Er trank nicht, wie ich mich erinnere, und es setzte mich in Verlegenheit, wenn er mit uns zusammen in einem Café saß und ein Glas Wasser bestellte. Als ich ihn zuletzt sah, vor einigen Jahren, war er Chef des *Times*-Büros in Paris und hatte den rechten Weg gefunden. Er lud mich zu einem wunderbaren Mittagessen ein und trank fast so viel wie ich.

Wenn wir unsere moderaten mittwöchlichen Exerzitien absolviert hatten – die meinen wurden von Woche zu Woche moderater –, gingen drei oder vier von uns zum nächsten Café. Die Avenue Denfert-Rochereau verläuft vom Löwen von Belfort bis zu ihrer Einmündung in die Avenue de l'Observatoire, welche dann fast sofort an dem Punkt ankommt, wo die Boulevards Montparnasse und Saint-Michel aufeinandertreffen. (Die Avenue de l'Oberservatoire ist, vom Namen abgesehen, die Verlängerung des Saint-Michel – oder dieser die Verlängerung der Avenue de l'Observatoire, wenn man am anderen Ende losgeht.) Die Avenue Denfert-Rochereau war eine steife Straße mit mehreren Konventen, aber ohne Bars. So mussten wir bis zum Berührungspunkt der beiden Boulevards spazieren, um eins zu trinken – in der Closerie des Lilas. So weit mussten wir ohnehin alle zusammen gehen, ehe sich unsere Wege trennten.

Mittlerweile war es Zeit für den *apéritif*, und wir kamen uns alle tugendhaft vor, weil wir als Adepten des durchtrainierten Lebens soeben sozusagen zur Messe gegangen waren. Wir hatten für eine Woche unseren Frieden mit Ralph Henry Barbour gemacht.

Wir kippten ein paar Vermouth Cassis, und dann bogen meine Bekannten nach Westen ab, den Boulevard Montparnasse entlang, um sich wieder den anderen Amerikanern anzuschließen, während ich alleine den Saint-Michel hinunterging, unerschüttert in meinem Entschluss, das Leben der Franzosen zu leben. Das tat ich natürlich nicht, aber ich lebte mit und unter ihnen und den verschiedenen anderen Ausländern des Viertels.

Mir gefiel das Erlebnis des tiefen Eintauchens in ein fremdes Element, als triebe ich im sommerlichen Meer, nur das Gesicht über dem Wasser und in meinen Ohren ein angenehmes Summen. Ich war oft allein, aber selten einsam.

Ich genoss die Zeitungen und Bücher, die gewöhnlich meine Gesellschaft bei Tisch waren, die kurzen Gespräche mit den Kellnern, Barkeepern, Buchhändlern, Straßenverkäufern, die alten Stimmen der alten Professoren in den Vorlesungen, die ich unregelmäßig aufsuchte, den Klang der Unterhaltungen um mich her und schließlich die Konversation der Mädchen, die ich manchmal gegen Ende eines Abends mitnahm. Diese Isolation erließ es mir, meine Eigenheiten zu verteidigen.

Es stand mir frei, die Operettentheater wie das Mogador oder das Gaîté-Lyrique zu besuchen, ohne dass ich befürchten musste, dass andere über meinen Kitschgeschmack die Nase rümpften; ich konnte in das Grand-Guignol gehen, ohne dass man mich daran erinnerte, wie *démodé* es war. Zu den wunderbaren Zügen des damaligen Paris gehörte es, dass diverse Theatervergangenheiten immer noch mit der Gegenwart koexistierten – man sah sich nicht auf die Wahl zwischen modernem und klassischem Theater beschränkt. Neben Jules Romains und Giraudoux im Théâtre des Champs-Élysées und Molière und Racine an den staatlichen Bühnen standen einem ständig die Operetten der frühen Dritten Republik, die Schlafzimmerkomödien und der Guignol-Horror aus der Zeit vor dem Ersten Weltkrieg, die klassischen Clowns des Cirque Medrano zur Verfügung. Alle hatten ihr Publikum, das sich nur in geringen Teilen überschnitt. Die Operettisten etwa zogen die Nostalgiker und Provinzler an, ehrenwerte alte Ehepaare und ihre Enkel, die gekommen waren, um ihren Namenstag zu feiern. Doch als ich diese Stimmlagen des Theaters jeweils zum ersten Mal erlebte, ganz unvoreingenommen, erhob mich *Les Cloches de Corneville* genauso wie Planquettes erstes Publikum damals im Jahre 1877, als das Stück so neu war wie *No, No, Nanette* im Jahre 1927. Der französische Zirkus brach mit einer Frische in mein Blickfeld, wie Toulouse-Lautrec sie fünfundzwanzig Jahre zuvor verspürt hatte. Das erkannte ich später an seinen Zeichnungen, die ich noch nicht gesehen hatte, als ich den *cirque* entdeckte. Die frivolen Farcen im Théâtre du Palais-Royal erschienen mir äußerst originell, und die überlebenden *chansonniers* à la Aristide Bruant entzückten mich – ich hatte eben nicht den Vorzug, über Freunde *à la page* zu verfügen, die mir gesagt hätten, das sei alles nicht mehr aktuell.

Ich erinnere mich an die hochachtungsvolle Hingabe, mit der ich Xavier Privas, den *Roi des Chansonniers*, einen schönen alten Mann mit glatt gestutztem weißem Bart, im kleinen Théâtre des Noctambules im Quartier Latin singen hörte: »Pour qui savait aimer, les heures sont roses ...«

*Pour qui savait* irgendeinen anderen Infinitiv, hatten die Stunden irgendeine andere Farbe – ich weiß abgesehen von der *aimer-rose*-Verbindung nicht mehr, welche zu welchen Stunden gehörten, aber er ging das ganze Spektrum durch: *penser, mourir, attendre – grises, blanches* und möglicherweise *chartreuses*. Ich dachte, Privas hätte die Melodie ebenso wie den Text verfasst, und erst viel später entdeckte ich, dass es sich um Brahms' notorisches *Schlummerlied* handelte.

Das Noctambules war eine Halle mit einem Podium am einen Ende und einer Bartheke am anderen. Es lag in der

Rue Champollion, einem zwei Häuserblocks langen Sträßchen, das den Namen des Gelehrten trägt, der den Stein von Rosette entziffert hat. Die Rue Champollion folgte verstohlen dem Boulevard Saint-Michel; sie schlich wie ein Meuchelmörder hinter dem Rücken des Boul' einher, von der Rue des Facultés bis zur Rue Cujas, benannt nach einem illustren Juristen des 16. Jahrhunderts. Die Straßennamen im Quartier Latin sollen die Aneignung von Kultur erleichtern, wie die Alphabetnudeln in der Suppe. Gypsy's Bar, von der noch zu erzählen sein wird, stand am Cujas-Ende der Rue Champollion, und auf halber Höhe der kleinen Straße lag das Hotel Champollion, wo die *séjours* – wie die Stunden beim Analytiker – fünfzig Minuten dauerten, was es den Paaren gestattete, sich zu entfernen, ehe sie für die nächste Stunde zahlen mussten.

Neben Privas, dem Apostel des Edlen und Rührenden, hörte ich im Noctambules einen alten Filou namens George Polin, der eine Nummer in der schlecht sitzenden Militäruniform der Rothosenepoche vor 1914 hinlegte (jener Tracht, die an dem anspruchsvollen Infanteristen Proust so eigenartig ausgesehen haben muss). Polins Material stammte aus den Stücken von Courteline, mit Latrinenhumor überkleckert. Seine Bühnenfigur war der dorftrottelige Rekrut, schlau-stupid, lüstern und auch nach einer Niederlage stets überzeugt, er hätte den anderen hereingelegt. Es war klar, dass die Nummer sehr alt war, älter als die roten Hosen des Kostüms. Sie war dem Publikum bereits derart vertraut, dass er an den größeren Theatern keine Engagements mehr bekam, aber wie ein *cassoulet*, das sehr lange auf dem Herd gestanden hat, war sie besser denn je. Hier, vor den Studenten, die ihn noch nie gesehen hatten, war er unwiderstehlich, wie jene Potpourristreifen mit Ausschnitten aus alten Stummfilmen, bei denen das heutige Kinopublikum zusammenbricht. So genoss ich nicht nur, was mein Paris amüsierte, sondern auch das, was mehrere frühere Inkarnationen der Stadt unterhalten hatte.

Diese lebende Retrospektive der Theatergeschichte ist etwas, das New York nie gekannt hat, vom Film abgesehen. Das New Yorker Theater hat stets die Vergangenheit brüsk von sich gewiesen, wenn auch – urteilt man, Saison um Saison, nach den Novitäten – mit denkbar geringer Rechtfertigung. Paris war damals eine Stadt fortwährender künstlerischer Erneuerung – die ich nicht wahrnahm und der ich, hätte ich sie wahrgenommen, misstraut hätte. Aber es gab eine Vergangenheit, die mit der Gegenwart konkurrierte. Das ist nahrhafter als irgendwelche groß aufgemachten Wiederentdeckungen, die meist kokett-nostalgisch und ziemlich herablassend sind. Polins knollige rote *trogne* und seine baumelnde Oberlippe, Privas' prätentiöses Profil gehörten den neunziger Jahren an, aber ich erinnere mich so gut an sie wie an Maurice Chevalier und seine damalige Ehefrau, Yvonne Vallée, die im strahlenden Scheinwerferlicht des Erfolges im Casino de Paris »Liindy, Liindy, sweet as the sugar can« und »Valentine« sangen. »Valentine« ist übrigens die zehntausendste Version von »La Belle Heaulmière« (»Elle avait …« usw.) *Mais où sont les et cetera de 1926?*

Im Boxring war dem Alter ebenfalls sein Platz reserviert. Georges Carpentier war erledigt – nicht einmal Al

Capone hätte ihm 1926–1927 in den USA noch ein Match verschaffen können. Aber ich sah ihn bei einem Schaukampf in der Salle Wagram mit einem Mulatten namens Jack Walker, und dieser Kampf war nach einer Reihe regulärer Begegnungen groß als Hauptereignis angekündigt. Da ich so Carpentier vier Runden ohne Anspannung habe kämpfen sehen, kann ich bezeugen, dass er einen flüssigen, wunderschönen Stil hatte – er schien sich auf seinen Gegner zu ergießen wie ein sich biegender Fluss, die Hiebe kurvten um Ellbogen herum und unter Armen hindurch und glitten wie Aale ins große Thoraxmeer, um dann wie Lachse über eine heruntergenommene Schulter aufs Kinn zu hüpfen. Ich konnte erkennen, was dieser Mann dargestellt haben musste, als er noch einstecken konnte. Seither habe ich nie mehr geglaubt, dass die großen amerikanischen Boxer, denen er vor dem Ersten Weltkrieg entgegentrat, ihn mitzogen – er muss als Mittelgewicht ein Phänomen gewesen sein. Dempsey war auch ein sich ergießender Strom, aber wie ein scharfer Strahl aus dem Spritzschlauch, der seine Gegner ganz direkt plattfegte. Ich glaube, Carpentier konnte man auf seinem Höhepunkt wahrscheinlich schwerer ausweichen, wenn er auch nicht so unmittelbar fatal war wie Dempsey. Natürlich war er nie sehr groß.

Walker, der für Carpentier im Wagram den Antagonisten gab, war ein wunderbar gebautes Halbschwergewicht; er bewegte sich gut, in einem Stil, der dem Carpentiers ähnlich war – schließlich hatte dieser für die folgende Generation von Boxern einen stilistischen Maßstab gesetzt. Aber

Walker, so habe ich es später gehört, war nicht beherzt genug; er war eher ein Abwehrkämpfer als ein Fighter.

Der Carpentier-Stil brachte Bewegungsmuster hervor, die Dunoyer de Ségonzac in Zeichnungen von einer Eleganz eingefangen hat, wie sie kein anderer Zeichenkünstler des Boxrings erreicht hat. Hundert Jahre nach Thomas Rowlandsons Blatt »Cribb und Molyneux« ließ Ségonzac seine Kämpfer sich endlich wieder wie Boxer bewegen. Dazwischen gibt es niemand. Die Schlagetots in »Ein Kampf bei Sharkey's« drängen sich einfach verbissen gegeneinander. Überhaupt malte Bellows Boxkämpfe in der Manier, in der Jack London über sie schrieb. Thomas Eakins schuf sehr gute Szenen aus dem Boxring, aber er zeigt die Boxer nie wirklich in Bewegung – einer liegt da, wie in »Angezählt«, oder beide sitzen in ihren Ecken, oder sie betreten gerade den Ring.

Der französische Stil, der damals in Mode kam, war die Antithese des Stils von Carpentier – in sich zurückgenommen, schlau, sozusagen mürrisch. Der Boxer ging, leicht vornübergebeugt, mit den hoch nach vorn gestellten Ellbogen los, so dass die Linie des Ellbogens zur Faust fast eine Senkrechte bildete. Aus diesem Käfig heraus führte er seine Aktionen durch und bot für gewöhnlich den Schädel als Teil der Abwehr an. Es war dies ein Stil, der, glaube ich, auf einen gewissen Professor Ferdinand Cuny zurückging, einen Veteranen, der das französische Olympiateam trainiert hatte. Die neuen französischen Boxer kamen nach und nach aus der Amateurliga und nicht mehr direkt aus den Hinterhöfen.

Einer der zähesten war Edouard Mascart, ein nerviges Federgewicht, der am Abend des 25. Januar 1927 (ein Datum, das ich im *Ring Record Book* nachgeschlagen habe) gegen Panama Al Brown im Cirque d'Hiver antrat, einem Bau, der – wie der Name sagt – errichtet worden war, um im Winter einen Zirkus zu beherbergen. Das Gebäude war hoch, weil dort Trapezartisten auftraten, und schmal, weil die Grundstückspreise beträchtlich waren, und ich weiß noch, dass ich Hunderte von Stufen emporstieg, um auf eine Höhe zu gelangen, von der ich auf die Köpfe und Schultern der Kämpfer hinabsah. Brown war in mehrfacher Hinsicht ein Kuriosum – er war eins achtundsiebzig groß und konnte gut fünfzig Kilo auf die Waage bringen. Und doch war er ein bemerkenswert guter Boxer, einer jener künstlerischen Autodidakten wie Kid Chocolate aus Havanna, die unversehens aus der Karibik anreisten und kämpften, als hätten sie privat für sich selber alle Entwicklungen der letzten fünfzig Jahre nacherfunden. Er war 1923 in New York aufgetaucht und hatte fast drei Jahre lang niemals verloren. Dann war er gegen schwerere Gegner angetreten, und zwar gegen gute, und war bei mehreren Kämpfen unterlegen. (Es gab Gerüchte, dass ihm bei dem einen oder anderen Match die Hände durch Abmachungen gebunden waren, die er hatte treffen müssen, um Arbeit zu bekommen.) Als er nach Paris kam, ließ er sein Gewicht auf dreiundfünfzig ansteigen, und die zusätzlichen drei Kilo gaben ihm einen Schlag wie ein Weltergewicht. Er war schwarz, mager und hatte einen langen, spitzen Schädel. Zwei Drittel seiner Körperlänge gingen auf die Beine, und seine langen

Arme schwangen von den Schultern wie von einem hohen Querholz. Sein Leib war so schmal, dass sein Herz nur einen Stehplatz hatte. Mascart war fünf Kilo schwerer und zwanzig Zentimeter kleiner.

Ein epischer Kampf war es nicht. Mascart rückte hinter der Deckung seines Kopfes vor, umgeben vom Ellbogenkäfig, doch sobald er eine der Stangen des Käfigs wegzog, um zuzuschlagen, schob Brown eine lange Linke in die so entstandene Lücke. Mascart stolperte rückwärts quer durch den Ring, angefeuert vom verrückten Geschrei der Menge, die staunte, dass er auf den Beinen blieb.

»*Il tient! Il tient!*«, riefen sie im Chor. »Er hält sich! Er widersteht!«

Und »*Vas-y*, Mascart!« – »Auf geht's!«

Dann duckte er seinen Kopf und rannte wieder los, und diesmal holte ihn Brown mit der Linken heran und landete mit der Rechten einen Uppercut, der ihn von den Füßen hob. Es war Mord; Mascart hätte ebenso gut mit bloßem Gesicht gegen einen Elektrorasenmäher angehen können. Sein Gewichtsvorteil, sein niedrigerer Schwerpunkt und die Konstitution eines Ochsen verlängerten sein Leiden. Es waren so ziemlich die massivsten Prügel, die ich je einen Mann einstecken sah, und die Menge jubelte ihm ununterbrochen zu, nicht weil er gewann, sondern weil Brown ihn nicht zu Boden brachte.

»*Il tient, il tient, il tient encore!*«

Es war eine der Situationen, die sich dem Gedächtnis tief einprägen. Immer noch rufe ich mir, wenn alles schiefgeht, innerlich zu: »*Il tient!*«

In der fünften Runde *pouvait pas plus* – Brown versetzte ihm einen Uppercut, der ihn vollkommen sedierte. Wenn das Unheil anfängt, rechts-links zuzuschlagen, reicht standfeste Tapferkeit nicht aus. Und doch, wenn Mascart einen Augenblick länger ausgehalten hätte, wäre vielleicht das Schicksal dazwischengetreten. Kaum hatte sich der Franzose flach hingelegt. als die bewundernden Rufe in Schreie umkippten, die Brown beschimpften. Auf den Rängen warf nun jeder Zuschauer mit irgendetwas, und ein *deus ex galeria* traf Brown mit einem Apfel direkt auf den spitzen Schädel. Als das Team von Panama Al ihn in seine Ecke führte, war er in ebenso tiefe Träume versackt wie sein Opfer. Die Moral lautet wohl: Verzweifle nie, vielleicht schmeißt Gott einen Apfel.

Wenn ich auf meinen Wanderungen einen Genossen gehabt hätte, wären seine Reaktionen anders gewesen als die meinen und hätten mir mein Erlebnis vielleicht verdorben. Die Frage, wie viel Unannehmlichkeiten jemand um einer bestimmten Erfahrung willen ertragen möchte, beantwortet sich je nachdem, wie viel ihm diese wert ist. Die besten Freunde können sich hier nur selten auf einen Preis einigen. (Dies trifft selbst dann zu, wenn der Preis in Geld auszudrücken wäre.) Exkursionen werden dann meist zu Kompromissen, bei denen der Geschmack von keinem der beiden wirklich ganz befriedigt wird. Wer allein umherzieht, mag an einer Straßengabelung die falsche Abzweigung nehmen und enttäuscht von seinem Streifzug zurückkehren, aber niemals voller Vorwürfe. Er hat niemanden, dem er seinen Fehler anlasten könnte. (Dies macht das Boxen übrigens auch dem – sagen wir – Bridge oder dem Fußball überlegen. Es gibt keine Kollegen, denen man etwas anlasten kann.)

Zugegeben, ein Mann muss im späteren Leben lernen, wie er mit anderen Menschen zurechtkommt (ich stelle mit Entsetzen fest, dass diese Fähigkeit mittlerweile an der Highschool als »soziales Fach« gelehrt wird), und doch ist dies nur ein Grund mehr, dass es einen Zeitraum in seinem Leben geben sollte, da er mit niemandem auskommen muss außer mit sich selbst. So erwirbt man eine schöne Erinnerung.

Ich war allerdings nicht ein völlig freies Elementarteilchen in Paris, ganz ohne Berührung mit einem französischen Herzen und ohne *droit d'entrée* zu einem häuslichen Herd. Es gab eine Familie, in der ich den Status eines Beinahe-Verwandten hatte. Monsieur und Madame mit ihren Kindern Suzette (siebzehn) und Jean-Paul (fünfzehn) bewohnten eine große Wohnung in der Avenue de la Motte-Picquet, in der Nähe des Marsfelds.

Ich kannte sie seit meiner Kindheit, weil sie in unserer Nachbarschaft auf Long Island gewohnt hatten – dort, wo damals eine recht entlegener Vorort von New York lag, der heute ein ganz naher ist. Monsieur war vor dem Weltkrieg als Verkaufsdirektor einer großen französischen Seidenfabrik nach Amerika geschickt worden. Er war 1914 zurückgegangen, um zu kämpfen. Madame blieb in – ihrer Auffassung nach – beschränkten Verhältnissen zurück, und so begann sie, den Damen der Nachbarschaft Französischstunden zu geben. Meine Mutter war ihre beste Schülerin gewesen. Suzette war mit meiner Schwester zur Schule gegangen. Nach dem Krieg war Monsieur wiedergekommen; seine Gesundheit war durch das Gas angeschlagen. Wir waren Freunde geworden, trotz des Altersunterschieds. Er steckte voll heimlicher Bohème-Züge, Jahrgang 1900. Er sah aus wie Don Quijote und war groß wie de Gaulle, mit lang herabhängenden Schnurrbartenden *en grenadier*.

1925 hatte man ihn nach Frankreich auf einen sehr guten Posten in seiner alten Firma zurückberufen. Für ihn hatte Amerika das Exil in einem fernen Barbarenreich bedeutet, doch für Madame – wenn man sie nach der Rückkehr hörte – war es ein einziges rauschendes Fest, ein exotisches Paradies gewesen. Glück hieß für sie immer ein Ort, wo sie früher einmal gewohnt hatte. Ein Desaster war es für Madame, dass sich die Familie nun wieder in Reichweite von Monsieurs Mutter befand, die – Madame zufolge – ihm immer seine zwei Brüder vorzog, seit er sie geheiratet hatte. Oberflächlich gesehen war alles gut – die Familie war wieder beisammen, und da Monsieur wohlhabend war, konnte seine Mutter ihn nicht kujonieren. Monsieur mochte mich, weil wir uns gemeinsam als Gefangene der Vorort-Tristesse gefühlt hatten, und Madame liebte mich als lebendiges Symbol jener Herrlichkeit, in der sie (das hatte sie sich eingeredet) bis vor Kurzem existiert hatte. Tatsächlich war sie dort sehr unglücklich gewesen. Durch Monsieur trat ich der Société Nautique de la Marne bei, einem der beiden großen Ruderklubs der Region. Es war meine letzte versöhnliche Geste in Richtung Ralph Henry Barbour und »mens sana in corpore sano«.

Der Trainer, ein Monsieur Parisot, war mein Bürge bei der Aufnahme in den Klub, obwohl ich ihn nie gesehen hatte, ehe ich zum *sociétaire* wurde. Er war jahrelang Oberbuchhalter eines Importunternehmens in der Cité Bergère gewesen, zu dessen Besitzern einer der Brüder von Monsieur gehörte. Der Bruder, der sich zuerst mit Parisot über meine *adhésion* zu La Nautique besprochen hatte, informierte Monsieur, der wiederum mich informierte, Parisot sei ganz aus dem Häuschen angesichts der Möglichkeit, einen amerikanischen Ruderer für das große Rennen der Saison einzusetzen – gegen den alten Rivalen von La Nautique, den Rowing Club de la Seine.

Zwei Jahre zuvor hatte Monsieur Parisot bei den Olympischen Spielen 1924 dem Triumph der amerikanischen Mannschaft beigewohnt, die von der Universität Yale gestellt wurde, und er erwartete einen Ruderer vom Typ Yahlé, als ich mich am folgenden Sonntag im Klubhaus von La Nautique vorstellte. Er war nicht völlig enttäuscht in mir. Ich war zwar nicht so groß wie ein Collegeruderer, aber ich war sehr viel größer als die meisten anderen *sociétaires*. Seine erste Desillusionierung trat ein, als ich ihm sagte, ich hätte noch nie im Leben gerudert, nicht einmal in einem Skiff. Er war jedoch der Meinung, dass ich bei entsprechender Bemühung schließlich am Tag des großen Rennens im Nachwuchsachter antreten könnte und dass ich einen Sommer später vielleicht reif für das erste Boot wäre. Monsieur Parisot war ein kleiner Mann von lebhafter Farbe, mit drahtigem schwarz-grauem Schnurrbart, tiefer Stimme und einem gebieterischen Gebaren, das er sich schon früh zugelegt hatte, als er der Steuermann seiner Mannschaft war. Er kam, glaube ich, aus dem Süden, und er trug an Sonntagen immer eine tief in die Augen gezogene Segelmütze und einen grauen Rollkragenpullover, um seine völlige Distanz zur Landrattenwelt des Importbüros zu demonstrieren. Monsieur Parisot hatte als *burreur* – so heißt in Frankreich der Steuermann – einst die erfolglosen Aktivitäten einer französischen Mannschaft bei der Regatta in Henley geleitet.

»Es war nicht wegen einer klügeren Manipulation des Ruders, dass sie uns geschlagen haben«, teilte er mir am ersten Morgen unserer Bekanntschaft mit, »sondern wegen ihrer Überlegenheit an animalischer Kraft. Das waren Hengste, mein Freund.«

Die Société Nautique de la Marne hatte ihren Sitz in Joinville-le-Pont, einer kleinen Vorstadt, die man vom Gare de Vincennes aus erreichte. Die Société war auf einer Insel in der Marne zu finden, auf die man über eine Treppe von der steinernen Brücke aus gelangte, welche Joinville-le-Pont den Namen gibt. Mit das Erste, was mir an der Marne auffiel, war der Umstand, dass sie nicht sehr viel Wasser zu führen schien. Was man sah, schien voller langer grüner Wasserpflanzen, und ich fragte mich, wie ich je ein Ruder durch diese Vegetation hindurch bewegen sollte. Dieses Problem stellte sich als irrelevant heraus.

Ehe er mich in die Mysterien des richtigen Schlags einführen würde, bemerkte Monsieur Parisot (den ich aufgesucht hatte, sobald ich auf der Insel angelangt war), wäre es ihm ein Vergnügen, mich den anderen *sociétaires* vorzustellen, meinen – wie er hoffte – zukünftigen Mannschaftskameraden. Als die Vorstellungen beendet waren, war es Zeit zum Essen. Ich erfuhr von einem jungen Mann namens Morin, dem ich vorgestellt worden war, dass die Mannschaften der Société nur an Sonntagen trainierten, falls das Wetter schön war; insofern galt es, keine Zeit auf komplizierte Diners zu verschwenden. Die *sociétaires* hielten nicht auf Formalitäten, was zum Teufel, man war ja nicht *chez* Foyot, wie? So hatten wir als Hors d'œuvres nur einen Topf Enten-*pâté*, einen Topf *pâté* vom Hasen, ein paar Dosen Sardinen, Ochsenmaulsalat, Radieschen und Butter. Morin, der neben mir saß, entschuldigte sich fast kniefällig. Zwei kleine Mädchen mit Zöpfen servierten das Essen. Es waren die Töchter des Hausmeisters. Er war nicht unbedingt ein sehr guter Hausmeister, sagte Morin, aber seine Frau, die Mutter der Mädchen, war eine hervorragende Köchin. Morin sah gut aus und trug selbst beim Essen die Ärmel eines königsblauen Pullovers achtlos um den Hals geknotet. Die Farben der Société waren Blau und Weiß. Nach den Hors d'œuvres aßen wir Kartoffelsuppe, dann gab es einen *buisson de goujons*, ein Hügelchen kleiner gebratener Fische, für jeden *sociétaire*. Dann eine Hammelkeule mit Bratkartoffeln, einen Salat, Käse und Obst. Roten und weißen Wein nahm man sich *à discretion*, und die meisten *sociétaires* tranken zum Kaffee einen Kognak als Digestif.

Naturgemäß unternahm man keine gewaltigen Anstrengungen nach einer solchen Mahlzeit. Es wäre ungesund, erklärte Monsieur Parisot. Ein paar von uns machten einen Spaziergang um die Insel. Ein *sociétaire* namens Leclerc, der *chef de nage* oder Schlagmann des ersten Achters, sagte, er würde wohl heute Nachmittag nicht rudern gehen. »Was zum Teufel!«, meinte er. »Man arbeitet die ganze Woche lang hart. Warum schwitzen, wenn's nicht nötig ist?«

Wir unterbrachen unseren Spaziergang, um dem Boot von Femina Sports zuzusehen, einem Frauensportklub, in dem man ebenfalls das Rudern betrieb. Es wurde von einem Motorboot stromaufwärts geschleppt. Die Mädchen saßen mit den Füßen auf dem Bootsrand, um sich die Turnschuhe nicht nass zu machen; ihre Schenkel waren hinreißend. Ich erinnere mich immer noch an die junge Frau, die am Bug saß. Ihr langes aschblondes Haar war hochgesteckt, und sie trug große Ohrringe. Als die Mädchen etwa eine Viertelmeile oberhalb der Insel angelangt waren, entschieden sie, dass sie doch nicht rudern wollten, und das Motorboot zog sie zurück zu ihrem schwimmenden Klubhaus, ein Stückchen flussabwärts. Wir von der Nautique waren enttäuscht.

Gegen halb fünf schlug Monsieur Parisot vor, ich solle doch den Ruderapparat des Klubs ausprobieren. Ich nahm sogleich auf dem in Schienen gleitenden Sitz Platz. Der Apparat war auf einem Floß montiert, das auf der von Joinville abgewandten Seite der Insel vertäut war. Die Bewegung des Floßes, erklärte man mir, würde den Anfänger bereits teilweise an die Strömung des Flusses gewöhnen. Ich ergriff das Ruderpaar, und Monsieur Parisot, der immer wieder innehielt, damit ich nicht ins Schwitzen kam (das Wetter war noch ein wenig kühl), begann mich in den *savant*-Ruderschlag einzuweihen, der den Rowing Club de la Seine bei unzähligen Anlässen aus der Fassung gebracht hatte. »Noch weiter«, instruierte er mich, »noch weiter zurück. Lehnen Sie sich ganz nach hinten! Bis Sie die Leute sehen, die über die Brücke gehen!« Da das Floß ziemlich nahe an der Brücke lag, musste ich mich zurücklehnen, bis mein Kopf fast die Planken berührte, damit ich die Fußgänger wahrnahm. Das war der Ruhepunkt meines Ruderschlags. Technisch nennt man das, wie ich später erfuhr, eine lange Rücklage. Ich führte den *savant*-Schlag mehrere Male zu Monsieur Parisots Zufriedenheit aus. Dann bemerkte er nach und nach eine ungewöhnlich lange Pause am Ende der sich zurücklehnenden Bewegung. Ein Mädchen überquerte die Brücke, und ich glaubte halb, die Bugfrau von Femina Sports zu erkennen. Sie kam mit einem Soldaten der Schule für Armeesportlehrer in Joinville daher, und ich konnte nicht umhin, sie zu betrachten.

Monsieur Parisot entschied, dass ich müde sei. »Ruhen Sie sich aus«, sagte er. »Das ist genug für den ersten Tag.«

Am nächsten Sonntag regnete es. Ich rief im Klubhaus an. Eins von den kleinen Mädchen des Hausmeisters teilte mir mit, heute würde kein Training stattfinden. *»Crotte!«*, sagte sie. »Es lohnt sich nicht bei dem Wetter. Schade, *Maman* hat drei schöne Spanferkel gekauft.«

Die Rennen gegen den Rowing Club de la Seine, jeweils für die Anfängermannschaft und das reguläre Team, sollten am 14. Juli stattfinden. Jetzt war es erst Mitte April, aber ich fing an, die noch anstehenden Sonntage zu zählen: nicht mehr als zwölf! Wenn man gelegentlichen Regen berücksichtigte, würden wir wahrscheinlich nicht öfter als zehnmal Gelegenheit zum Training haben. Nach amerikanischen Maßstäben, dachte ich mir, wäre das kaum genug. Am dritten Sonntag ging ich früh ins Klubhaus, rechtzeitig für einen *apéritif* vor dem Essen.

»Heute«, sagte Monsieur Parisot, »werden wir Sie, wenn Sie hinreichende Fortschritte zeigen, auf den Fluss hinausschicken. In einem Zweier – es ist leider kein Platz im Anfängerachter frei. Sie werden Poirier zum Kameraden haben.«

Er stellte mir Poirier vor. Ich sehe ihn noch vor mir – ein blasser langbeiniger Junge von etwa achtzehn Jahren, das glatte blonde Haar straff zurückgekämmt. Wir schüttelten einander die Hand wie Männer, die zu einem desperaten Unternehmen aufbrechen. Ich fragte mich, ob Poirier wohl schwimmen konnte.

Einer nach dem anderen machten wir für Monsieur Parisot unsere Übungen am Ruderapparat. Er erklärte sich zufrieden. Der Himmel bezog sich, und ein paar Regentropfen fielen.

»*Attendez!*«, sagte Monsieur Parisot. »Sie können *en attendant* einen Apéritif nehmen.«

Er hielt einen Finger in den Wind und betrachtete misstrauisch die Marne, die sich von der Insel bis zum rechten Ufer mindestens zehn Meter weit erstreckte. Fünfzehn Minuten später, als Poirier und ich vor zwei Vermouth Cassis im Klubhaus saßen, trat Monsieur Parisot ein.

»Der Fluss ist unruhig, Jungs«, sagte er. »Ein andermal, was zum Teufel! Wenn jemand ertrinkt, Sie verstehen – das tut einem Ruderklub nicht gut. Mehr Glück beim nächsten Mal.«

Ich fuhr in der dritten Klasse mit Poirier nach Paris zurück. Poirier war ein netter Bursche, in der Lehrzeit als Stahlarbeiter. Am Gare nahme wir noch einen zweiten Vermouth Cassis und trennten uns dann mit dem Versprechen, nächsten Sonntag gemeinsam den Wassern der Marne zu trotzen, mochte kommen, was wolle. Am nächsten Sonntag regnete es. Den Sonntag darauf war Ostern, und ich wollte das Wochenende bei Freunden in Neuilly verbringen. Am Sonntag nach Ostern litt ich unter *la gueule de bois*, wie die Franzosen den Katzenjammer nennen. Eine Woche später beschloss ich, dass es keinen Sinn hatte, nach Neuilly zu gehen, weil ich wahrscheinlich gar nicht mehr in Form war. Das war das Ende der athletischen Phase meiner *vie parisienne.*

## *Die bescheidene Schwelle*

Im Jahre 1927, als ich auf dem linken Seine-Ufer zu essen lernte, absolvierte Waverley Root – den ich damals nicht kannte – auf der anderen Seite des Flusses genüsslich kauend seine eigene notwendige und wunderbare Lehrzeit. (Wenn ich »essen« sage, dann meine ich eine wählerische Tätigkeit im Gegensatz zur passiven, sich regelmäßig erneuernden Aufnahme irgendwelcher Nahrung, wie man dies als kleines Kind gelernt hat. Von einem Automobil, das an einer Tankstelle aufgefüllt wird, oder einem Säugling an der Mutterbrust wollte man nicht sagen, dass sie »essen«, und ebenso wenig ist dies bei einer großen Zahl von Leuten zu irgendeiner beliebigen Zeit des Lebens möglich.)

Root (wir haben uns mittlerweile ausgetauscht) war vierundzwanzig, ein Jahr oder so älter als ich, und arbeitete als Korrektor für die Pariser Ausgabe der Chicagoer *Tribune*, einer später mit der Pariser Ausgabe des New Yorker *Herald* zur *Herald Tribune* vereinigten Tageszeitung. Es erstaunte viele, dass ausgerechnet die *Tribune*, ein Blatt mit phobischem Widerstand gegen jede außenpolitische Verwicklung der USA, eine Pariser Schwesterzeitung unterhielt. Der unsterbliche Colonel Robert B. McCormick, Herausgeber der eigentlichen *Tribune* in Chicago, hatte in dieser Angelegenheit selbst gemischte Gefühle, und er beschwichtigte sein Gewissen dadurch, dass er den Pariser Ableger unter Bedingungen geizigster Sparsamkeit führte. Die meisten der amerikanischen Angestellten waren in Paris hängen gebliebene Exilanten, die billig waren, weil es von ihnen stets ein Überangebot gab, solange die Prohibition fortdauerte.

Der spätere Autor von *The Food of France* verdiente fünfzehn Dollar die Woche, was damals etwa vierhundert Francs machte – bedeutend weniger als das Stipendium, das ich von meinem Vater dafür erhielt, dass ich nichts tat, oder so gut wie nichts. Da er sechs Nächte die Woche arbeiten musste, hatte Root weniger Gelegenheit, Geld auszugeben; da er vierzehntägig bezahlt wurde, gab es in zwei Wochen immer maximal eine Nacht, da er nicht pleite war. Die weiterführende Schule der Gastronomie, die er besuchte, war ein kleines Café, das ein Ehepaar namens Gillotte hinter der Druckerei betrieb, welche sich Colonel McCormicks ungeliebtestes Kind mit einer französischen Zeitung teilte.

Die Gillottes boten den unerlässlichen Vorteil der Kreditgewährung, was für die mangelnde Variabilität der Speisekarte entschädigte. Was es jedoch gab, das war gut, berichtet Root – »Sie haben einem ein gutes ehrliches *gigot* hingestellt, mit *haricots blancs*, und das hat fast gar nichts gekostet. Also genau so viel, wie wir zahlen konnten.« An seinem einen bemittelten Abend alle vierzehn Tage ging er bei den Gillottes vorbei, um seine Rechnung zu bezahlen und einen aufs Haus zu trinken, aber zum Essen blieb er nicht. Er konnte sich diesmal den Fortgeschrittenenunterricht leisten. Nachts, in den Pausen zwischen dem Formulieren von Überschriften für Agenturmeldungen, dachte er an seine Speisenfolge an diesem magischen Abend und revidierte sie fünf- oder sechsmal, so dass er erhebliches Vergnügen auch an den Gerichten hatte, die er sich dann nicht zu bestellen entschied. Auf solche Weise hat der Bibliophile Freude an den Antiquariatskatalogen, der Verliebte an seinen Tagträumen.

Die Meldungen, die 1927 für Amerikaner in Paris aufbereitet wurden, bestanden meiner Erinnerung nach – von den unvermeidlichen Sportresultaten abgesehen – aus Nachrichten über schäbige Schießereien in Chicago oder Jimmy Walkers Kapriolen in New York sowie den endlos verbissenen Anstrengungen der Presse, in Calvin Coolidges törichte Einsilbigkeit Humor und Tiefe hineinzulesen. Sich auf solche Texte beschränkt zu sehen versetzte Root begreiflicherweise in eine verzweifelt tollkühne Stimmung; gelegentlich wagten sich er und ein paar Kollegen, die gerade an dem einen großen Abend frei hatten, höher hinaus, als es mir je in den Sinn kam – zu Lapérouse, wo meiner Nachttischlektüre (dem *Guide du Gourmand à Paris*, Ausgabe von 1925) zufolge die Mahlzeit im Durchschnitt fünfunddreißig Francs oder einen Dollar fünfunddreißig kostete.

Der Franc stieg und fiel, und der *Guide* war immer ein wenig optimistisch hinsichtlich des Preises, den man erlegen musste, selbst wenn man »ohne irgendetwas Aufwendiges« aß. Tatsächlich kostete eine Mahlzeit bei Lapérouse wohl mindestens zwei Dollar. Zu diesem Preis konnte ich ein prächtiges Abendessen für mich *und* ein Mädchen in der Taverne Soufflet am Boulevard Saint-Michel bestellen. Aber da ich alle Abende frei hatte, musste ich mein Geld eben auch ein wenig verteilen.

Roots Urteil ist unabhängig und meist solide, aber wenn er in *The Food of France* meint, Lapérouse sei immer noch ein außergewöhnliches Restaurant, dann, glaube ich, trübt die Erinnerung seine Wahrnehmung der Gegenwart. Als ich das letzte Mal dort war, waren nicht einmal die *œufs en gelée* ein Erfolg; die Dotter waren hart und saßen in einem Aspik ohne Aroma, obwohl ein ordentliches *œuf en gelée*, flüssig im Inneren und würzig, von jedem respektablen Charcutier erwartet werden darf. Und die Aal-*matelote* war nicht so gut, wie man sie in einer beliebigen Sonntagsanglerwirtschaft irgendwo am Fluss bekommt; tatsächlich war sie schlecht. Es gibt bestimmte einfache (und unvermeidlicherweise billige) Gerichte, welche die Grundpfeiler der französischen Küche sind, und an diese ist nicht zu rühren; Wein, Aale, Speck, Zwiebeln, Kräuter und Feingefühl gehören in eine *matelote*, und die Aale sollten frisch sein. Der Wein kann so alt sein, wie man mag. Innerhalb dieser klassischen Grenzen lassen sich wie innerhalb der Regeln irgendeines Spiels verschiedene Abstufungen des Erfolgs erreichen, abhängig von der Qualität und vom jeweiligen Anteil der Zutaten und von der thermotaktischen Begabung – da kein Schmorgericht seine größte Annäherung an die Vollkommenheit in derselben Anzahl von Minuten erreicht (oder, um penibel zu sein, von Sekunden). Der gute Koch muss wie der gute Jockey eine Präzisionsuhr im Kopf haben.

Das Versagen in ganz elementaren Dingen ist mittlerweile typisch für große Restaurants, in Frankreich ebenso wie hier. Der Grund liegt in einer glückhaften Verbesserung der wirtschaftlichen Möglichkeiten der Bevölkerung; jedes Jahr wird es schwieriger, Jungen von überlegener – oder selbst von unterdurchschnittlicher – Intelligenz zu finden, die bereit sind, die lange, harte, schmutzige Lehrlingszeit auf sich zu nehmen, auf deren Weg man schließlich Koch wird – mit eher symbolischer (oder in den frühen Jahren gar keiner) Bezahlung. Heute wird ein Junge diese Jahre in der Schule verbringen und dann direkt in eine Fabrik oder Firma wechseln, die besser zahlt als die Küche. Die Lehrlinge wurden Gesellen und stiegen nach und nach auf. Ohne solche unteren Ränge ist eine große Küche unmöglich mit angemessener Personalzahl zu führen. Ein *saucier* ist heutzutage, wenn er unter vierzig ist, in der Regel ein Mann, der gelernt hat, *en vitesse* ein paar Soßen zu machen. Wenn er über vierzig ist und immer noch *saucier*, dann trinkt er wahrscheinlich. Der Fischkoch, der ebenso hastig gelernt und dann das Gelernte praktiziert hat, kann wohl eine Seezunge filettieren, aber keiner von beiden kann die Arbeit des anderen oder die irgendeines Dritten übernehmen, weil keiner ein rundum ausgebildeter Handwerker ist – was für den Ehrgeiz, ein Künstler zu werden, die notwendige Voraussetzung wäre. (Man zitiert gerne als Ausnahme, zum *rôtisseur* sei einer geboren, aber ich würde ungern ein Perlhuhn einem kleinen Kind anvertrauen.) Niemand lernt heutzutage, ein Ei zu kochen oder einen Kochtopf im Auge zu behalten, weil das für niemanden seine spezielle Aufgabe ist. Es versteht sich, dass keiner dieser Fließbandköche je in der Lage wäre, eine Küche zu leiten, aber noch ist dies nicht das kritische Problem – der Koch an der Spitze eines großen französischen Restaurants mag sogar heute noch ein großer Mann sein, weil die Chancen gut stehen, dass er vor vierzig Jahren als Lehrling angefangen hat. Aber er kann ja nicht alles selbst kochen, und die Wirksamkeit seiner Aufsicht findet ihre Grenzen an den Fähigkeiten derer, die er überwacht. Er ist wie ein Choreograph ohne *corps de ballet*, ein Omar Bradley ohne Stabs- und Kompanieoffiziere.

1948 sagte mir Gaston Magrin, damals *commodore-chef* der Compagnie Générale Transatlantique und eben dabei, in den Ruhestand zu treten: Wenn er sich anschicken würde, ein Restaurant zu eröffnen, dann hätte dieses höchstens fünfzig Plätze, denn dies sei die Höchstzahl von Kunden, um die sich ein Mann »verantwortlich« kümmern könne. Seither ist die Lage immer schlechter geworden; es gibt eine noch geringere Zahl erfahrener und verlässlicher *sous-chefs*. Die kleinen Restaurants, wo der Inhaber und seine Frau die Küche direkt kontrollieren, tragen jetzt das beste Essen in Frankreich auf, obwohl es in den meisten Fällen kaum billig zu nennen ist. (»Die guten kleinen Wirtschäftchen, wo man für nix ausgezeichnet isst«, sind ebenso verschwunden wie die großen gravitätischen Restaurants, wo man für ein kleines Vermögen superb aß.) In solchen Familien wird der Besitzer manchmal von seinem Nachwuchs unterstützt; die Kinder haben den Anreiz, den Beruf auf die mühsame Art zu erlernen, weil sie hoffen, ein profitables Geschäft zu erben. Dieser Impuls überdauert selten mehr als eine Generation – die Kinder widerstehen niemals der Versuchung, das Geschäft zu erweitern, und richten das Lokal zugrunde.

Nicht alle ruhmreichen Nächte Roots wurden in so exaltierten Sphären wie bei Lapérouse verbracht; manchmal, so erzählt er mir, dinierte er in kleinen Restaurants, die es jetzt nicht mehr gibt oder die er nicht mehr finden kann. Das kleine Restaurant ist ein flüchtiges Ding. Manchmal hat es die Lebensspanne eines Menschen, manchmal die einer Fruchtfliege. Auf diesen untergegangenen Atlantisinseln aßen Root und seine Freunde manchmal Gerichte, die vorbestellt und um irgendeine besondere Entdeckung des Besitzers herum aufgebaut waren, wie eine Lende von illegal getötetem Wild. (Die Autos von Wilderern hatten überaus starke Scheinwerfer, und das Rotwild blieb geblendet am Straßenrand stehen.) »Diese Festmähler waren seltene Anlässe, und wir durften nie den Preis vergessen, wenn wir sie planten«, schrieb Root mir vor Kurzem. »Sie bestätigen ganz und gar Ihre Theorie, dass die Reichen bei Tisch nur Dilettanten sein können.« (Die Lehrzeit des Essers ist zwar nicht so strapaziös wie die des Kochs, muss aber mit dem gleichen Eifer und Ernst betrieben werden.) »Aber auch das normale Niveau war natürlich sehr hoch. Heute ist es ja trotz des günstigen Kurses schwierig, eine denkwürdige Mahlzeit zu bekommen. Ich habe vor nicht allzu langer Zeit eine recht schöne gegessen, im Relais Fleuri in Rouen – ganz und gar normannisch. Zuerst diese Muschelcremesuppe, dann *canard au sang*, so ziemlich der beste Pont-l'Evêque, dem ich je begegnet bin, dann ein normannisches Soufflé und danach ein subtiler Calvados. Ich habe schon oft guten starken Calvados getrunken, aber das war der erste, den ich kennengelernt habe, der sich gegen einen wirklich erstklassigen Kognak behaupten konnte.«

Der Brief deutet an, dass Root, der jetzt um die sechzig ist, nicht dem hepatischen Irrtum verfallen ist (der Obsession durch die eigene Leber), der dem Leben in Frankreich so viel von seiner Vergnüglichkeit genommen hat. Seine Notiz über den Calvados ist die ermutigendste Nachricht, die ich aus diesem Lande seit Jahren gehört habe. Offensichtlich beginnen jetzt die Fässer, welche die britische Armee übersehen hat, zu reifen. (Die Amerikaner ließen in ihrer Zone in der Normandie keine zurück.) Roots Vorstellung jedoch, dass auch der beste Calvados nicht besser als ein Kognak sein kann, ist ein Beleg für die Wahrheit, dass man von keinem Menschen Allwissenheit erwarten darf. Wie der Normanne selbst reift der Calvados langsam und zahlt keine Steuern, steckt aber voller List; Kognaks sind im Vergleich frühreif und oberflächlich. Was das Soufflé angeht – das hätte ich weggelassen, um stattdessen vor der restlichen Mahlzeit noch ein Dutzend normannische Austern zu mir zu nehmen. Ich hätte auch vielleicht ein Stückchen Steinbutt – nicht mehr als ein Pfund – zwischen Muschelsuppe und Ente eingeschaltet, um mit größerer Allmählichkeit die Stufenleiter der Evolution emporzusteigen: Schalentier, Fisch, Vogel. In einer so unprätentiösen Speisenfolge müsste dann schließlich der Käse die Welt der Säugetiere repräsentieren, welcher er entstammt. Ich habe den Verdacht, dass sich Roots Schwäche für Soufflés zu den Soda Fountains von Fall River zurückverfolgen lässt, aber trotz dieses sentimentalen Lapsus – wie der *lapsus lapérouse* – ist Root keineswegs ein wahllos begeisterter Zungenschnalzer. Er greift beispielsweise die oft hochgelobte Küche von Lyon mit einer Schärfe an, als fiele G. G. Coulton über einen katholischen Mediävisten her:

»Meine persönliche Erfahrung ist es, dass ich niemals auch nur eine einzige wirklich gute Mahlzeit in Lyon gegessen habe« (so schreibt er in seinem Buch – was ihm in Lyon den Scheiterhaufen sicherte, würde er je unter seinem eigenen Namen die Stadt noch einmal betreten). »Lyon ist eine massiv bourgeoise Stadt ..., die mich immer irgendwie an Philadelphia erinnert hat ..., [und] die Küche Lyons entspricht diesem Charakter – sie ist eher herzhaft als anmutig, und ihr Genuss führt leicht zu einem Völlegefühl.« (Man kann an Roots Essen in Rouen ablesen, dass es nicht allzu einfach ist, ihm dieses Gefühl zu verschaffen.) »Die Küche Burgunds ist ebenfalls herzhaft, aber dort verbindet sich mit dem Herzhaften eine lebendige Phantasie. Das soll nun nicht heißen, dass die Lyoner Küche nicht gut in ihrer Art ist, aber die Art ist nicht sehr geistvoll. *Pommes lyonnaises*, eines der landläufigsten Gerichte, die man mit dem Namen der Stadt in Verbindung bringt, sind einfach deutsche Bratkartoffeln, mit Zwiebeln gekocht ... Wenn die Köche Lyons sich anschicken, etwas Besonderes zu machen, dann bringen sie üppige, die Leber frontal attackierende Gerichte hervor« (dies ist das erste Mal, dass Root öffentlich eingeräumt hat, dass er eine Leber besitzt), »selbst bei einem so einfachen Ausgangspunkt wie dem Huhn – von dem führt die Linie beispielsweise zu *poularde demi-deuil*, Masthühnchen in Halbtrauer, wo das Geflügel mit Lammbries und in Madeira gekochten Trüffelscheiben serviert wird.

Angesichts der schweren Küche von Lyon ist es fast erstaunlich, dass La Pyramide in Viennes, in so großer Nähe, eine derart subtile Küche pflegt. Trotzdem bleibt auch hier die lokale Tradition der Üppigkeit bestehen. Wenn die Pyramide Forelle serviert, vielleicht den Fisch mit dem delikatesten Geschmack, dann wird die Forelle gefüllt und in Portwein geschmort – gewiss ein Triumph, doch eher einer der lukullischen als der puristischen Schule. Letztere will ihre Forelle *au bleu* – sehr frisch und einfach gekocht, ohne irgendwelche Zierate, die vom Grundgeschmack des Fischs ablenken würden. Schließlich scheint das Ende einer Mahlzeit in der Pyramide, wenn alle Tische ringsum sich mit Tabletten voll verführerischer kleiner Kuchen und Backwerke jeder erdenklichen Art bedecken, darauf abzuzielen, den Esser mehrere Pfund schwerer als beim Betreten des Lokals nach Hause zu schicken.«

Root bewundert La Pyramide, alles in allem, aber er vertritt die Ansicht, dass kein entlegenes Restaurant wirklich groß genannt zu werden verdient, weil die Kunden einen langen Weg zurücklegen, um dort die Spezialitäten des Hauses zu essen, und die Speisekarte kaum je geändert werden muss. Der wahrhaft große Restaurateur ist der, welcher mehr oder weniger dieselbe Kundschaft Woche um Woche zufriedenstellen kann, ohne sie je zu langweilen oder zu enttäuschen. *La cuisine française* ist nicht eine einzelne Küche, sondern eine Summe von etwa zwanzig *cuisines* regionalen Ursprungs, an den Grenzlinien ineinander übergehend, und allesamt werden sie in Paris gebündelt. Da manche dieser Regionalküchen zu anderen in einem fast antithetischen Verhältnis stehen, räumt der Esser, der sich als Liebhaber der *cuisine française* schlechthin offenbart, eigentlich nur ein, dass er überhaupt keinen Geschmack hat. Er gleicht den Französischstudenten an amerikanischen Universitäten – um immer gute Noten zu bekommen, zeigen sie im einen Jahr eine tiefe Bewunderung für Racine und im nächsten dann für Stendhal, für den Racine ein unsäglicher Langweiler war. (Die schlimmsten Konformisten dieser Art sind jedoch die französischen *lycéens*, die zur Erlangung von Abschlüssen, von denen ihre spätere Laufbahn wesentlich abhängt, die fraglose Größe aller und jeglicher Autoren unterschreiben müssen, die in einem rigiden Lehrplan gerühmt werden. Die radikale Wildheit, mit der sich französische Gelehrte in ihrem eigenen Spezialfach auf die Vorgänger werfen, ist die unmittelbare Folge der übertriebenen Dienstfertigkeit, die auf dem Weg nach oben von ihnen gefordert wird.)

Es ist natürlich möglich, an der Küche einer jeden Provinz irgendetwas zu schätzen – oder besser gesagt, es ist nahezu unmöglich, dies nicht zu tun. Doch muss jeder empfindsame Esser den wesentlichen Charakter bestimmter Regionalküchen dem anderer vorziehen. Ich stimme mit Root darin überein, dass Dijon, beispielsweise, offenbar keine schlechten Restaurants kennt und dass der gute burgundische Koch »eine sich unter Fanfarenstößen vollziehende Perfektion ... erreicht«. Dieser gute Mann – oder diese gute Frau –, schreibt Root, »nimmt nicht irgendein zartes kleines Etwas her und verwandelt es durch subtile Zugabe erlesener Würzen mit einer ätherischen Soße zu flüsternder Vollkommenheit«. (Hier definiert er eine Art zu kochen, die er und ich nicht besonders hoch schätzen.) Das burgundische Essen, sagt er, »ist die *cuisine bourgeoise* auf ihrem Höhepunkt oder eine Bauernküche, auf höchstmögliches Niveau gebracht. Man sagt oft, es brauche einen guten Magen, um sich von burgundischer Küche zu ernähren, aber die burgundische Küche entwickelt solide Mägen.«

Und doch liegen Dijon und Lyon kaum mehr als hundert Meilen auseinander – eine sichere Distanz zwischen soliden und fragwürdigen Zivilisationen im Mittelalter, aber seit Aufkommen des Autos keine hinreichende Barriere mehr gegen Kontamination.

Vor fünfunddreißig Jahren machte ich in Mâcon – auf einem Drittel der Strecke, die nördlich von Lyon nach Nuits-Saint-Georges führt, wo für mich das Herz Burgunds liegt – eine alarmierende Erfahrung vorrückender Lyonnaisierung. Der Besitzer des führenden Hotels der kleinen Stadt war eine prächtige Erscheinung mit einer zwei Fuß hohen Kochmütze. (In jenen Zeiten war es ein gutes Zeichen, wenn ein Hotelbesitzer die Tracht des Kochs trug; die Betten mochten sich als hart herausstellen, aber das Essen würde gut sein. Seit einiger Zeit, so scheint es mir, kleiden sie sich alle so – es ist nur noch ein Lockmanöver.) Monsieur B. war aufrichtigen Herzens Koch, aber die Achse seines kulinarischen Blicks hatte sich stark verschoben, bis er schließlich die Hauptgänge eines Abendessens als eine Art mehr oder weniger rituelles *hors d'œuvre* vor den entscheidenden Süßspeisen sah. Seine Präliminarien – Consommé mit geraspelten Möhren, Seezunge mit Soße eingefettet (und dies in einer Stadt an einem Fluss voller bescheidenerer und schmackhafterer Fische!) und schließlich Kalbsglacé – erinnerten mich auf deprimierende Weise an die Hamburg-Amerika-Linie. Dann begann ein Regiment von Assistenten, ebenfalls mit *toques*, Servierwagen mit Gebäck und Konfekt hereinzurollen – *vacherins*, *suissesses*, *mille-feuilles*, *meringues*, *îles-flottantes de Tante Marie* und Hunderte von Formen zuckrigen Allotrias, die ich nicht identifizieren konnte. Monsieur B. legte mir persönlich davon vor, in der Manier einer Sopranistin, die eins ums andere Mal eine unerwünschte Zugabe singt. Ich hatte mit dreiundzwanzig nicht den Mut, ihn abzuweisen; es war das erste Mal, dass mir von der *cuisine française* übel wurde. Nach diesem Katarakt von Süßigkeiten, über den ich heuchlerisches Entzücken äußerte, nötigte der *patron* mir ein Gespräch auf, während ich einen aufs Haus trank. (Er war erstaunt, dass ich Kognak einem Benediktiner oder Cointreau vorzog.) »So zu kochen, das lernt man ja nun nicht in dieser kleinen Region«, sagte er, überaus zufrieden mit sich. (Ich dachte traurig, dass es wahrscheinlich in der ganzen Stadt keine einzige Hausfrau gab, deren Kochkünste nicht mehr nach meinem Geschmack gewesen wären.) »Ich habe mich Anfang des Krieges hierher zurückgezogen und dieses Hotel gekauft. Bis zu dieser Zeit war ich zwanzig Jahre lang, seit ich Lyon als junger *chef pâtissier* verlassen habe,

Chefkoch für *le Kaiser Guillaume II.*« In späteren Jahren hat mir diese düstere Episode geholfen, zu definieren, was mir an der *cuisine lyonnaise* missfällt.

Dieses Essen in Mâcon schmerzte mich ganz besonders, weil der Abend eine meiner ständig weniger werdenden Gelegenheiten gewesen war, meine Ausbildung fortzusetzen, ehe ich Frankreich verließ – und nun war sie verschwendet. Das akademische Jahr an der Sorbonne hatte schon geendet, und ich befand mich bereits auf dem Rückzug von Paris nach Providence – über Marseille, wo ich mich auf der »Patria«, einem Schiff der Fabre-Linie, einschiffen wollte. Ich hatte Marseille als Abschiedshafen gewählt, weil mir dies einen Anlass lieferte, mich *en route* durch Burgund zu essen und zu trinken – oder jedenfalls ein paar Häppchen und Schlückchen von seiner Herrlichkeit zu nehmen. Mein Vater, nunmehr ein gestrenger Schatzkanzler, hatte die finanzielle Zufuhr gekappt, und ich hatte brieflich vereinbart, dass ich meine alte Tätigkeit in Providence beim *Journal* wiederaufnehmen konnte, zum erhöhten Gehalt von sechzig Dollar die Woche. Dies wären gar keine schlechten Aussichten gewesen, hätte ich mich nicht von so viel herrlicheren trennen müssen.

Ich stieg in Dijon aus dem Expresszug Paris–Marseille, um das erste gastronomische Rückzugsgefecht meiner Anabasis zu schlagen. Meine Lage barg einen Vorteil: Ich hatte mehr als genug Geld für die mir noch bleibende begrenzte Zeit. Ich konnte mir ein paar gute Flaschen leisten. Im Restaurant Racouchot an der Place d'Armes in Dijon machte ich Bekanntschaft mit *caille vendangeuse* und trank eine

Flasche Corton Clos du Roi. Nachdem ich dergestalt meinen Geschmack für das Schöne bewiesen hatte, bat ich den Kellner, mir ein kleines Gasthaus in den Weinbergen zu empfehlen, wo ich zwischen langen Wanderungen gut essen und trinken beziehungsweise zwischen schweren Mahlzeiten lange Gänge tun könnte. Zu Fuß zu gehen war immer mein Ausgleich für die Gier: Beides waren einander ausbalancierende Freuden. Beim Gehen verbrauchte ich, was ich gegessen hatte, holte mir einen guten Appetit für Weiteres, hatte erhabene Gedanken und spürte interessant aussehende Restaurants auf.

Der Kellner empfahl die Auberge de l'Étoile in Gevrey-Chambertin: ein Dorf, mit dem sich selige Erinnerungen verbinden. In der Auberge schloss ich Bekanntschaft mit dem größten Wirt meines Lebens – einem pensionierten Sekondeleutnant *de carrière* namens Robaine, der sich in dreißig Jahren Kolonialarmee hochgedient hatte. Robaine nahm mich zu allen Winzern der Gemeinde und der umliegenden Orte mit und stellte mich als einen reichen amerikanischen Alkoholschmuggler vor, der an die Côte d'Or gekommen sei, um Wein für die Frachträume eines fabulösen *bâteau-cave* zu kaufen – eines Weinkellerschiffs, das in den Hafen von New York einlaufen würde, um bei Nacht heimlich hochgehievt zu werden (»wie ein Rettungsboot, versteht ihr?«), hinein in einen Wolkenkratzer mit verschiebbarer Vorderseite. Auf diese Art bekam ich mehr vorzüglichen Wein zu trinken, als die meisten Leute in ihrem Leben bezahlen können, und Robaine trank mit – wobei er die Ware herausstrich und den Besitzern der Weinberge melodramatisch zuzwinkerte, um anzuzeigen, dass er mit *ihnen* konspirierte, um bei *mir* einen guten Preis herauszuholen. Abends stolperte ich heim, um den *jambon persillé* zu verzehren – petersiliengewürzten Schinken mit Senf und eingelegten Gemüsen –, mit dem jede Mahlzeit begann, worauf dann Hase oder Rindfleisch oder Huhn folgte, in einer Soße von besserem Wein, als man ihn in anderen Regionen überhaupt unter Etikett kaufen konnte. Ich bekam zu den Mahlzeiten so viel guten Wein, wie ich nur trinken wollte, aber Robaine hatte die Schmugglergeschichte erfunden, um an die außerordentlichen Kreszenzen der Winzer heranzukommen. Er war ein Lothringer aus Nancy oder Metz und deshalb ein Außenseiter ohne eigene Weinberge.

Eines Tages machte ich als Abwechslung von der Gastlichkeit der *cavistes* von Gevrey-Chambertin, Fixin und Vougeot, den nächsten Gemeinden, eine Wanderung nach Nuits-Saint-Georges, sechs Meilen entfernt. Dort saß ich im Restaurant eines der beiden Hotels am Platze an der großen Tafel, wo sich mir bald ein junger Mann meines Alters mit Zügen eines Intellektuellen zugesellte, der sich für Ausländer interessierte. Er sagte, er sei Geschäftsführer bei einem Weinhändler der Gegend. Bald erkundigte er sich, wie mir der Wein schmecke, den ich vor mir hatte. Dies war eine herrliche Flasche Grands-Echézeaux, aber mit einer unter Robaine erworbenen Geistesgegenwart sagte ich, der Wein sei gut, habe aber doch seine Grenzen. Als er nachfragte, gestand ich sogar eine gewisse Enttäuschung ein. Ich sagte, ebenso gute Flaschen Burgunder hätte ich in Paris getrunken – sogar in Irland; man erwarte doch eigentlich, wenn man ins Ursprungsland eines Weines käme und der Wirtin sagte, sie solle ihre beste Flasche bringen ... Es war einer der lügenhaftesten Augenblicke meines Lebens.

Der junge Franzose sagte konsterniert, er würde mit Madame sprechen. Ich bat ihn dringlich, dies nicht zu tun. Er biss sich auf die Lippen. Endlich sagte er: »Ich kann es nicht hinnehmen, dass Sie einen so mittelmäßigen Eindruck von unseren Weinen mitnehmen. Ich lade Sie ein, zu kosten, was wir bei *uns* einen guten Wein nennen.« Indem er das Etikett meiner nunmehr leeren Flasche musterte – glücklicherweise nicht das seiner Firma –, sagte er leise: »Ganz unter uns – der Mann, der das abgefüllt hat, ist zwar ein Vetter von meinem Chef, aber doch sehr geschäftstüchtig. Von zweifelhafter Integrität.« Danach musste er mir nun natürlich etwas bieten, das er für besser hielt als den von mir bereits getrunkenen Wein.

Der Nachmittag, den ich in den Kellern seiner Firma verbrachte, war einer der glücklichsten meines Lebens. Ich weiß leider den Namen der Firma nicht mehr. Nur mit viel Glück erinnerte ich mich noch an meinen eigenen. Als ich einen Schluck aus dem ersten Glas nahm, das er mir eingegossen hatte, sagte ich: »Der schlägt gewiss den anderen mit seiner Samtigkeit, aber der Echézeaux hatte immerhin doch eine gewisse Kraft, die nicht zu verachten ist.« Der Nächste, räumte ich ein, besaß eine ewig jugendliche Männlichkeit – aber der Echézeaux hatte, so sehr ich ihn kritisiert hatte, doch eine gewisse Originalität. Als ich mich prallvoll wie ein Silvesterluftballon getrunken hatte, gab ich zu, dass der letzte Wein, den er anbot, in der Tat der Flasche im Hotel deutlich überlegen war. Das war höflich, aber gelogen. »*Das*«, sagte ich, »heiße ich einen Burgunder.« Es war irgendein Romanée-Conti, und tatsächlich erstklassig. »Lohnt die Reise von Amerika hierher, diesen Wein zu kosten. Turmhoch über dem Zeug, das ich zum Mittagessen hatte.« Mein Wohltäter war blass vor Dankbarkeit. Aber die Flasche im Hotel war die beste des Tages gewesen.

Diese kurze Woche vor fünfunddreißig Jahren war meine wahre Initiation ins Burgundertrinken. Meine Begegnung mit dem Besten dieses Weines in großer Fülle lässt sich nur vergleichen mit der Erfahrung einer jungen Frau, die ich kenne und die – weil sie bis zum College nur fortschrittliche Schulen besuchte – in ein und demselben Jahr zum ersten Mal Shakespeare und das Alte Testament las. Meine Einführung hatte etwas Überwältigendes, aber immerhin hatte ich eine solide Vorbereitung während meiner Zeit an der Sorbonne bekommen, als ich mein önologisches Noviziat beim Experimentieren unter den Tavels und Côte Rôties im Restaurant des Beaux-Arts absolvierte. Ohne dieses Training Richebourg zu trinken wäre in etwa so gewesen, wie wenn ein Anfänger bei einem großen Boxkampf gegen Archie Moore angetreten wäre; der Herausforderung nicht gewachsen, hätte er gar nicht recht mitbekommen, was ihn zu Boden streckte. Burgunder hat den Vorteil – den ein junger Gaumen besonders deutlich empfindet – eines klaren, direkten Reizes, unmittelbar befriedigend und auf elementarer Ebene leicht zu begreifen. Dies ist eine Qualität, die mit Größe durchaus vereinbar ist. Shakespeare und Tolstoi sind leichter zugänglich, aber deshalb nicht notwendigerweise geringer als, sagen wir, Donne und Dostojewskij. Die Skulpturen vom Parthenon sind denen der griechischen Frühzeit nicht unterlegen, weil man ihre Qualitäten leichter erkennt. Für den Burgunder gibt es demgemäß zwei Arten von Konsumenten: Die einen (das gilt auch für Bordeaux) schätzen ihn ebenso seiner profunden Eigenschaften wie seiner oberflächlichen wegen, die anderen mögen ihn, weil es sehr einfach ist, ihn zu mögen. Auf diese zweite Gruppe hat der Burgunder ein Monopol, und sie ist seit dem Zweiten Weltkrieg stark angewachsen, nachdem nun viele Franzosen, die an Wohlstand nicht gewöhnt waren, Geld haben, und nachdem der neue Tourismus, den die Luftlinien in England wie in Amerika fördern, viele Leute, deren Urlaub früher nie lange genug war, auf den Kontinent bringt. Der zweifache Kundenkreis hat, soweit ich sehe, Burgunder doppelt so teuer gemacht wie ebenso guten Bordeaux – ein Zustand, der sich klar im Preis der nach Amerika exportierten Weine abbildet. (Das bedeutet: Wenn Sie beides mögen, sind Sie mit einem Bordeaux für zwei Dollar ebenso gut bedient wie mit einem Burgunder für vier.*)

In Paris selbst ist die Nachfrage nach Burgunderweinen mittlerweile derart, dass selbst teure Restaurants unter dieser Bezeichnung periphere und näherungswertige Gewächse verkaufen – manche gut, manche lediglich nicht

* Die Disparität ist jetzt (Ende 1962) geringer als zu dem Zeitpunkt, da dies zuerst geschrieben wurde, doch existiert sie, glaube ich, immer noch.

schlecht; fast alle beanspruchen einen Ursprung im Beaujolais. (Wollte die Region Beaujolais alle die Weine hervorbringen, die in Flaschen und *en carafe* unter ihrem Namen verkauft werden, müsste sie größer sein als Alaska. Ein Grund dafür, dass die Franzosen so störrisch am Besitz Algeriens festhielten, ist darin zu suchen, dass ihnen mit Algerien auch drei Viertel des »Beaujolais« verloren gehen würden.) Das Wesentliche an diesen Weinen ist ein »fruchtiger« Geschmack bei großzügigem Alkoholgehalt.

Und doch ist Burgunder etwas Herrliches, wenn man jemanden am Tisch dazu bewegen kann, ihn zu bestellen. Root, glaube ich, ist immer noch ein Mann des Burgunders. »Der Bordeaux«, schreibt er, »aus der alten Stadt Romans – Erbin der raffinierten lateinischen Tradition – wird in der Region eines großen Hafens angebaut, der seit Jahrhunderten eine urbane, kosmopolitische Kultur hat; er ist elegant, brillant, zivilisiert. Der Burgunder aus der Region der kriegerischen Herzöge des Westens, der starken Söhne des Landesinneren, angebaut da, wo die Menschen eng am Grundbesitz hingen, im Reichtum bäuerlich blieben und ihren Einfluss lieber nach außen geltend machten, als dass sie Einflüsse von draußen willkommen geheißen hätten, ist muskulös, stark, erdig.«

Es ist allerdings sehr viel leichter, eine Beziehung zwischen der Chemie des jeweiligen Bodens und der Art von Wein nachzuweisen, die dort gedeiht, als zwischen dem Wesen dieses Weines und der lokalen Zivilisation. Der Hymettos beispielsweise, der auf einem Berg wächst, der auf Athen blickt, besitzt nichts, was irgendwie auf Philosophie oder alte Hochkultur hindeuten würde. Der beste Wein, der in der Nähe Roms angebaut wird, ist auch nichts Besonderes; der Marmor im Boden, der für die Bildhauerei großartig war, trägt zur Kultur der Rebe nichts bei. Was die Weine des Libanon – des antiken Phönizien – und Ägyptens, der Wiege der ältesten Zivilisation, angeht, so sind sie weniger elegant und brillant als Weine, die man auf den Inseln im Lake Erie anbauen wollte.

In Marseille, wo ich auf die Abfahrt meines Schiffes wartete, watete ich in Bouillabaisse. Die »Patria« hatte Marseille als Heimathafen, ihre Besitzer waren aus Marseille und die Offiziere waren Korsen mit Ausnahme des Arztes, der hübsche Stickarbeiten verfertigte. Die Matrosen auf Deck waren italienischstämmige Franzosen aus dem Alten Hafen und die Heizer Senegalesen. Sie war ein faszinierendes Joseph-Conrad-Schiff, das der Seereise auch in Friedenszeiten alle langweilige Gewissheit nahm. (Und sie sollte schließlich im Hafen von Haifa explodieren und sinken, wobei Dutzende heimatloser Juden umkamen, denen die Aufnahme in Palästina versagt worden war.) Providence war ihr erster Anlaufhafen in den Vereinigten Staaten, und sie fuhr über Genua, Neapel, Palermo, Madeira und die Azoren – eine Reise von neunzehn Tagen. Das war die Expressroute, andere Schiffe der Fabre-Linie fuhren umständlichere Strecken. Als ich in Providence ankam, holte mich ein Kollege vom *Journal* ab, der mir dann half, fünf Flaschen Champagner und mehrere Flaschen Kognak an den Zöllnern und Prohibitionsagenten vorbeizuschmuggeln. Ich wusste, dass ich wieder zu Hause war.

Root blieb währenddessen in Paris, wo ich von seiner Anwesenheit nichts gewusst hatte. Er aß emsig und überlegt und verbesserte seine Lage, nachdem die Pariser Ausgabe der *Tribune* das Erscheinen eingestellt und es ihm damit ermöglicht hatte, sich den Lebensunterhalt zu verdienen. Als ich im frühen Oktober 1939 wiederkam, waren die Umstände für uns beide ganz andere, und für Paris auch. Ein Krieg hatte – zumindest nominell – begonnen, und wir waren beide Korrespondenten – er für ein Skandalblatt, das als *Times* in Chicago erschien, für eine Zeitung in Kopenhagen und das Mutual Broadcasting System gleichzeitig. In jenem Stadium war der Krieg etwas so Uneindeutiges und für die neutralen Staaten von so begrenztem Interesse, dass keiner von Roots Auftraggebern es für vertretbar hielt, einen richtigen eigenen Korrespondenten zu schicken. Deshalb hatte Root als fester Freier, wie man bei den Zeitungen sagt, seine Aufträge.

Die Auswirkungen des Kriegs auf Paris waren zunächst so geringfügig, dass die Regierung ständig Fahrten an die Front für französische *littérateurs en vue* organisierte, in deren Verlauf ein Offizier sie umherführte, ihnen die Deutschen zeigte und sie daran erinnerte, dass zwar nur selten Schüsse fielen (und dann durch Nervosität oder aus Versehen), dass aber beide Parteien durchaus bewaffnet waren. Bei der Rückkehr ins Berkeley Restaurant oder in den Pavillon de l'Élysée versicherten die Literaten ihren Kollegen, dass in der Tat Krieg herrschte, und erzählten dann in langen Artikeln in dem ungefähren Dutzend populärer Zeitungen den Lesern von den Gefühlen, die sie beim Nachdenken darüber, was vielleicht bald geschehen würde, empfunden hatten. Die Regierung hatte es weniger eilig, neutrale Korrespondenten auf derartige Touren zu schicken; sie wären vielleicht nicht so leicht zu beeindrucken gewesen. Sie ließ die meisten von ihnen nur in Paris herumsitzen und erlaubte lediglich kleinen Gruppen, sich die Sehenswürdigkeiten anzuschauen – einen ausgewählten Abschnitt der uneinnehmbaren Maginotlinie, die Rheinbrücke bei Kehl und dergleichen. Es war dies die denkbar allmählichste Gewöhnung an Kriegführung, und als im folgenden Mai plötzlich de facto Krieg herrschte, waren wir ebenso unvorbereitet wie die armen alten Generäle und ihre gelangweilten Truppen. Jene Korrespondenten, denen es in den langen Monaten gelungen war, unruhig zu bleiben – die Propheten des Unheils –, waren gerechtfertigt, aber dazu hatte es einer großen Willensanstrengung oder einer notorischen Neurose bedurft.

Als ich in Paris ankam, war ich erregt und besorgt – und entschlossen, wenn ich nur Gelegenheit bekäme, mein Leben teuer an der Seite meiner französischen Freunde zu verkaufen. Ich konnte die Szene in meinen Tagträumen auswendig: Ich würde rasch ein Gewehr aufheben, das ein zusammenbrechender *tirailleur* fallen ließ, und dann bäuchlings auf einer Anhöhe sterben, à la Robert Jordan in *Wem die Stunde schlägt*, vorher allerdings noch jede Menge Hunnen auslöschen wie Kerzenflammen in einer Schießbude (wo ich mehrmals vor der Abfahrt trainiert hatte). Es ist dies ein Bild vom eigenen Hinscheiden, das bei militanten Schriftstellern häufig vorkommt – Mathieu in Sartres langem Roman *La mort dans l'âme* geht so unter, beim Feuern aus einem Glockenturm. Doch nach einigen Monaten *attente* in einem fast normalen Paris, das unbombardiert und unaufgeregt weiterlebte, begann ich zu hoffen, die ganze Sache werde sich in Wohlgefallen auflösen und ich könne den Ruhm eines Kriegskorrespondenten davontragen, ohne irgendwelche jener Unbequemlichkeiten erlitten zu haben, mit denen zu rechnen war.

In dieser leeren Zeit begegnete ich Root zum ersten Mal; es war bei einem wöchentlichen Essen der Pariser Sektion der Anglo-American Press Association im Restaurant Drouant, wo es gute Austern gab. Bald war er ein vertrauter Bekannter; wir hatten eine gemeinsame Leidenschaft. Sein Gesicht hatte in jenen Tagen genau die Farbe des Inneren eines Châteaubriand, das zwischen *rare* und *medium rare* zubereitet wurde. Sein fester, breit gelagerter Kiefer erschien als ideales Kauwerkzeug, aber sein rundliches Kinn und die freundlichen Augen signalisierten einen Mann, der lieber einen Lerchenleichnam zerkleinern wollte, als einem Tiger die Kehle aufzureißen. Liebenswürdig und humorvoll, mit weitgefächerten und disparaten Interessen, wusste er über viele Dinge interessant zu reden, doch unsere Unterhaltungen drehten sich vom Tag unserer ersten Begegnung an vorwiegend um das, was wir gegessen hatten oder nächstens essen würden oder gerne gegessen hätten – ein Thema, das mit der Diskussion dessen abwechselte, was wir dazu getrunken hatten oder gerne dazu trinken würden.

Ich konnte es mir nun leisten, zu essen, wo ich wollte. Während meiner amerikanischen Interimszeit hatte sich mein Appetit geschärft, und nun, nach Paris zurückgekehrt, war ich bereit, auf den Flügeln von Lerchen, Fasanen und Schnepfen in die Höhe zu steigen. Ich quartierte mich im Hôtel Louvois ein, an dem kleinen Platz, welcher der Rue de Richelieu gegenüberliegt, und gab so das Stadtviertel auf, in dem der Geist Villons umgeht, um mich in jenem niederzulassen, das dem Andenken Stendhals heilig ist. Es gibt keine zeitgenössischen Darstellungen von Villon, aber er wird von Illustratoren gewöhnlich so dargestellt, wie er sich selbst beschrieben hat: mager, eingefallene Wangen, ausgehungerter Bauch. Villons Leidenschaft für gutes Essen war eine Fixierung auf das Unerreichbare, ähnlich der Sehnsucht Rudels nach La Princesse Lointaine oder der Chartiers nach La Belle Dame Sans Merci. Stendhal jedoch genoss es, gemalt zu werden, und hinterließ eine große Zahl von Porträts. Sie stimmen alle in der Konvexität seiner Vorderseite überein – ein prächtiger Hintergrund für eine Uhrkette, eine vorteilhafte Auspolsterung einer Brokatweste. Der Unterschied in den Profilen der jeweils zuständigen Phantome symbolisierte die gastronomische Differenz zwischen den beiden Nachbarschaften. Der Square Louvois war von guten Restaurants umgeben.

In den zwanziger Jahren war die Rue Sainte-Anne, eine schmale Straße, die in der Nähe des südlichen Endes der Avenue de l'Opéra (beim Théâtre Français) begann und vorbei am Square Louvois zur Rue Saint-Augustin führte, durch einen Mann namens Maillabuau ruhmreich geworden, einen begabten Restaurateur, aber glücklosen Pferdewetter, der kein Geld auf das Dekor seines Lokals zu verschwenden hatte. Er machte aus seinen abgewetzten Tischtüchern eine Stärke des Hauses, indem er den Kunden sagte, er investiere nichts von ihren Kontributionen ins Oberflächliche – alles werde auf die superbe Qualität seiner Zutaten und Weine verwendet. Ein Restaurant mit uniformierten Türstehern, so dozierte er, eines mit tiefen Teppichen und vielleicht (hier klang in seiner Stimme Entsetzen auf) einem Orchester – ein solches Restaurant war eo ipso und prima facie eine Kundenfalle. Dann berechnete er einem doppelt so viel wie irgendein anderes Restaurant in Paris. Meine Erinnerungen an Besuche bei Maillabuau – Besuche, die ich mir nur durch kluge Strategie hatte verschaffen können – waren so angenehm, dass ich mir das Hotel Louvois ausgesucht hatte, um in seiner Nähe zu sein.

Während meines Jahrs an der Sorbonne hatte mir der *Guide du Gourmand à Paris* als Baedeker meiner Forschungswanderungen gedient, wenn ich Geld genug hatte, um Restaurants außerhalb meines gewohnten Rayons auszuprobieren. Der Autor wandte sich mit seinem Buch an den Gourmand und nicht lediglich an den Gourmet, weil man, wie er schrieb, unmöglich das Essen lieben konnte, wenn man es nicht in großen Mengen liebte – »Gourmet« war insofern eine Snobvokabel, und zwar eine törichte. Bereits dies nahm mich für ihn ein. Doch seine Gegenstände waren es, die mich gefangen nahmen. Die Restaurants waren nach den Kategorien »von großem Luxus«, »mittlere Preislage«, »günstig« und »schlicht« gegliedert, aber alle hatten das Prädikat »gut«, und es waren etwa hundertfünfundzwanzig. Die Luxusklasse wurde von einem ersten Zug aus sechs Restaurants angeführt (von denen es heute nur noch eines gibt, und das ist kaum der Erwähnung wert). Maillabuau erschien trotz seiner fadenscheinigen Tischtücher unter den zehn weiteren der Luxuskategorie. Bei meinen eigenen Exkursionen waren die »günstigen« Etablissements für mich das Höchste, aber ich genoss es, von den andern zu lesen, diesen finanziell unerreichbaren *princesses lointaines*. Die Beschreibung von Maillabuau konnte ich auswendig:

»Düsteres, fast abweisendes Äußeres. Wenn der Passant es nicht weiß, wird er niemals vermuten, dass er hinter einer derartigen Fassade nach Überschreiten der bescheidenen Schwelle die reinen Freuden der Gastronomie genießen kann! Wie sollte man – ist man kein Gourmand – ahnen, dass die Seezunge hier göttlich ist, dass das *entrecôte Bercy* einzigartige Vorzüge hat, dass der Wild-*pâté* unvergleichlich ist, dass die Burgunder (insbesondere der Chambertin) dem rechten Jahrgang entstammen und dass der *marc* einbalsamiertem Gold gleicht? Wie soll man wissen, dass in ganz Paris nur hier die fetten jungen Perlhühner mit allen Düften des Midi gesalbt werden? Unglaubliche Rechnung, die niemanden jemals reut.«

Ich dachte nie daran, diese bescheidene Schwelle zu überschreiten, bis mir an einem warmen Spätfrühlingsmorgen 1927 einfiel, dass in einigen Wochen meine Eltern und meine Schwester in Paris anlangen würden – sie warteten nur auf den Beginn der Sommerferien am Connecticut College for Women, wo meine Schwester nun im zweiten Jahr studierte – und dass sie im natürlichen Verlauf der

Dinge mich, den Experten vor Ort, fragen würden, wo sie denn essen sollten. Meine Mutter und meine Schwester zogen die Sorte Restaurant vor, wo sie hübsche Damengarderobe sahen und wo der *plat du jour* gerne »Le Chicken Pie à l'Américaine« hieß. Aber mein Vater war immer ein Apostel der geringen Nebenkosten und der Qualitätsware gewesen; das waren die Prinzipien, die seine Karriere als Kürschner geleitet hatten. Russischer Zobel und Hermelin – dazu Stein- oder Baummarder, wenn eine Frau sich nichts Besseres leisten konnte – waren stets seine Idealvorstellung anständiger Kleidung gewesen. Er dachte von Pelzen etwa so wie J. P. Morgan von Segeljachten – wer nach dem Preis fragen muss soll sich keine leisten wollen. Unter den Füchsen gab es für ihn ausschließlich die natürlichen Schwarz- oder Silberfüchse; die Vorstellung eines nach bestimmten Vorgaben gezüchteten Fuchses hätte ihn mit Entsetzen erfüllt. Seehund musste wirklich aus Alaska sein – nicht der sogenannte Hudson-Seehund, womit Bisam gemeint war. Persianer musste vom *ungeborenen* persischen Lamm sein, nicht vom Hammel.

Wie ich vorhergesehen hatte, konsultierte mich meine Familie nach der Ankunft in Paris in der Tat bezüglich des Ortes unseres ersten gemeinsamen Essens. So fiel die Wahl auf Maillabuau. Als wir vor der düsteren, fast abweisenden Fassade ankamen, wollte meine Mutter umkehren. Das ganze sah aus wie ein Ladenlokal, abgesehen von einem Stückchen Stoff hinter der Glasscheibe, durch die von innen leise und beiläufig das Licht drang.

»Bist du sicher, dass wir hier richtig sind?«, fragte sie.

»Das ist eines der besten Restaurants auf der Welt«, antwortete ich, als äße ich täglich hier.

Mein Vater war bereits gefangen. »Die machen hier kein großes Tralala und Oh-la-la«, sagte er anerkennend. »Ich wette, da sitzen keine Amerikaner drin.«

Wir überschritten die bescheidene Schwelle. Das Innere war fast schon dreckig zu nennen, und es gab vielleicht fünfzehn Tische. Der alte Maillabuau, rotgesichtig und salopp, trat auf uns zu, und ich spürte, dass meine Mutter Einwände gegen jeden Tisch vorbringen würde, den er uns anbot – sie wollte gerne in ein Lokal wie Fouquet (nicht im *Guide du Gourmand*). Doch ich legte zwischen sie und Maillabuau ein Sperrfeuer rasches Französisch, das weder sie noch meine Schwester überwinden konnten, wenn auch beide versuchsweise ein paar Töne zwitscherten. »Ich habe meine Familie hierhergebracht, weil man mich informiert hat, dass dies das vorzüglichste Haus in Paris ist«, sagte ich zu ihm und gab noch eine idiomatische Wendung drein, die ich in Rennes gelernt hatte, einer Stadt, die der Gegenwart ein Jahrhundert hinterher ist: »Wir möchten die Glocke läuten lassen.«

Als er mich hörte, ließ der alte Maillabuau, der einen Augenblick gedacht haben mochte, dass wir aus Versehen hier waren und Waffeln bestellen würden, ein Lächeln habgieriger Erleichterung aufblitzen. Vater, der mittlerweile die Gäste beiderlei Geschlechts an den Tischen gemustert hatte, war bereits überzeugt. Die Männer wiesen zumeist ungeheure *devantures* auf, die sie beim Essen mühsam auf den Knien balancierten, während ihre Hängebacken bei jedem

Bissen wacker schwangen. Die Frauen waren kruken- oder karaffenförmig und tranken Wein aus Gläsern, die Vater wohl freudig an die Bierseidel der Bowery um 1890 erinnerten. »Ich sehe keinen einzigen Amerikaner«, sagte er. Er war zu Haus ein patriotischer Mann, aber er war der Überzeugung, dass in Paris die Anwesenheit von Amerikanern das Indiz für ein Nepplokal war.

»Monsieur, mein Vater ist der reichste Mann in Baltimore«, sagte ich als Ermunterung zu Maillabuau. Mit Baltimore hatte mein Vater nichts zu tun, aber ich dachte mir, wenn ich »New York« sagen würde, könnte Maillabuau dies vielleicht nicht ganz glauben. Maillabuau strahlte, und Vater strahlte zurück. Sein Enthusiasmus war selten, trat aber manchmal ganz plötzlich ein, und dieser Mann – ohne große Höflichkeiten, ohne Smoking, ohne Kenntnis des Englischen und mit offensichtlich übergewichtigen Gästen – erschien ihm als ehrlicher Kaufmann. Maillabuau führte uns an einen Tisch: Das Tischtuch war durchscheinend vom langen Gebrauch, außer an den Stellen, wo es gestopft worden war.

Einen Sekundenbruchteil lang kam es zu einem *refroidissement*, als ich nach der Tageskarte fragte.

»Es gibt keine«, sagte Maillabuau. »Sie werden essen, was ich Ihnen sage. Heute Abend schlage ich eine Suppe vor, Forelle *grenobloise* und *poulet Henri IV* – einfach, aber exquisit. Die klassische *cuisine française* – nichts Kompliziertes, aber alles vom Besten.«

Als ich dies Vater übersetzte, stimmte er rückhaltlos zu. »Einfaches Essen«, sagte er. »Keine Schmierage.« Ich glaube, er war im Grunde derselben Überzeugung, dass der Kunde nur Unsinn macht, wenn man ihm die Entscheidung überlässt. Wie oft waren die Gattinnen persönlicher Freunde zu ihm gekommen, um einen Pelzmantel zum Großhandelspreis zu erstehen, und hatten seinen Rat in den Wind geschlagen, einen Alaska-Seehund zu nehmen – etwas, das sie zwanzig Jahre lang tragen konnten –, um statt dessen irgendeinen modischen Pelz zu wählen, der schon nach sechs abgetragen wirken würde!

Die Schlichtheit des Menüs enttäuschte mich; ich fragte Maillabuau nach dem *pintadou*, fett und mit Kräuterduft gesalbt. »Morgen«, sagte er, wobei sich die Bedingung verstand, dass wir zuerst heute seine Auswahl zu essen hatten. Mutters Oberlippe zitterte, denn sie war sehr *gourmande*, was Sahnesoßen anbetraf, aber es stand ihr kein stichhaltiges Argument gegen die Entscheidung des großen Mannes zu Gebote, da ja einer der Zwecke ihrer jährlichen Europareise der war, in einem Kurort abzunehmen. Was die Weine betraf, so verstanden Monsieur Maillabuau und ich uns besser: das Beste im Keller würde gut genug sein – ein Montrachet für den Anfang, ein Chambertin zum Geflügel.

Es war in der Tat die beste Suppe – eine einfache *garbure* aus Gemüsen –, die man sich vorstellen konnte, die bestmögliche Forelle und das erdenklich beste gekochte Huhn. Die schlichte Linie des Mahls ließ die Herrlichkeiten des Weins hervortreten, und der Wein brachte die Größe in der Seele meines Vaters zum Vorschein. Als er eine der ungeheuerlichsten Rechnungen der Geschichte entgegennahm, zahlte er dankbar und sagte, er würde während seines restlichen Aufenthalts mindestens einmal am Tag *chez* Maillabuau essen. Das Dessert, serviert als Zugeständnis an meine Schwester, war eine *omelette au kirsch*, und Maillabuau spendierte uns einen Marc (wie einbalsamiertes Gold). Jedenfalls sagte er das; da nur die Gesamtsumme auf der Rechnung erschien, mussten wir es ihm glauben. Die *omelette au kirsch* war das einzige Dessert, das aufzutragen er je gestattete, erzählte er uns. Er war prinzipiell gegen Süßspeisen, da sie »unfranzösisch« waren, aber die *omelette* war leicht und gesund. Sie enthielt etwa zwei Dutzend Eier.

Am nächsten Tag aßen wir das *pintadou*, am Tag darauf eine *pièce de bœuf du Charolais*, die so bemerkenswert war, dass ich seitdem nie mehr ein Steak gegessen habe, ohne mir zu denken, wie weit es dahinter zurückbleibt. Und nie waren die Rechnungen anders als »unglaublich«, und nie beklagte sich mein Vater. Diese Mahlzeiten waren ein Höhepunkt meines gastronomischen Lebens, doch es dauerte nicht lange, da rebellierten meine Mutter und meine Schwester. Sie wollten in ein Restaurant, wo sie ein paar interessante Kleider sehen und *meringues glacées* und *homard au porto* essen konnten.

So ging ich 1939 an meinem ersten Abend im Paris der Kriegszeit direkt vom Louvois in die Rue Sainte-Anne. Das Restaurant Maillabuau war verschwunden. Ich erinnerte mich nicht an die Hausnummer, deshalb ging ich die ganze Straßenlänge zweimal ab, um sicher zu sein. Aber es gab keinen Maillabuau; die Pferde in Longchamp hatten ihn aufgezehrt.

## *Das Nachglühen*

Als ich im Herbst 1939 nach einer Abwesenheit von zwölf Jahren nach Paris zurückkehrte, fiel mir ein Niedergang in der Ernsthaftigkeit des Restaurantbetriebs auf, der eigentlich nichts mit einem gerade einen Monat alten Krieg zu tun haben konnte. Dieses Absinken der Qualität, erfuhr ich später, war bereits in den zwanziger Jahren im Gange, als ich meine ersten Essstudien trieb, aber da hatte ich keinen Vergleichsmaßstab gehabt; was mir als goldenes Zeitalter erschien, war tatsächlich das spätsilberne. Wie ich war auch Root bei seinen ersten Auslotungen dieses Gegenstandes im Jahre 1927 sich nicht darüber im Klaren, dass die Wasserscheide schon hinter uns lag und dass wir uns auf einem Punkt einer langen, historisch abfallenden Linie befanden. Es blieb jedoch noch genug von der alten Größe, um uns mit Erinnerungen zu versehen, an denen wir dann die zwerghafteren Zeiten, die vor uns lagen, messen konnten; das französische Essen stellte in den Jahren 1926–1927 immer noch das bedeutendste Korpus kulinarischer Theorie und Praxis dar, das je existierte. Der einzige viel gerühmte Konkurrent für die Führungsposition war China, und dessen einzige Ruhmredner waren Leute, die einen wissen lassen wollten, dass sie dort gewesen waren. Wenn man diese orientalischen *fines gueules* an einen Tisch brachte, wo sie

Messer und Gabel statt der Essstäbchen gebrauchen mussten, konnten sie den Unterschied zwischen einem Western Sandwich und einer *darne de saumon froid sauce verte* nicht wahrnehmen. In den meisten Fällen war ihre einzige Vorbereitung auf ein Feinschmeckerdasein die Anstalts-Makkaronikost in einem Seminar für Arztmissionare im Mittleren Westen gewesen, und jede Weide, auf die sie der Herr im Folgenden führte, musste dann zwangsläufig besser sein.

Die chinesische *haute cuisine* wird sich unter dem puritanischen Regime Maos kaum verbessern. Das Essen in Frankreich mag sich katastrophal verschlechtert haben; es ist immer noch das beste, das es gibt. Aber wir bewegen uns auf finstere gastronomische Zeiten zu, und niemand außer Root und mir kann sich noch an die Abenddämmerung erinnern.

Mein unvergessener Mentor Mirande hatte noch den vollen Glanz der Sonne in Erinnerung – die Zeit vor dem Ersten Weltkrieg. »Nach dem ersten Krieg hatte sich alles schon gewandelt«, schrieb Mirande 1952, als er siebenundsiebzig war. »Die heutige Mentalität lugte bereits hervor.« Etwas, das sich früh veränderte, war die Stellung jener Frauen, die er *les courtisanes de marque* nannte, die berühmten Mätressen der Stadt, und dies hatte indirekte, aber höchst bedeutsame Auswirkungen auf die Künste des Verzehrs. »Ja, Paris war strahlend, elegant, kultiviert«, schrieb Mirande über seinen Himmel vor 1914. »In der großen Welt und in der Halbwelt folgte ein Bankett auf das andere, wilde Nächte auf schwindelerregende Soupers. Es war die *grande époque* der Kurtisanen. Sie waren unschuldig aller Gedanken an die Zukunft, sie planten nicht, sich ein Einkommen für das Alter zu schaffen. Sie waren schöne Spielerinnen, mit einer gewissen natürlichen Distinktion und einem *je ne sais quoi* des Auftretens, von souveräner Freizügigkeit, doch ohne jede Vulgarität. Sie hatten eine bestimmte Haltung, die sie von den Damen der Gesellschaft ebenso unterschied wie von den leichten Mädchen. Alle erfolgreichen *demimondaines* gaben ihre Kleider bei den großen Couturiers in Auftrag. Ihre Kutschen waren wunderbar, für eine Fahrt im Bois erlesener hergerichtet als die von Herzoginnen und Botschaftern.« Und diese stadtberühmten Damen aßen prächtig und rühmten sich der Qualität der Mahlzeiten, die ihre Bewunderer ihnen boten. Es war dies das Zeitalter nicht nur des blendenden öffentlichen Banketts, sondern auch des Separees, wo im *cabinet particulier* selbst einer bourgeoisen Verführung ein elfgängiges Essen voranging. Bei diesen Vertreterinnen einer altruistischen Sinnlichkeit konnte ein Menü von überlegener Phantasie vielleicht mehr bewirken als ein geschenktes Bündel Suez-Aktien; außerdem hatten die Gastgeber der Damen den Vorzug, die Mahlzeit, die sie bezahlen mussten, mit ihnen zu teilen. Die *courtisanes de marque* waren großzügig gebaut, à la Venus von Milo, wenn sie auch vor wogendem Überfluss haltmachten. Die Taillen und Fesseln verjüngten sich grazil, aber ihre Besitzerinnen ließen diese Verjüngung von einer soliden Basis ausgehen. Das Essen war ein *soin de beauté*, den die Mädchen genossen.

Der erfolgreiche Franzose des frühen ersten Jahrzehnts des 20. Jahrhunderts war dick; es war dies die Evidenz seines Erfolgs, ein ökonomisches Kastenzeichen. Mit dreißig noch dünn zu sein war ein Handicap in der Geschäftswelt, als würde man in unserer heutigen Kultur ein zwei Jahre altes Auto fahren. Es wies darauf hin, dass man nie in der Lage gewesen war, sich anständig satt zu essen. Der Karikaturist akzentuiert die Wirklichkeit, aber er kehrt sie nicht um, und ich bewahre mit Sorgfalt eine Nummer von *L'Assiette au Beurre* auf, einer Zeitschrift bös radikaler Karikaturkunst, die im Jahre 1902 auf vierundzwanzig Seiten das Thema *Le Singe* behandelt, was Argot für den Arbeitgeber war und ist. Jeder erfolgreiche *singe* in diesem Heft – raffgierig, lüstern, mörderisch – ist dick, der einzig dünne *singe* ist der auf der letzten Seite, ein offensichtlich erfolgloser Zuhälter, der ein dünnes Mädchen verprügelt, sichtlich keine *courtisane de marque*.

Doch 1927 waren die gefeierten *belles*, ob nun Amateurinnen oder professionell unterwegs, sogar noch skelettaler, als sie es heute sind. Lady Diana Manners und Rosamond Pinchot beispielsweise, die international berühmten Schönheiten, die Max Reinhardt in *The Miracle* zusammenbrachte, waren so langbeinig und flach wie zwei hübsche junge Giraffen. Es hatte keinen Sinn mehr, eine Frau in ein großes Restaurant auszuführen, es sei denn, man wollte sie kurz zur Schau stellen. Sie aß nichts, und aus lauter schlechter Laune, die sie als Besorgnis um die Gesundheit ihres Partners auszugeben wusste, verdarb sie auch ihm den Appetit. Die schicken Restaurants von Paris – die weder Root noch mich damals interessierten – begannen bereits ihre Verwandlung von Tempeln der *dégustation* zu Vitrinen für die schmalen Pagenkopfgazellen. Auch die Männer hatten mit der Abtötung des Fleisches begonnen, wenn auch auf weniger drastische Weise. Immerhin, die Soldaten, die am Ende des Krieges aus den Schützengräben hervorkamen, hatten ausnahmslos stark abgenommen, und in einer solchen Zeit möchte jedermann den Helden ähneln.

Von den Befehlshabern des siegreichen Militärs hatten nur Joffre und Sarrail eine napoleonisch rundliche Figur, und die beiden waren nicht herausragend erfolgreich gewesen. Foch und Pétain waren Ladestöcke, wie Pershing. Und *le sport*, vor dem Krieg etwas bloß Exzentrisches, wurde nun ernst genommen. Als in eben jenem Frühjahr Lacoste, Cochet und Borotra die USA im Kampf um den Davis-Pokal schlugen, war die Aufregung noch größer als bei Lindberghs Landung nach seinem transatlantischen Flug. Es gab auch eine Welle von Amerikomimesis, dieser in Europa endemischen Krankheit; der Schub in den Zwanzigern wird von zeitgenössischen Europäern oft in ihrem Zorn über den noch stärkeren augenblicklich auszustehenden Anfall vergessen. Die Infektion wurde damals vom Jazz und vom amerikanischen Stummfilmkino verbreitet, das den europäischen Film fast ausgelöscht hatte. (Die Zutat der menschlichen Stimme und die sich so ergebenden Sprachbarrieren schenkten dem europäischen Film eine Gnadenfrist, die noch unbegrenzt fortdauert.) Und schließlich gab es die Legende von der immerwährenden Wirtschaftsblüte. Amerika, so schien es, war das Land, das ein unfehlbares System entdeckt hatte, wie man auf dem Rennplatz alle Wetten gewinnt. Dies machte die Amerikaner, allgemein gesehen, derart unpopulär, wie wir es dann schließlich in den vierziger Jahren wieder wurden, aber es löste auch eine identifikatorische Nachahmung aus. Der Stummfilmkomiker Harold Lloyd, der den Typus des dynamischen jungen Geschäftsmanns spielte, wurde das symbolische Vorbild für den Franzosen, der mit den alten Methoden Schluss machen wollte. Selbst ein Amateur kann Franzosen dieser Jahrgänge immer noch an ihren Schildpattbrillengestellen und an ihrem brüsken Auftreten erkennen. (Jacques Soustelle ist ein klassisches Belegexemplar.) Ihre Kleidung wurde rituell unveränderlich wie der Turban der Sikhs. Der Börsenkrach von 1929 diskreditierte diese Form der Imitation, aber der auf die Schildpattbrille fixierte Franzose wusste nun nicht mehr, weshalb er sie angelegt hatte.

1927 begannen diese Veränderungen sich in der Restaurantwelt zu spiegeln. Die Ausgabe des *Guide du Gourmand* von 1925 listet sechs Restaurants als das *»peloton de tête«* auf: Montagné, Larue, Foyot, Voisin, Paillard und La Tour d'Argent, alle »Tempel der Gastronomie« für ernsthafte Esser. (Von den ersten fünf, allesamt ehrwürdig, hörten vier bereits auf zu existieren, ehe zum zweiten Mal der Krieg erklärt wurde. Larue bewahrte seinen majestätischen Stil noch den Winter des *drôle de guerre* 1939–1940 hindurch, ist aber seither verschwunden; an seine Stelle ist ein Etablissement namens Queenie's getreten. Der Name ist, wie die Franzosen sagen, ein Programm. La Tour d'Argent hat sich, um fortbestehen zu können, auf heftige Werbung geworfen und strahlt sich nachts mit Scheinwerfern an wie ein nationales Denkmal. Solche Techniken mögen als Überlebensnotwendigkeiten gerechtfertigt sein, aber sie werfen einen Schatten auf das Zeitalter, das sie notwendig macht.)

Die Spezialitäten, die der *Guide* als Stolz dieser großen Häuser in den Jahren ihres Niederganges aufführt, waren nicht von der Art, dass sie mit einer kalorienarmen Ernährung oder dem neuen Kultus der gesunden Leber harmoniert hätten. Vor dem Ersten Weltkrieg waren die Ärzte Frankreichs ein gefügiger und wohlerzogener Berufsstand gewesen, der begriffen hatte, dass es seine Aufgabe war, die Völlerei zu erleichtern, nicht, sie zu tadeln. Aber die Ärzte kehrten voll eines neuen Autoritätsgefühls aus dem Krieg ins Zivilleben zurück, erworben bei zahllosen Amputationen. Anstatt wie früher die Verdauung zu sänftigen, das Magendrücken zu lindern und die Gichtanfälle abzumildern, verordneten sie jetzt den Patienten die Amputation von drei oder vier Gängen ihrer gewohnten Mahlzeiten. Da die Neuerer wie stets die modischsten Ärzte waren, gehörten die ersten betroffenen Patienten zur modebewußten großen Welt – es waren eben jene, welche die teuersten Restaurants besuchten. Der *Guide* führte die größten Attraktionen von Montagné auf als »Fleisch und Fisch unter Blätterteig, Lachs, Steinbutt *à l'ancienne* im Teigmantel, ehrwürdiger Louis-Philippe-Kognak. Und der Kaffee!!!« (Von Montagné wurde auch der große *Larousse Gastronomique* herausgegeben.) Dies ist für einen Mann, der sich Sorgen um sein Gewicht und seine inneren Organe macht, ein einziger Katalog der Schrecknisse, aber es war ein Programm des Entzückens für einen Esser der *grande époque* Mirandes.

Das ständige Schrumpfen des an prachtvollem Essen interessierten Publikums setzte der ökonomischen Logik der Restaurants, die dazu da waren, dieses Interesse zu befriedigen, ein Ende; die neue Doktrin hatte dieselben Auswirkungen auf die Tempel der Gastronomie wie die Reformation auf die Nachfrage nach großen Kathedralen des *style flamboyant*. Zuerst machte sich das Verschwinden der teuren Restaurants auf den unteren Ebenen, wo Root und ich tafelten, nicht bemerkbar, aber langsam spürte man es – wie im Fall eines Verschwindens der großen Opernhäuser schließlich überall das Niveau des Gesangs sinken würde. Wenn es keine Metropolitan Opera mehr gibt, von der man träumen kann, hat die zwölfjährige Sopranistin in Boulder, Colorado, keinen Ansporn mehr, ihre Koloraturen zu üben. Als Karriere für die künstlerisch Ehrgeizigen wurde das Kochen in eben dem Augenblick weniger attraktiv, als es für die Kinder des Proletariats immer mehr neue Möglichkeiten gab, sich den Lebensunterhalt zu verdienen. Die Verordnungen gegen Kinderarbeit und die Schulpflicht waren zusätzliche Hindernisse auf dem Weg der frühen Lehrzeit, die große Köche heranbildet.

Einer der Letzten aus der Clownsfamilie Fratellini, ein alter Mann, hielt vor einigen Jahren in Paris im Fernsehen eine Ansprache, in der er dieselbe Verknüpfung von Umständen für den Mangel an guten jungen Zirkusclowns verantwortlich machte. »Als ich ein Kind war, da hat mir mein Vater, Gott segne ihn, die Beine gebrochen, damit ich einen komischen Gang bekam, wie ein Clown ihn haben sollte«, sagte der alte Mann (ich gebe seine Bemerkungen nach dem Gedächtnis wieder). »Heutzutage gibt es Leute, die würden so was nicht in Ordnung finden.«

Für ein anderes Terrain der Künste hat Rocky Marcianos Mentor – Charlie Goldman, ein Mann in seinen Siebzigern – konstatiert, es werde nie mehr große Boxer geben, weil solche ihre professionelle Laufbahn noch vor der Pubertät beginnen müssen, solange sie sich auf ihr Geschäft konzentrieren können. (Marciano, der spät anfing, war ein Fighter und kein eigentlicher Boxer, und das ist eher eine besondere Geschicklichkeit als eine Kunst.) Als die persische Teppichweberei auf ihrem Höhepunkt war, fingen die Weber mit vier Jahren an und waren mit zwölf Meister ihres Handwerks.

In den zwanziger und dreißiger Jahren stieg der Anteil der französischen Restaurants an, die sich *auberge* oder *relais* nannten – Schritt haltend mit der zunehmenden Motorisierung des französischen Schlundes. Die Existenz dieser Lokale hing ab von Sonntagsfahrern und Urlaubsreisenden, die vielleicht niemals mehr dieselbe Landstraße entlangkommen mochten. Ominöserweise wurde der *Guide Michelin*, das Organ eines Herstellers von Autoreifen, zum Geschmacksrichter für die Restaurants – ein deprimierendes Beispiel, wie die Kunst sich dem Geschäft unterordnete. 1939 hatten die frischglänzenden »mittelalterlichen« Lokale entlang der ebenso nagelneuen Autostraßen angefangen, die alten Hotels aus dem Geschäft zu verdrängen, die den Bahnhöfen gegenüberlagen und im ersten Viertel des Jahrhunderts die Zentren der guten, soliden Provinzküche gewesen waren.

Das Geschäft der Hotelbesitzer hing von der Kundschaft der Handlungsreisenden ab, deren robuster Appetit und erfahrener Gaumen sich mit ihrem sparsamen Naturell verbanden, um einen hohen Standard verlässlich ehrlicher Küche zu garantieren. Aber die Vertreter bewegten sich nun nicht mehr mit der Eisenbahn fort, um an einem Tag eine große oder kleine Stadt abzugrasen und dann im Hôtel du Commerce oder im Lion d'Or zu übernachten. Sie waren jetzt motorisiert, flitzten in kleinen Citroëns und Arondes über die Straßen und schafften es, am Abend in ihre Wohnungen in den größeren Provinzstädten zurückzukehren. Das Mittagessen nahmen sie rasch zu sich, »wie Amerikaner«, und die ländlichen Hotels begannen abzusterben. Als auch die Bauern sich motorisierten, begannen die Kleinstädte insgesamt zu verenden. Die Kleinstadtkaufleute hatten ein Gesetz durchs Parlament gebracht, das es den großen Ketten wie Monoprix untersagte, Filialen in Orten mit weniger als zehntausend Einwohnern zu eröffnen; ein Ergebnis davon war es, dass die kleinen Städte von den Kunden verlassen wurden: Um die Auswahl und die billigen Preise der Handelsketten zu haben, mieden sie die alten Zentren ganz.

1939 hatte die Provinzkoketterie der *auberges* und *relais* mit ihrem mittlalterlichen Pappmaché und den pseudoarchaischen Neckereien ihrer Speisekarten – die unseren »ye« und »shoppe« entsprechen – bereits die Hauptstadt erreicht. *»Humectez vos gosiers avec les bons vins du noble pays du patron en attendant les chatouille-gencives du maistre Queux«*, mochte man wohl auf der Speisekarte eines Pariser Restaurants lesen, anstatt (wie 1926–27) »*Vins en carafe – rouge ou blanc, 50 centimes. Saucissons d'ail, 50 centimes. Sardines* …« Dieser neue Tonfall, eine Art Baby-Rabelaisisch, war etwa ebenso appetitanregend und auf etwa dem gleichen Niveau wie unsere eigene Speisekartenprosa: »Irrigate the l'il ol' red lane with some of our prime drinkin' whiskey and branch water while the Chef Supreme rustles up an Infra-Red popover Salad Bowl.«

Die Rue Sainte-Anne ist eine Straße mittlerer Länge, schmal und ohne besondere Reize, die in der Nähe des Endes der Avenue de l'Opéra an der Rue de Rivoli beginnt und nach Norden in Richtung Grands Boulevards verläuft, in etwa parallel zur Rue de Richelieu und von dieser durch ein paar schäbige Häuserblocks getrennt – doch hat sie nicht wie ihre Schwester eine Comédie Française, um ihren Beginn zu markieren, und eine Bibliothèque Nationale, um dem mittleren Verlauf Würde zu verleihen. Ein, zwei Querstraßen, ehe sie die Boulevards erreicht, nimmt sie den Namen der Rue de Gramont an. Sie wird gesäumt von wenig einladenden Hotels, Schuhmacherwerkstätten, kleinen Friseuren und Läden, welche die eintönigen Kleinigkeiten des Großhandels verkaufen – Holzknöpfe und Hutschachteln, Stoffmuster, Büromaterial –, sowie von Restaurants, die mittags Angestellte abfüttern. Unter all den Restaurants gibt es häufig ein gutes, doch hält es sich nie lange. Die Rue Sainte-Anne ist die Art von Straße, die unabhängige Geister anzuziehen scheint. Ein begabter Koch, der hier ein Lokal eröffnet, ist ein Expressionist; er spürt nicht das Bedürfnis nach Publikum. Hier hatte Maillabuau seine Kunst geübt. Ein Amerikaner, den ich kenne, suchte ihn einmal zwischen den Mahlzeiten auf, um ein Abendessen für einen besonderen festlichen Anlass zu bestellen. Er traf den Zauberer an, wie er eine *choucroute* kochte, ein Sauerkraut, reichlich *garnie* mit *pâté de foie gras*, für drei französische Senatoren. Während mein Bekannter zusah, goss er eine ganze Flasche alten Kognak hinein, um das Aroma zu verbessern. Seine Preise näherten sich denen Picassos.

Als ich an jenem Abend des Jahres 1939 vergeblich die Rue Sainte-Anne auf und ab nach Maillabuaus Restaurant Ausschau gehalten hatte, gab ich schließlich dem Hunger nach und betrat ein anderes Lokal von ähnlich abweisendem Äußerem – eine Ladenfassade war wegen der Verdunkelung von Vorhängen verhüllt, streckte aber noch einen Fingerbreit Licht heraus, um anzuzeigen, dass man geöffnet hatte. (Jedermann in Frankreich führte in dieser Zeit einen Krieg der kleinen Kompromisse.) Ein schäbiges Äußeres ist keine Garantie für gutes Essen – vielleicht gilt eher öfter das Gegenteil –, aber ich war mittlerweile zu hungrig, um die Nachbarschaft zu verlassen. Auch waren die Straßen bei der (weitgehenden) Verdunkelung nicht sehr einladend. Kreuzende Taxis gab es nicht.

So geschah es, dass ich in den Kreis der Familie von Monsieur Louis Bouillon hineinstolperte, einem Mann aus Bourg-en-Bresse, der Speisegeflügelhauptstadt Frankreichs, die übrigens in der Heimatprovinz des großen Brillat-Savarin liegt, der in Belley geboren wurde. Monsieur Bouillon war ein kleiner Mann mit hellen, feuchten Augen, einer langen Schnepfennase und einem schlaff hängenden Schnurrbart, der aussah, als sei er so lange über Kochtöpfen gedämpft worden, dass er nunmehr dauerhaft die Konsistenz von Spinat besaß. Als ich eintrat, hatte er die Ellbogen auf einen Tisch gestützt und den Kopf in den Händen; so betrachtete er ein Glas *marc de Bourgogne*, als wolle er das Schicksal Frankreichs in einem Tintenspiegel lesen. Um den Tisch saßen mit Zeitungen und Kaffee Madame Bouillon, Marie-Louise, die Kellnerin, die Tochter der Bouillons, Dominique, ein hübsches Mädchen von achtzehn Jahren, und ihr Sohn, der noch nicht eingezogen worden war. (Die jeweilige Identität kannte ich noch nicht, erfuhr sie aber rasch.) Madame Bouillons Gesicht hellte sich auf, und Marie-Louise erhob sich und kam mir entgegen. »Nehmen Sie Platz, wo Sie wollen, Monsieur«, sagte sie. »Sie haben die Wahl.«

Gleich zu Beginn des Krieges hatte eine Panik eingesetzt, und sehr viele Leute hatten Paris verlassen, weil sie erwarteten, die Stadt würde bombardiert. Sie hatten sich noch nicht ganz zur Rückkehr entschließen können – es war dies die erste Oktoberwoche 1939 –, und dementsprechend tot war das Geschäft. Selten bin ich so herzlich empfangen worden oder habe so rasch eine Bekanntschaft geschlossen. Und ich hatte Glück. Monsieur Bouillon war ein großer Koch. Er war allerdings nicht wie Maillabuau auch ein großer Charakterschauspieler. Sein Sohn war in der Lehre im Café de Paris, einem der wenigen übrig gebliebenen klassischen Restaurants. Seine Tochter, diese Virtuosin, konnte ein Grand-Marnier-Soufflé zubereiten, das *auf einem flachen Teller aufrechtstand*. Monsieur Bouillon erzählte mir, er habe das Restaurant erst kürzlich übernommen. Die wackligen Korbstühle und die Eichenholzanrichte sahen schlimm genug aus, dass sie aus Maillabuaus Auflösungsverkauf hätten stammen können. Aber es gab zu essen. »Die Märkte sind voll«, sagte Monsieur Bouillon. »Wild, Schalentiere – was man nur will. Die Kunden sind's, die fehlen.« Ich weiß nicht mehr, was ich dieses erste Mal aß – ein Steak *marchand de vin*, oder vielleicht ein *civet* vom Hasen. Dann kam das Soufflé, das ich bestellte, um mir Dominiques Trick anzuschauen. Dann begann ich in Ruhe mit Monsieur Bouillon zu trinken. Er war zuerst ernst und düster. Was für eine Art Krieg solle das denn eigentlich sein, wollte er wissen. Wann würde man losziehen und denen eins auf die Schnauze geben? In seinem Krieg, dem himmelblauen Krieg, war der Boche bis zur Marne vorgedrungen, und dort hatte man ihn gestoppt, all das bereits sechs Wochen nach Kriegsanfang. Da waren die Leute entsprechend im Takt. Dieser Krieg jetzt, der war nervtötend. Die Briten, da war er sicher, trugen die Verantwortung für diese Verzögerung – vielleicht verhandelten sie mit dem Fritz. Ein Krieg, der nicht zur Sache kam, hatte einen fatalen Effekt auf das Geschäftsleben. Die Amerikaner waren etwas anderes als die Briten, aber die standen nicht im Krieg. Monsieur Bouillon und ich wurden sentimental, optimistisch, kriegerisch und schließlich wehleidig. Ich hatte große Schwierigkeiten mit dem Heimweg, obwohl mein Hotel, das Louvois, nur hundertfünfzig Meter entfernt war – eine gerade Linie, einmal rechts abbiegen.

Danach wurde Monsieur Bouillons Restaurant mein vorgeschobenes Feldhauptquartier, während ich vergeblich versuchte, einen *ordre de mission* an die Front zu bekommen, wo ohnehin nichts geschah. Rasch simulierte die gesamte Situation wieder Normalität. Die Pariser kamen zurück. Ein unbegründetes Gefühl der Zufriedenheit folgte auf Schrecken und Verwirrung; die Alliierten schadeten den Nazis nicht, aber zumindest schadeten die Nazis auch nicht den Alliierten. Es gab eine wachsende öffentliche Ahnung, der »richtige« Krieg würde nie beginnen. Oft nahm mich Monsieur Bouillon auf seine Einkaufstouren in Les Halles mit, damit ich sehen konnte, dass die Deutschen Paris nicht aushungerten. Bei diesen Expeditionen trugen wir eine Anzahl von Körben mit uns, und wie sich diese einer nach dem anderen mit Austern, Artischocken oder Fasanen füllten, stellten wir sie in einer Folge von Bars ab, wo wir jeweils ein, zwei *calvas* nahmen. Der junge Calvados, den die Marktbars verkauften, war wie ein Stich mit einem Federmesser, und in manchen Bars tranken wir glasweise Pouilly-Fumé, um das Tempo zu wechseln. Die Märkte quollen über. Ich erinnere mich noch, dass es Obst aus Mussolinis Italien und feines Geflügel aus Prinz Pauls Jugoslawien gab. Monsieur Bouillon machte mich auf die Hähnchen aufmerksam, die, wie er sagte, so schön wie die aus Bresse waren, aber im Geschmack unterlegen. Es gab offensichtlich auch für alles andere als Kriegsmaterial Transportmöglichkeiten. (Ich zog natürlich den falschen Schluss; wenn es Transportkapazitäten für das Überflüssige gab, dann, so folgerte ich, musste das Notwendige bereits versorgt sein.)

Die Bouillon'sche Theorie besagte: Wenn wir unsere Runde durch Les Halles abgeschlossen hatten, dann würden wir wieder rückwärts zirkulieren und alle unsere Körbe einsammeln, mit einer Höflichkeitsrunde in jedem angelaufenen Hafen. So ließ sich viel nutzlose Schlepperei vermeiden. Das funktionierte auch gut, sofern wir noch die Bars wussten, wo wir die diversen Sachen gelassen hatten, aber manchmal erinnerten wir uns nicht mehr, und bei solchen Anlässen rief Monsieur Bouillon aus, die Gastronomie sei ein verfluchtes *métier*, und wenn die Regierung es nur zulassen würde, nähme er seine alte Lebel-Flinte und ginge an die Front. Aber sie müssten ihn das alte Blau tragen lassen, den Anblick von Khaki hielt er nicht aus, weil ihn das an die Engländer erinnerte.

Von allen Gerichten, die Monsieur Bouillon für mich zubereitete, denke ich mit größter Zuneigung an einen *salmis* von Schnepfen in Armagnac zurück, mit dem ich einen französischen Freund erstaunte (einen Champagnerhändler), den ich in das kleine Restaurant eingeladen hatte. Ich bin sicher, es war der beste meines Lebens, und Monsieur Bouillon war fast so gut mit einem Fasan, einem Rinderragout oder einer Blutwurst mit Kartoffelbrei. Mein Franzose kam als Partner in einer guten Champagnerfirma in einem normalen Jahr notwendigerweise in einer enormen Anzahl Restaurants herum, und als er einräumte, dass Monsieur Bouillon ein großer Koch war, empfand ich dieselbe Genugtuung wie später einmal, als die Firma Spink in London eine unter Hadrian in Gaza geprägte Münze für authentisch erklärte, die ich in Gaza selbst von einem Araber gekauft hatte. Monsieur Bouillon war meine Entdeckung, und der Genuss eines mit »Bouillon« signierten Schnepfenragouts war ein unersetzliches Privileg.

Wie die meisten hervorragenden Köche hatte Monsieur Bouillon Wutanfälle und weinte leicht; die Hitze der Küche wirkt sich vielleicht auf die Tränendrüsen der Köche ebenso wie auf ihr Temperament aus. Wenn wir von Les Halles ohne einen Einkauf zurückkehrten, den Monsieur Bouillon schon bezahlt und Madame bereits auf der Speisekarte vermerkt hatte, gab es regelmäßig eine Szene, aber alles in allem waren die Bouillons eine glückliche Familie – Madame und die Kinder respektierten Monsieur als einen großen Künstler, obwohl Sohn und Tochter sich gedacht haben mögen, er treibe es mit dem Temperament etwas arg. Sie waren die ideale Familie, um die Zukunft eines kleinen Restaurants zu sichern, aber unglücklicherweise löschte der Krieg diese Zukunft aus. Als im Mai 1940 die Kampfhandlungen im Ernst begannen, verließen wieder die Kunden Paris. Der Sohn wurde eingezogen, und der Rest der Familie ging weg, um in der Kantine einer Munitionsfabrik zu arbeiten. Als ich Paris bei der Befreiung 1944 wiedersah, suchte ich sie auf und stellte fest, dass sie wieder in das Viertel zurückgekehrt waren, aber kein Restaurant mehr hatten. Ein solches während der Besatzungszeit erfolgreich zu führen, erforderte ein schweigendes Einverständnis mit sehr vielen Dingen, und das vermochte der arme Monsieur Bouillon nicht. Seit dem August 1944 habe ich sie aus den Augen verloren.

1939 machte ich auch zuerst Bekanntschaft mit Monsieur Pierre und seinem Etablissement an der Place Gaillon. (Der Umstand, dass dieses Restaurant nicht in der Rue Sainte-Anne, sondern etwa zweihundert Meter von dieser veränderlichen Straße entfernt liegt, erklärt vielleicht, weshalb Monsieur Pierre immer noch im Geschäft ist.) Es ist mein bevorzugtes Restaurant mittlerer Größe; die *cuisine* hat eine robuste, klassische Klarheit, wie ein Boxstil, der auf der linken Geraden aufgebaut ist. Alles wird dort so gemacht, wie es im Buche steht, ohne Neologismen oder Abweichungen. Das *matériel* ist vom Besten, die Bedienung geschickt und die Preise recht massiv. Monsieur Pierre sieht aus wie ein distinguierter Sünder in einem Film von René Clair; 1939 hatte er vorzeitig weißes Haar (zu dem ihn nun sein Alter berechtigt), eine lebhafte Farbe und einen geraden Rücken. Seine Eleganz stammte nicht vom Quai d'Orsay, sondern aus dem *métier*, in dem er mit vierzehn debütiert hatte. Eine engere Verbindung zwischen uns ergab als Erstes die Entdeckung, dass er Normanne ist, und zwar aus dem richtigen Teil der Normandie: Er kommt aus Avranches, das dem Mont-Saint-Michel gegenüberliegt. Und folglich war er ein Liebhaber des Calvados, der für mein Empfinden der beste Alkohol der Welt ist. Monsieur Pierre verbringt manchmal seine Wochenenden damit, mit seinem Automobil zu den Bauern zu fahren und zu versuchen, sie zu überreden, ihm ein paar Flaschen oder (wilder Traum!) ein Fässchen vom wahren Elixier Edens abzulassen. (Jeder Normanne weiß, dass der Apfel der Bibel symbolisch ist – er steht für jenen destillierten Most, der jeder Frau den Kopf verdreht.) Guter Calvados wird nie legal verkauft. Die Steuer hinterlässt einen Geschmack, den der Normanne unerträglich findet – wie jenes Zeug, das Ehefrauen in den Whisky tun, um Alkoholiker zu kurieren. Und nur ein paar von Pierres Kunden wissen überhaupt, was sie da aus seinen kostbaren Flaschen zu trinken bekommen; nicht jeder hat den Vorteil, dass er sich schon früh im Leben in dieser gesegneten Flüssigkeit marinieren konnte. Millionen Franzosen sind töricht genug, Kognak vorzuziehen, und in letzter Zeit sind viele auf Scotch umgestiegen.

Schon im Jahre 1939 vermerkte Pierre, Meister des gesamten klassischen Repertoires der Kochkunst, dass die komplexeren Gerichte nicht länger verlangt wurden. Mittags nahm sein Restaurant gelegentlich das Aussehen dessen an, was die Amerikaner seit Kurzem ein Steak House nannten. »Nur fünfundzwanzig Prozent meiner Gäste bestellen einen *plat du jour*«, sagte er eines Tages zu mir. »Die anderen nehmen irgendetwas vom Grill. Das sind die Ärzte, wissen Sie. Die Leute denken nur an die Leber und die Figur. Der Magen wird vergessen.« Er tat sein Bestes, um die Rigorosität dieser Cowboyernährung etwas abzuändern – wie ein *modiste*, der hier einen Knopf oder da ein Band hinzufügt, um zu mildern, was der Modejournalismus eine strenge Linie nennt; er bot superbes Steak *au poivre* an, Steak *Diane*, Steak *maison* (mit einer Weißweinsoße) und Steak *marchand* (Soße aus Rotwein), aber eine wachsende Zahl von Kunden verlangten ihr Steak unerschütterlich *nature*. »Austern und ein Steak, ein bisschen *langouste* und gemischter Rostbraten, eine *salade niçoise* und ein Lammkotelett – man könnte sterben vor Monotonie«, sagte Pierre. »Wenn Sie und ein paar Ihresgleichen nicht wären, würde ich das *cassoulet* an den Dienstagen streichen – ich lege ja nur zu.«

Der Trend hat sich seither fortgesetzt. Eines Abends im Jahr 1956 betrat ich das ehrliche, Ruhe atmende Lokal von Monsieur Pierre. Der Oberkellner – alt, gütig, würdevoll, mit dem Gesicht eines gelehrten Marquis – führte mich in den größten Raum, und im Vorübergehen sah ich eine Gruppe von sechs Gästen (zweifellos drei Ehepaare) um einen Tisch, wo ein Kellner eine prachtvolle *plate côte de bœuf* servierte, während ein ihm auf dem Fuße folgender Kollege aus der *casserole*, aus welcher das Fleisch geborgen worden war, auf jeden Teller die Lauchstücke, die Möhren, die Zwiebeln und die Brühe schöpfte, denen das Rindfleisch seinen wesentlichen Geschmack gegeben hatte. Die Männer, so sah ich, hatten die dicken Backen, die molligen Hände und die runde, von keinem Hals unterbrochene Leibesform – und die fröhlichen Gesichter – in einer Ära erworben, ehe noch die Ärzte die Infektion der Angst verbreiteten; die Ehefrauen hatten die Liebe ihrer Männer gewonnen und gelernt, sich in dieser Liebe sicher zu fühlen, ehe noch die Frau mit der Flachfigur in Mode kam, die dann eine leichte Brustschwellung simuliert, wenn Balenciagas Entwürfe das verlangen, und eine minimale rückwärtige Wölbung, wenn die Mode sich dreht.

Als ich an meinem Tisch anlangte, schaute ich nicht einmal auf die *carte du jour*; meine Nase war voll von dem genussreichen Dampf des gekochten Rindfleischs. Ich sagte: »Für mich ein Dutzend *pleines mers*« – Austern, die eine Spezialität von Pierres *écailleurs* sind, den Männern, die draußen in der Kälte stehen und sie öffnen – »und die *plate côte*.«

Ein Ausdruck der Trauer ließ das altelfenbeinfarbene Gesicht des *maître d'hôtel* länger werden. »Ich bin untröstlich, Monsieur Liebling«, sagte er, »aber das Rindfleisch steht nicht auf der Karte. Es ist *sur commande* zubereitet worden – die Gesellschaft drüben hat es vor zwei Tagen bestellt.«

Dass das bescheidene Glanzstück der klassischen französischen Küche in einem der besten Restaurants von Paris zwei Tage im Voraus bestellt werden muss, ist ein Indiz dafür, wie weit *la cuisine française* sich bereits in Richtung einer rasch produzierenden Imbissküche entwickelt hat. Rindfleisch in seiner Bouillon gekocht – das war das eine Gericht, das der Reisende im 17. und 18. Jahrhundert (vor der Entstehung eigentlicher Restaurants) noch im bescheidensten Gasthof erwarten durfte, wo der »ewige Kochtopf«, aus dem man nahm und den man wieder füllte, auf kleinem Feuer köchelte, das nie ausgehen durfte. »Suppe« – das heißt: der *pot-au-feu* – »ist die Grundlage der Ernährung der französischen Nation, und die Erfahrung von Jahrhunderten hat sie notwendigerweise zur Vollkommenheit gebracht«, schrieb der göttliche Brillat-Savarin einmal.

»Wenn etwas übrig bleibt«, sagte der *maître d'hôtel* zu mir und sah zum Tisch der glücklichen Sechs hinüber, »dann bringe ich es Ihnen gerne. Aber ich bezweifle stark, dass das der Fall sein wird.«

Und nun ein letztes Beispiel einer verschollenen Liebe aus der Rue Sainte-Anne. Im Juni 1955 entdeckte ich dort ein kleines Lokal ohne jeden Charme, mittags von Angestellten der umliegenden Firmen überfüllt, das so niedrige

Preise angeschlagen hatte, dass ich wusste, die Küche konnte nichts Besonderes sein – wenn sie auch ein gutes Preis-Leistungs-Verhältnis bieten musste, um so viele Leute anzuziehen. Abends aber, wenn das Viertel still war und nur wenige Kunden kamen, konnte der Besitzer (so stellte ich fest) Wunder wirken. Es war ein in Kairo geborener Grieche, der seine Lehrzeit in der Küche von Shepheard's Hotel absolviert und dann vor dem Ersten Weltkrieg in guten Restaurants in Frankreich gearbeitet hatte. Indem er in die französische Armee eingetreten war, erzählte er, hatte er das Bürgerrecht erworben, und nach dem Krieg hatte er dann die meisten guten Küchen kennengelernt, in denen er noch nicht bereits gewesen war. Als ich seine Schöpfungen versucht hatte, konnte ich diesen Geschichten durchaus Glauben schenken, obwohl mir unklar war, weshalb er in seinem Beruf nicht höher aufgestiegen war. Seine Erklärung dafür war es, dass er immer ein unabhängiger Kopf gewesen war – *une forte tête* – und es vorgezogen hatte, selbständig zu arbeiten. Er hatte kleine Restaurants in Paris, in Le Havre, in Granville betrieben – hier und dort, überall. Er war gerne sein eigener Herr. Dieser imposante Mann muss von den Schuhsohlen zur Höhe seiner Kochmütze – eine von der gestärkten Sorte, geformt wie die Kopfbedeckung eines orthodoxen Priesters – zwei Meter zehn gemessen haben. Er hatte ein Gesicht, wie es ein griechischer Bildhauer der Frühzeit entweder einem Satyr oder einem Gott hätte geben können – terrakottarot unter einem eisengrauen Haarschopf. Seine Hände waren so groß und kräftig wie die eines Steinmetzen, und in der Küche trat er herrisch und leicht erzürnbar auf. Man konnte ihn durch die Öffnung in der oberen Hälfte der Küchentür sehen, durch die er die dampfenden *plats* schob, wenn sie zum Auftragen bereit waren – und oft auch den Kopf, Kochmütze voran, um die Kellnerin anzubrüllen, wenn sie nicht rasch genug erschien, um ihm die abendlichen Meisterwerke abzunehmen, die er ihr entgegenhielt. Er musste sich natürlich bücken, um die *toque* durch die Öffnung zu manövrieren. Die runde weiße Mützenoberfläche erschien zuerst, wie eine kreisförmige weiße Wolke, und dann, wenn er seinen Hals in die Senkrechte reckte, leuchtete sein Gesicht auf wie die Sonne – rund, strahlend, fürchterlich –, um die Kellnerin mit einem Blick zu durchbohren. Die junge Frau, welche die wunderbar schweren Platten an die Tische brachte, murmelte dann zu seiner Entschuldigung: »Tagsüber, wissen Sie, ist er gar nicht so. Was er für die Mittagsgäste kocht, das regt ihn nicht auf – und dann muss man auch sagen, dass er nicht dieselbe Menge Kognak intus hat. Der Spiegel steigt.« Der Grieche muss Mitte sechzig gewesen sein; seine Frau, eine attraktive Französin, die etwa zwanzig Jahre jünger war, kümmerte sich um die Bar und die Kasse und die Außenbeziehungen des Etablissements; auch sie schätzte Kognak. Er vermochte es, eine erstaunliche *langouste à l'américaine* auftischen und dazu einen makellosen Pilaw; ich habe nie einen anderen Mann gekannt, der mit solcher Meisterschaft in beiden Idiomen arbeiten konnte, der klassischen und der levantinischen Küche.

Der wichtigste Zug jeder Art von Hummer, die *à l'américaine* zubereitet wird, ist die Soße, die nach *The Food of*

*France* Weißwein enthält, Kognak, Fischbouillon, Knoblauch, Tomaten, eine Anzahl von Kräutern, die Säfte des Hummers selbst und das Öl, in dem der Hummer vor dem Eintauchen in die Flüssigkeit gekocht worden ist. (Ich habe mich nie persönlich nach den Mysterien der Herstellung erkundigt; ich bin's zufrieden, ein Meisterwerk der Malerei zu bewundern, ohne zu fragen, wie der Künstler seine Farben angerieben hat.) Schon zeitig in seinem großen Buch zerstört Root mit großer Autorität die chauvinistische Legende, in Umlauf gebracht durch Anhänger von Charles Maurras, dass der Hummer *à l'américaine* eigentlich *à l'armoricaine* heißen müsste (von »Armorica«, dem alten Namen der Bretagne) – lediglich deshalb, weil es Hummer (*langoustes* wie auch *homards*) auch an der bretonischen Küste gibt. »Die Puristen«, schreibt er unter Verwendung einer typisch milden Bezeichnung für jene Idioten, »scheinen jedoch keine Gastronomen gewesen zu sein, oder sie hätten sich vielleicht einmal das Gericht selbst angesehen, das ganz offensichtlich nicht bretonisch, sondern provenzalisch ist, da der Hummer in Öl gekocht und die Soße mit reichlich Tomaten zubereitet wird – und tatsächlich kannte man genau dasselbe Gericht bis Mitte des 19. Jahrhunderts als *homard à la provençale*. Die vernünftigste Erklärung für den Namen scheint jene zu sein, die ihn auf ein nun untergegangenes Pariser Restaurant zurückführt, das Américain, das offenbar aus diesem Gericht eine Spezialität gemacht hatte.«

Im Allgemeinen praktizieren die Bretonen nur eine einzige Methode bei der Zubereitung ihrer Hummer und Langusten – sie kochen sie in Meerwasser, was auch sehr schön ist, wenn man den reinen Hummergeschmack haben möchte. Beim Hummer *à l'américaine* andererseits ist die Soße, die ohne den Hummer nicht entstehen kann, die Rechtfertigung der ihm auferlegten Würdelosigkeiten. Wenn die Stärke dieses Gerichts also in der Soße liegt (was ich für unbestreitbar halte), dann liegt seine Schwäche vom nichtfranzösischen Standpunkt aus darin, dass man die Soße notwendigerweise mit etwa drei Längenmetern Brot auftunken muss. Brot ist ein gutes Medium, um eine Soße bis zum Gesicht des Essers zu transportieren, aber es ist eine Verdünnung des Geschmacks, keine zusätzliche Prächtigkeit; es verhält sich zur Soße eines Hummers *à l'américaine* wie das Soda zum Scotch. Ein guter Pilaw jedoch, bei dem sich jedes Reiskorn einzeln in der Brühe zum Umfang eines Pistazienkerns entwickelt hat, der ist in sich eine schöne Sache. Auf den Teller gehäuft, während die Kellnerin den Hummer serviert, trinken seine Körner die Soße *à l'américaine* so begierig in sich ein wie Nymphen, die ihren Durst an einer Quelle stillen. Die Körner verlieren dabei nicht ihre Form und Identität, obwohl sie etwas an *rondeur* gewinnen. Normaler, beliebig gekochter Reis tut's nicht; er verwandelt sich in Tapezierkleister. Die Franzosen tun sich im Allgemeinen fast so schwer mit Reis wie die Chinesen, welche die Allerschlimmsten sind. Die Armenier, Griechen und Türken sind die besten Reisköche. Die Konjunktion der Languste meines griechischen Kochs und seines Pilaw war ein kultureller Meilenstein, wie die Vermählung von Auster und Zitrone.

Am Ende des Monats Juli, sechs Wochen und mehrere Dutzend *langoustes* nach meiner Bekanntschaft mit dem Griechen, verließ ich Paris. Ich kam im November zurück und erreichte das Hôtel Louvois an einem kalten Abend. Ich ließ das Gepäck ungeöffnet stehen und eilte durch die kühle Luft zu dem kleinen Heiligtum, das ich entdeckt hatte. *Langouste* durfte man zu dieser Jahreszeit nicht erhoffen, aber der Grieche bereitete auch ein exzellentes Couscous zu – ein wärmendes Gericht für eine kalte Nacht, wegen der feurigen Soße, die man in die Brühe gießt. Und das würde er sicher auf der Karte haben. Das Restaurant hatte sein Aussehen nicht verändert: Es gab immer noch die Papiertischtücher, die metallene Theke und ein handgeschriebenes Schild im Fenster, das verkündete: *Grande Spécialité de Couscous*. Aber die Gesichter – eines hinter der Bar, das andere vom Fenster zur Küche gerahmt – waren nicht dieselben. Es waren liebenswürdige Gesichter, Mann wie Frau, aber Liebenswürdigkeit ist kein Ersatz für das Genie. Ich bestellte Couscous, aber es war bloß ein Weizenbrei mit scharfer Soße und einer Garnitur aus verkochtem Hähnchen – ein *couscous de Paris* und nicht aus Nordafrika, wo der Grieche das seine zuzubereiten gelernt hatte. Ich trank etwas mit dem neuen *patron* und seiner Frau, als ich gegessen hatte. Sie waren jünger als ihre Vorgänger und sagten, sie kennten und bewunderten diese. Sie würden »an derselben *formule* festhalten«, versprachen sie. Aber man kann ein Restaurant nicht mit einer Formel betreiben. Der Grieche hatte an sie verkauft, erzählten sie, weil er und seine Frau sich gestritten hatten.

»Weswegen haben sie sich gestritten?«, fragte ich.

»Wegen ihrer Kunst«, sagte die neue Frau und lächelte ihren Gatten liebevoll an, wie um ihm zu versichern, dass etwas so Triviales nie zwischen sie beide kommen würde.*

Im Jahre 1927 war für Root und mich nicht zu erkennen, dass die Abenddämmerung der französischen Küche eingesetzt hatte, weil der Niedergang auf dem Niveau, wo wir aßen, nicht sichtbar wurde. Die billigen und mittleren Restaurants, die wir aufsuchten, hielten noch stand; Diätkuren und andere Bizarrerien betrafen nur die obersten Schich-

* Noch ein allerletztes Beispiel für das Unglück, das *la restauration contemporaine* verfolgt. Nach der Tragödie des griechischen Lokals entdeckte ich ein weiteres Wunder, dessen Namen ich in meinen Artikeln für den *New Yorker* nicht enthüllte, weil ich es für mich behalten wollte. Es war dies ein Restaurant von uninteressantem, wenn schon nicht schäbigem Äußeren in der Rue des Petits-Champs in der Nähe der Börse.

Mittags war es *plein à craquer* von *cambistes* und ihren Angestellten, was ihm seine Prosperität sicherte, aber abends war die Stimmung gelassen und das Restaurant war fast leer, was eine bewundernswerte Bedienung sicherstellte. Der *patron*, eine echte Begabung, war Anfang dreißig, die hübsche *patronne* Ende zwanzig. Sie waren ehrgeizig und gewinnsüchtig; die Lebenserwartung des Restaurants schien insofern hoch. Als ich 1969 zurückkehrte, machte ich dieselbe Erfahrung wie in der Rue Sainte-Anne. Die neuen Besitzer erzählten, mein Ehepaar hätte so gut verdient, dass es angefangen habe, Wintersport zu treiben. Beide hatten schwere Skiunfälle erlitten und mussten das Geschäft aufgeben. *»Ils sont très handicappés«*, sagte die neue *patronne*.

ten, und nur die Reichen hatten Automobile. Autofahren und Essen waren noch zwei getrennte Angelegenheiten. Root, der während der folgenden zwölf Jahre in Frankreich blieb, war sich wahrscheinlich weniger als ich im Klaren über das, was mein unvergesslicher Dubliner Freund Arthur McWeeney die Missbesserung der französischen Küche genannt hätte. Die Erfahrungen eines einzelnen Menschen folgen nicht unbedingt genau der absinkenden Kurve einer Kultur. Ein Mann von solchem Listenreichtum – gastronomisch gesehen – wie Root konnte jeden Tag so gut essen, dass er die abnehmende Zahl guter Restaurants nicht wahrnehmen musste. Diese Zahl war damals immer noch hoch. Sie ist es noch heute, obwohl es naturgemäß weniger davon gibt und die besten nicht mehr so gut sind, wie es die besten früher waren, oder die nächstbesten nicht mehr so gut wie die nächstbesten von einst – und so immer weiter abwärts. Gute Flaschen gibt es jedoch noch immer, besonders unter den klassifizierten Weinen des Bordelais. Der Besitzer eines per Gesetz genau vermessenen Weinberges, der gezwungen ist, seinen Wein Jahr um Jahr auf denselben wenigen Morgen Land hervorzubringen, kann seine Zutaten nicht ändern, um sich dem gesellschaftlichen Geschmacksverfall anzupassen. In guten wie schlechten Jahren bleibt der Charakter seines Weins – wenn auch nicht dessen Qualität – konstant, und das Verhältnis von guten und schlechten Jahren ist in jedem Jahrhundert etwa dasselbe. (Das Volumen an schlechtem Wein, das jährlich in Frankreich verkauft wird, hat sich gewiss erhöht, aber das ist eine andere Geschichte; dieser Wein wird unter Etiketten von unklarer oder rein humoristischer Bedeutung verkauft, oder *en carafe* als etwas, das er nicht ist.) Als das vielverleumdete Zweite Kaiserreich die Weinberge des Médoc 1855 in ihren Grenzen festlegte und klassifizierte, stattete es die französische Kultur mit einem wichtigen Stabilitätsfaktor aus – ebenso wie es Paris mit dem zum Park erklärten Bois de Boulogne ausstattete. Beide Male entstanden Schutzwälle gegen das Vordringen von Übergriffen.* Das Weintrinken ist etwas Subjektiveres als das Pferdewetten (und fast so subjektiv wie die Liebe), aber das Risiko ist geringer; man bekommt etwas für sein Geld, ganz gleich, worauf man setzt.

So aß Root, der einzelne Gast, in diesen ganzen zwölf Jahren gierig, klug und mit ehernem Gedächtnis und legte die Grundlage für sein Meisterwerk. (Ich glaube, ein Buch über die Küche Englands wird er nie schreiben. In seiner monumentalen Abhandlung sagt er: »Ich habe immer gedacht, ... dass die Engländer so kochen, wie sie es tun, weil ihnen die technischen Mittel fehlen – weil sie die Kochkunst nicht meistern konnten. Ich habe zu meiner Fassungslosigkeit nun festgestellt, dass die Engländer so kochen, weil sie es gerne so mögen.«) Root und ich teilten uns während des *drôle de guerre* ein paar gute Mahlzeiten; dann hatten wir einen Monat lang, zwischen dem 10. Mai, als die Deutschen in Belgien und Holland einfielen, und dem 11. Juni, als die französische Regierung Paris verließ, Dringenderes zu tun.

* Es gibt im Augenblick eine Bewegung, die Weine neu zu klassifizieren. Ich misstraue dem.

(Trotzdem erinnere ich mich noch mit Dankbarkeit an frische Bachforellen und stillen Champagner in Saint-Dizier, hinter der bröckelnden Front; eine gute Mahlzeit in schwierigen Zeiten ist immer etwas, was man aus der Katastrophe gerettet hat.) Als die Regierung sich absetzte, lud Root mich ein, ihn auf einer Verfolgungsfahrt in einem kleinen französischen Automobil zu begleiten. »Vielleicht stoßen wir unterwegs auf gute regionale Küche«, sagte er. Ich verließ Frankreich elf Tage später und ging in die USA zurück; Root folgte mit seiner damaligen französischen Frau und der kleinen Tochter der beiden einen Monat später. Er ging nach dem Krieg nach Frankreich zurück und hat seither die meiste Zeit dort verbracht. *The Food of France* ist das Denkmal seiner Zuneigung zu einem Land wie zu dessen Kunst. Er hat nun eine andere französische Gattin.

Die Originalität von Roots Annäherung an seinen Gegenstand liegt in den zwei Voraussetzungen, die er macht. Die eine ist es, dass die Regionen mit einer Art Zwangsläufigkeit das Wesen der dort produzierten Speisen hervorbringen, was nur teilweise und ungefähr zutrifft, und als Erweiterung dieser These führt Root aus, dass der Charakter der Speisen und Weine und jener der Bewohner einer beliebigen Region einander entsprechen und miteinander zusammenhängen, was gute Anekdoten ergibt, aber lustige Spekulation bleibt. (De Gaulle hat keinen beschränkten Geist, obwohl seine historisch zu Flandern gehörige Heimatregion eine relativ schwache und beschränkte Küche hat; das Denken von Camus war ausgewogen, nicht übertrieben gewürzt wie die Küche seines Herkunftslandes Algerien; das von Mauriac wiederum ist von schmaler Schärfe und keineswegs üppig wie seine heimatliche *cuisine bordelaise*, die er liebt.) Roots Bildung ist bei allen Regionen bedeutend, doch am besten ist er südlich der Loire. Das Elsass und die Normandie haben sein Herz nicht gewonnen, auch wenn er sich bemüht, fair zu sein, und dem Anjou erweist er nicht die hinreichende Reverenz; wenn er die Provence, Nizza und das Plateau Central behandelt, ist er großartig, und bei seinem Angriff auf die Kochkunst des Lyonnais ist er heroisch. Trotzdem bleibt es ebenso unfair, die Küche des Elsass einen Ableger der deutschen zu nennen, wie wenn man die französische Kultur als bloßen Ableger der römischen Zivilisation herabsetzen wollte. In beiden Fällen ist seit dem Zweigwuchs einiges geschehen.

Bei seinen Ausführungen über die Provence jedoch, wo er seine wohlgepolsterten Knochen während des letzten Jahrzehnts meistens gesonnt hat, ist Root unvergleichlich:

»Das Fett, in dem die Speisen eines Landes gekocht werden, ist das Element, das am Ende seine gesamte Küche formt. So ist der Ölbaum der Schöpfer der provenzalischen Küche. Ein Ausspruch aus der Region bringt dies zum Ausdruck: ›Ein Fisch‹, heißt es da, ›ist ein Tier, das man lebend im Wasser findet, tot im Öl.‹ Der Knoblauch mag nicht der Provence allein angehören, aber er erfährt dort ganz besondere Anerkennung. Man hat ihn sogar die Trüffel der Provence genannt. Noch ein drittes Element muss als besonders typisch für die provenzalische Küche hier verzeichnet werden – die Tomate, die sich fast überall zu beteiligen versteht ... Die Kaninchen dieser Region brauchen bei der

Zubereitung kaum noch Kräuter: Da sie das ganze Leben lang Thymian gefressen haben, besitzen sie eine ohnehin große Würzigkeit ... Artischocken ... sind in der Region allgegenwärtig ... In der Vaucluse mag man überrascht sein, wenn man etwas bestellt, das auf der Karte als *asperge vauclusienne* aufgeführt wird, denn dies ist ein Scherzname in der Art der ›schottischen Waldschnepfe‹ oder der ›Prärieauster‹: Was serviert wird, ist kein Spargel, sondern eine Artischocke. Es wird allerdings eine besonders festliche Artischocke sein, mit gehacktem Schinken gefüllt und stark gewürzt mit einer Mischung jener Kräuter, die auf dem trockenen, bergigen Terrain der Haute Provence eine ganz besondere Intensität zu entwickeln scheinen.«

Dies ist der lyrisch gestimmte Teil des Buches; der Provence gehört jetzt Roots neuenglisches Herz.

Die solidere von Roots beiden Grundthesen ist meiner Ansicht nach die, welche die ganze französische Küche in drei große »Domänen« einteilt, entsprechend seinem Diktum, dass das Fett, in dem gekocht wird, die »gesamte Küche formt«. Roots Domänen gehören der Butter (Nordost- und Nordfrankreich, die Atlantikküste bis südlich von Bordeaux und die Mitte südlich bis nach Lyon), dem Schmalz (Lothringen, Elsass und das Plateau Central) und dem Olivenöl (Provence und die alte Grafschaft Nizza). Die baskische Küste hat eine gemischte Cuisine, die auf allen drei Medien beruht und so die Universalität seiner Formel widerlegt. Es stimmt, dass die alte Aufteilung Frankreichs durch orthodoxe *fines gueules* in gastronomische Regionen, welche in vielen Fällen kleiner als *départements* waren (von denen es neunzig im kontinentalen Frankreich gibt), seit jenem lange zurückliegenden Tag in Auflösung begriffen ist, an dem es die Aufhebung der Leibeigenschaft der Bevölkerung gestattete, sich frei im Lande zu bewegen. Die Revolution, die Postkutsche, die Eisenbahn und schließlich das Automobil haben die genaue topographische Fixierbarkeit von Gerichten und Rezepten beendet – und so oder so ist die traditionelle Zuschreibung bestimmter Gerichte oft, wie Root demonstriert hat, apokryph.

Wiederholt weist er, während er den Leser durch Frankreich geleitet, auf Fälle hin, wo zwei aneinandergrenzende Provinzen sich ein Gericht streitig machen, oder auf solche, wo eine Provinz, die ein Gericht nicht ersonnen hat, es doch besser zubereitet als die Erfinderin. Es gibt jedoch breite Ähnlichkeiten in der Küche bestimmter Teile Frankreichs, Teile, die größer sind als die alten Provinzen und die modernen *départements*. Diese Ähnlichkeiten (und Unterschiede) folgen nicht rein geographischen Demarkationslinien, und Roots »Domänen« sind der ingeniöse Beginn einer neuen Taxonomie – er ist wie der Zoologe, der als Erster die Spezies zu Genera zu gruppieren begann und feststellte, dass eine Katze, ein Affe, ein Mensch und ein Tiger verschiedene Wesen sind, dass jedoch ein Mensch dem Affen stärker ähnelt als der Katze, und die Katze einem Tiger stärker als einem Menschen. Jemand musste den Anfang machen, und Root ist ein echter Neuerer. Ob die Küche des Périgord wirklich der des Elsass ähnlicher ist (weil beide Gänsefett und Schweineschmalz benutzen) als der des Südwestens (welcher wie das Périgord Knoblauch verwendet), ist eine andere Frage; ein Geschmackswissenschaftler der Zukunft mag eine neue Gruppierung auf der Grundlage der Würzunterschiede vornehmen. Wenn dieser Erfinder eines neuen Systems so viel Liebe zu seinem Gegenstand und so viel Gelehrsamkeit wie Root besitzt, kann das Ergebnis nur wiederum ein gutes Buch sein, so reich am Markgeschmack der Debattierfreude wie *The Food of France*.

Nun, da Root sein Denkmal für alle Zeiten errichtet hat – das Bildnis einer Kulturleistung, an eine Seite der Geschichtschronik angeheftet, ehe die Snackbars und Cafeterias und Drive-ins die Konturen dieses Bildes aus dem Menschheitsgedächtnis löschen können –, macht er einen etwas melancholischen Eindruck. »Es ist schwierig, heutzutage solch gutes Essen in der Provinz zu finden, selbst zu den jetzt üblichen hohen Preisen – oder vielleicht werde ich auch nur alt und nörglerisch«, schrieb er mir vor einiger Zeit. »Tatsächlich ist es lange her, dass ich auf eine jener Flaschen Wein gestoßen bin, bei denen man aufhorcht und sich richtig hinsetzt, und es ist sogar ziemlich selten, dass man heute noch eine denkwürdige Mahlzeit bekommt.« Hier war er jedoch allzu düster gestimmt. Es wird immer genug gute Flaschen und gute Mahlzeiten geben, um uns alle noch ein paar Jahrzehnte lang zu versorgen; es ist nur so, dass sie schwerer zu finden sind. Aufstieg und Fall einer Kunst brauchen ihre Zeit. Das gesamte Trajekt ist selten für eine einzige Generation sichtbar.

# *Passabel*

Nach der Veröffentlichung einiger der vorangegangenen Aufzeichnungen ging ein Erdrutsch von Briefen bei mir ein – vielleicht ein halbes Dutzend –, die mich verachtungsvoll fragten, ob ich in meiner Studentenzeit in Paris eigentlich nie etwas anders getan hätte, als zu essen. Ich dachte ernsthaft nach, was ich denn in den Jahren 1926–1927 (als ich zwei-, dreiundzwanzig war) zwischen den Mahlzeiten getrieben hatte, und es scheint doch einiges gewesen zu sein. Zunächst einmal mochten in jenen Tagen junge Männer die Frauen gern. Die augenblicklich viel diskutierte Kastrationsangst kannten wir nicht; davon hatten wir nie etwas gehört. Heute würde das als ungebildet gelten, aber so war's. Havelock Ellis war die Autorität, die in den Studentenheimen höchstes Ansehen genoss. Mit Freud war man in den Anfangssemestern noch nicht vertraut. Molly Bloom war das Pin-up-Girl unserer *nouvelle vague*, und wir brannten alle darauf, Blazes Boylan auszustechen.

Frauen machten von Anfang an so viel Freude, dass weitere Nachforschungen lohnend erschienen. Für diesen Zweck hielten wir die Bekanntschaft (oder sogar die Ehe) mit einer Kommilitonin für unzulänglich. Wir nahmen – in vielleicht übergroßem Optimismus – an, dass der Gegenstand unbegrenzte Möglichkeiten barg. Unbegrenzt sind sie vielleicht nicht, aber kein begrenztes Menschenwesen wird je prahlen können, es hätte sie erschöpft.

Für den Studienanfänger in allen wesentlichen Fächern war das Quartier Latin eine ideale Schule. Das Restaurant des Beaux-Arts war, wie ich geschildert habe, ein wunderbarer Ort, um essen zu lernen, weil das, was auf der Karte stand, gut und einfach war. Die Cafés am Boulevard Saint-Michel boten Lernmöglichkeiten anderer Art, doch auch diese lagen in Reichweite des Anfängers. Man konnte in unseren Cafés alle Züge einer Schönheitskönigin finden, verteilt jedoch auf verschiedene Mädchen. Ein schlechthin schönes Mädchen würde sich ein besseres Viertel als Arbeitsplatz aussuchen. So musste man genau wie im Restaurant eine Wahl treffen: etwas Bescheidenes, aber Befriedigendes. Man lernte dabei den eigenen Geschmack kennen.

Dies war hier schwieriger, denn eine Frau hat, anders als ein *navarin de mouton*, einen eigenen Kopf. Ein Mann sagt sich vielleicht, wenn ihm seine eigenen Vorlieben klar werden: Die Beine sind mir an einer Frau wichtiger als die Augen. Aber er muss erneut nachzudenken beginnen, wenn er zwischen einer witzigen Frau mit schönen Augen und einer langweiligen mit wohlgeformten Beinen zu entscheiden hat. Besitzt die Witzige ein stachliges Temperament und die Langweilige dauernde gute Laune, so wird die Wahl noch schwieriger. Und um die Komplexität des Problems zu vervielfachen, reagiert die Frau – anders als der *navarin* – auf einen Mann. Sie mag durchaus das sein, was man will, doch man selbst ist vielleicht nicht das, was sie möchte.

Dann wird man rasch feststellen, dass auch sie nicht das ist, was man wollen sollte.

Den phantasielosen Monogamisten plagt keines dieser Probleme, aber ich glaube, er hat auch nicht viel Vergnügen am Leben. Die düstere Stimmung vieler junger Romanciers schreibe ich einem jugendlichen Fehltritt zu, begangen in einer Kirche. Später streiten sich verspätete Neugier und festgefrorene Ignoranz, und es kommt jene Lebensängstlichkeit zustande, die unser *mal de siècle* ist. Die Erkennungsmelodie lautet nicht mehr »Mabel, na, wie wär's mit uns?«, sondern »Mabel, unsere Welt ist schlecht«.

Die Mädchen langten nach dem Mittagessen an ihren Tischen an, am späten Nachmittag, und richteten sich dort mit einer permanenten *consommation* ein, einem billigen Drink, der nicht besonders reizvoll sein durfte, denn er sollte vorhalten, bis sie jemand zu etwas Besserem einlud. Das konnte lange dauern, und sie besaßen ein Geschick wie abgestürzte Piloten in der Sahara, sich ihr Getränk sparsam einzuteilen. Wenn man sie einlud, zeigten sie eine andere Wüstenbegabung: den Opportunismus des Kamels. Sie tranken genug, dass es bis zur nächsten Oase reichte.

Den Nachmittag verbrachten sie damit, auf dem Briefpapier das Hauses zu schreiben. Wenn der Kellner sie beim Krakeln oder Schiffeversenken ertappte, schnitt er ihnen den Papiernachschub ab. Mit der Stunde des *apéritif* kamen lebhafte Laune und Hoffnung. Nach der Abendessensstunde blieb, auch wenn sie nicht eingeladen worden waren, die Lebhaftigkeit. Es konnte immer vorkommen, dass ihnen – wenn sie noch lustig dreinschauten – ein später

Gast ein Sandwich zahlte. Die Mädchen waren wie Handwerker auf dem Land – sie nahmen Geld für ihre Dienste, aber sie arbeiteten nur, wenn ihnen danach zumute war. Gelegentlich nahmen sie auch Naturalien als Bezahlung – ein Abendessen oder ein Paar Strümpfe, doch dann neigten sie dazu, zu fragen, ob man ihnen nicht für die laufende Woche die Zimmermiete leihen könnte.

Ich nehme an, manche von ihnen hatten Zuhälter, aber das müssen ebenfalls Dilettanten gewesen sein. Kein regelrechter Beschützer hätte einen derartig unregelmäßigen Arbeitsstil geduldet. Er hätte gesagt, den Mädchen vom Boulevard Saint-Michel fehle der Ernst – und er wäre, angewiesen auf einen Prozentsatz ihres Verdienstes, verhungert wie ein Literaturagent, der von Lyrikern abhängt. Alle die Mädchen waren jung. Es war leicht zu begreifen, dass dies ein Lebensabschnitt ohne Zukunft war; es gab für sie keine Möglichkeit, irgendetwas zu erwerben oder zurückzulegen. Wohin sie gingen, wenn sie aus dem Viertel verschwanden, weiß ich nicht. Sie waren eher flott als *chic*, und ihr Make-up hatte nichts Übertriebenes. Mein Gedächtnis ist in Kleiderfragen nicht sehr gut, aber ich bin sicher, sie trugen kurze Röcke – ich erinnere mich an ihre Beine. Ein Mädchen half mir, einen Hut für eine Frau in Amerika auszusuchen, und das wäre nicht möglich gewesen außer in einer Epoche, da alle Hüte sich wesentlich gleich sahen. Es war das Zeitalter des Gesichts *sous cloche*.

Die *cloche* war eine Art erweitertes Käppchen, das auf den Kopf gedrückt wurde wie die Kelle auf eine Kugel Vanilleeis. Im Übrigen war die Kleidung unkompliziert – der kurze Rock, eine kurze Bluse und ein kurze Jacke, und darunter ein *soutien-gorge* und *pantalon*. Hatte man die *points de repère* einmal verinnerlicht, erfasste man alles auf einen Blick.

Manchmal ließ sich ein Mädchen *en menage* mit einem Studenten nieder, meist einem Rumänen oder Asiaten. Handelte es sich um einen der Letzteren, der regelmäßig Unterstützung von zu Hause bekam, verschwand das Mädchen eine Weile aus dem gewohnten Café oder tauchte dort nur mit ihm zusammen auf. Wenn es ein Rumäne war, dann ging sie mit erhöhter Regelmäßigkeit zur Arbeit. Oft traf ein Mädchen ein solches Arrangement, um den Status einer ausgehaltenen Frau zu erlangen, was sie vor der Jurisdiktion der *police des mœurs* bewahrte. Wenn diese zwielichtige Polente einmal ein Mädchen ohne nachweisbaren Lebensunterhalt aufgriff, zwang man die junge Frau, sich registrieren zu lassen. Sie bekam einen Ausweis, der sie einer Reihe von Regeln unterwarf.

»Wenn du einmal den Ausweis hast, dann wirst du automatisch irgendwie gegen die Regeln verstoßen«, sagten die Mädchen. »Wir sind alle so unpünktlich. Du versäumst ein paarmal die Visite, dann zahlst du hohe Strafen. Dann wirst du erpresst. Die Polizei schaut danach, dass du für einen Typ arbeitest, der sie beteiligt. *Hop*, dann gibt es keine Unterhaltungen mehr mit Studentenfreunden, die kein Geld haben.

Dann musst du aufs Trottoir und dem Stenz morgens um fünf die Einnahmen abliefern. Die Polizei hat ein neues Konto eröffnet.«

Ich war froh, dass ich wusste, wie die Dinge lagen. So kam ich mir eingeweiht vor, und die Erklärungen halfen mir, die Maschinerie der Polizei zu begreifen, die überall dieselbe ist.

Unsere Mädchen waren keine Intellektuellen. Keine war eine Geisha, auf die man Gedichte schreibt, keine eine Hetäre, die von gleich zu gleich mit Platon disputiert hätte oder auch nur mit Max Lerner. Aber alle waren Beraterinnen für die Studiengänge. Sie wussten bei allen Fakultäten, in welchen Seminaren man leicht durchkam und wo es hart war, welche Professoren für Schmeicheleien empfänglich waren und welche am entschiedensten *vache*. Vor allem aber hatten sie eine Theorie vorweggenommen, die mir später als große, originelle Entdeckung von T. S. Matthews, einem *Time*-Redakteur, mitgeteilt werden sollte. Er verkündete, der Inhalt eines Kommunikationsaktes sei unerheblich. Worauf es ankomme, sagte Matthews, sei nur, dass am einen Ende einer Leitung jemand rief: »Herrgott noch mal, ich lebe!« und am anderen Ende ein anderer: »Herrgott noch mal, ich auch!«

Es ist dies ein sehr dürftiges Leitbild für den Journalismus, aber ein gutes Programm für die Konversation zwischen den Geschlechtern. (Auf die Distanz einer Telefonleitung wurden wir von den Mädchen nicht gehalten.)

Bei einer dieser Frauen stehe ich in Höhe des Defizits einer kleinen lateinamerikanischen Republik in der Schuld – für ersparte Analytikerhonorare und unerlittene Schmerzen in den nächsten dreißig Jahren oder so. Sie hieß Angèle. Sie sagte: *»Tu n'es pas beau, mais t'es passable.«* (Schön bist du nicht, aber du bist passabel.)

Ich weiß den besonderen Anlass nicht mehr, als Angèle mir diese frohe Botschaft verkündete, aber es geschah in einem kritischen Jahr. Ich hatte Glück, dass sie nicht sagte: *»T'es merveilleux.«* Das ist ein Satz, den einzuschätzen ein Mann alt genug sein muss.

Mir schwindelte von der Generosität ihres Kompliments. Wenn sie mich schön genannt hätte, hätte ich's nicht geglaubt; wenn sie gesagt hätte, ich sei widerlich, wäre dies schmerzhaft gewesen. *Passable* war, was ich mir erhoffte. *Passable* ist das Beste, was ein Mann sein kann.

Ein schöner Mann wird so konstant von anderen Männern als Dummkopf eingeschätzt, dass er in vielen Fällen gezwungen ist, nachgerade selbst daran zu glauben. Der Aberglaube, dass schöne Männer langweilig sind, ist wie das Vorurteil, dass graue Pferde das Rennen nicht durchhalten. Beides kam auf, weil sich die jeweiligen Bezugsfiguren leicht mit dem Blick verfolgen lassen. Die Karriere des verstorbenen Elmer Davis, eines sehr gut aussehenden, aber intelligenten Mannes, wurde durch seine Erscheinung gehemmt. Hätte er das Glück eines weniger einnehmenden Äußeren gehabt, hätte er früher reüssiert. Es gibt auch hässliche Schwachköpfe und frühzeitig Ausscheidende in allen Farben.

Frauen, die sowohl lüstern wie vorsichtig sind (und sich deshalb auf die lohnendsten Bekanntschaften konzentrieren), meiden schöne Liebhaber, weil diese auffällig sind. Wer *passable* ist, entgeht der Aufmerksamkeit. *Passable* zu sein, das ist wie ein anständiger Anzug. Man hat damit überall Zutritt. Beim freien Assoziieren verbinden sich Passabilität und Possibilität. Ein junger Mann wünscht sich verzweifelt, zumindest als eine Möglichkeit in Erwägung gezogen zu werden – als jemand, der *possible* ist. Aber bei diesem Spiel wird die Form der einzelnen Sportler nicht veröffentlicht, und ein Zeugnis vom letzten Arbeitsplatz kann er auch nicht vorlegen. Er ist wie ein neuer Spieler in einer Baseballiga, wo man keine Schlagstatistiken publiziert. Wenn er aber *passable* ist, kommt er ins Stadion rein, ohne dass übertrieben viel von ihm erwartet wird. (Der hässliche Mann ist unter Frauen Gegenstand eines besonderen Kultus, aber der ist relativ begrenzt. Ein solcher Mann kommt nur in wenigen bestimmten Kreisen gut an, wie ein mormonischer Kandidat in Utah.)

Ein angenehmer Umstand, sofern man passabel ist, liegt darin, dass es mehr passable Frauen gibt als solche irgendeiner anderen Kategorie und dass ein passabler Mann sich besser mit ihnen verständigt. Sehr hübsche Mädchen sind natürlich vorzuziehen, aber davon gibt es nie genug für alle. Angèle war *passable* plus – eine Frau, die in ihren besten Momenten schön aussieht und schlimmstenfalls immer noch *passable*. Ihre Beine waren wohlgeformt, aber ein wenig zu kurz, und ihr runder Kopf ein wenig groß für ihren Körper. Der war solider Renoir. Auch ihr Hals war ein wenig kurz und dick – ein guter Zug bei einem Preisboxer, aber nicht bei einem Schwan. Sie hatte reine Haut und einen wohlriechenden Atem, und sie war gut und gelenkig gebaut – man musste nicht gleich befürchten, sie könnte entzweigehen. Angèle hatte eine Stupsnase mit breiter Basis, wie ein schräg gestelltes Geißhirtenbirnchen.

Es war dies eine Ära, da die Stupsnase allgemein in hohem Ansehen stand. Die Mode des Tages rief nach der *gamine*, und eine *gamine* darf kein klassisches Profil haben. Eine *retroussé* Nase beispielsweise sah unter einer *cloche* besser aus. Die *cloche* ließ eine Frau mit Adlernase ausschauen wie das bekannte Porträt von Savonarola mit der Kapuze seines Mönchshabits. Ich war früh zu dem Glauben gekommen, ich könnte gut mit jeder Frau, die eine leicht nach oben gekehrte Nase hat. Dies stellte sich im späteren Leben als ein Missverständnis heraus, das auf einer kurzen Reihe von Zufällen beruhte, aber als ich Angèle kennenlernte, stand ich noch unter dem Einfluss dieser Idee. Unter den stupsnasigen Idolen, die wir in den USA hatten, waren Mary Pickford, Marion Davis, Mae Murray und Ann Pennington – um einige aufzuführen, an die ich mich erinnere. Die letzten beiden waren Tänzerinnen, und wenn sie die Beine hochwarfen, lagen die Nasenspitzen und die Zehen in paralleler Linie. In Frankreich gab es Madge Lhoty und ein Mädchen namens Lulu Hegoboru.

Hier schaltet das Gedächtnis, verstohlen und irrelevant, ein Bild von La Hegoboru in der Pariser Inszenierung von *No, No, Nanette* ein – sie singt den Refrain aus »Tea for Two« … *»I will back a sugar cack«* … und springt nach rechts und schmeißt das Bein nach links … .

Wir haben heute keine solchen Künstlerinnen. Das Fach der Naiven existiert nicht mehr. In *Little Mary Sunshine* trat ein Mädchen auf, das dieses Fach ausfüllte, aber es wird keine Gelegenheit zur weiteren Entwicklung haben. In ihrer nächsten Rolle wird diese Frau vielleicht eine agoraphobe

Lesbierin spielen, die in ihren klaustrophoben Bruder verliebt ist. Diese tragischen Geschwister werden sich in einer Drehtür begegnen. Das ist die Art von Stück, welche die Leute heutzutage gerne schreiben, weil man es in einer einzigen Dekoration aufführen kann, in diesem Fall in der Tür.

Angèle hatte große Augen mit tiefschwarzen Pupillen in blassblauen Augäpfeln, einen breiten Mund und breite Wangenknochen. Ihr Haar trug sie in einem schwarzen Küchenschüssel-Pagenschnitt, als hätte sie eine *cloche* aufgesetzt, und eine Freundin wäre mit der Schere drumherumgegangen. (Mädchen in den Vereinigten Staaten gingen damals zum Herrenfriseur, um sich das Haar schneiden zu lassen.) Die Mundwinkel wiesen fast immer nach oben, weil Angèle eine stete, robuste gute Laune hatte. Angèle war Belgierin; die Hälfte der Mädchen in Paris waren das damals, und alle berichteten, ihre Eltern seien im Weltkrieg von den Deutschen erschossen worden.

Ich traf Angèle in Gypsy's Bar in der Rue Cujas, die spät geöffnet hatte und außerhalb des Zirkels ruhiger Cafés lag, wo ich gewöhnlich an den Abenden die Zeit totschlug. Meistens versuchte ich wie ein Franzose zu leben, oder besser: wie es meiner idealisierten Vorstellung vom Leben eines solchen entsprach, die ich mir zu Haus zurechtgelegt hatte. Ich trank nur Wein und seine Destillate – Kognak, Armagnac und Marc. Französisches Bier zählte ich nicht zu den alkoholischen Getränken. In den USA war ich gewohnt gewesen, gespritztes Bier zu trinken, mit reinem Alkohol verstärkt; ein Glas für fünfundzwanzig Cent hatte denselben Kick wie ein Whisky zu einem halben Dollar.

Ich trank nicht zu viel, solange ich den – wie ich mir dachte – französischen Gebräuchen folgte. Sich im Sitzen zu betrinken schien mir ein Zeichen der Verweichlichung. Hie und da aber überkam mich ein amerikanischer Impuls, mich an die Theke zu stellen und mich systematisch vollaufen zu lassen. Es war wie die Sehnsucht eines *trouvère*, die Vögel seiner Heimat zwitschern zu hören:

*Die kleinen Vögel meiner Heimat,*
*Sie singen für mich in der Bretagne.*
*Zwischen den schrillen Schreien der Möwen*
*Habe ich ihr Lied des Abends gehört,*
*Und, Liebste, es sprach von dir.*

Wenn diese Sehnsucht mich während der einen solventen Woche im Monat überkam – der ersten nach Erhalt meines Geldes –, dann ging ich in Gypys's Bar und trank Scotch. Die Bar lag im Viertel, wurde aber nicht von Studenten aufgesucht. Sie war zu teuer. Es gab dort sogar Gigolos – welche Studentin hätte einem Gigolo ein Trinkgeld gegeben? Ich werde über diese Distanz hinweg nicht versuchen, zu erraten, was die Stammgäste in diese Bar zog. Es mag eine *specialité de maison* gegeben haben, aber ich erfuhr nie, worum es da gehen mochte. Ich stand dann an der Bar und hing meinen eigenen Gedanken nach, die luzid und zunehmend grandios waren, während der Flüssigkeitsspiegel in der Flasche sank. Wessen Jugend nicht mit den zwanziger Jahren zusammenfiel, der hat nie unsere ganz besondere Verehrung für starke Getränke begriffen. Die älteren Jahrgänge machten Bekanntschaft mit dem Alkohol, ehe er das Symbol einer heiligen Sache wurde; für die jungen Leute, die nach 1933 zu trinken begannen, ist er eine Selbstverständlichkeit.

Für uns war es ein Vergnügen, bei dem man sich tugendhaft vorkam – wie Kaninchen mit Knütteln totzuschlagen, um ein Fest der American Legion für arme Kinder zu finanzieren. Trinkend bewiesen wir uns, dass wir freie Menschen waren, und traten kühn der Prohibition entgegen. Wir entsprachen einem populären Typus der Rebellion – der Rebellion gegen eine Minorität. Es war damals die einzige Zeit, da man selbstgefälligen Stolz empfinden konnte, weil man beschickert war.

Angèle nahm ich gegen Ende eines dieser Thekentagträume zum ersten Mal unklar wahr. Sie sagte, ich bräuchte jemand, der mich nach Haus brächte. In Tours hatte mich im Sommer zuvor ein Mädchen mit einer ähnlichen Offerte in die Hände von zwei inkompetenten Dieben gelenkt. Angèle war ehrenhafter. Sie ging mit mir nach Hause. Am Morgen, als wir mehr Gelegenheit hatten, miteinander zu reden, stellten wir fest, dass wir fast Nachbarn waren. Sie hatte ein Zimmer im Hôtel des Facultés, da, wo die Rue Racine und die Rue de l'École de Médecine einen spitzen Winkel bilden, mit dem sie an den Boulevard Saint-Michel rühren. Mein Zimmer, eins der angenehmsten meines Lebens, lag im fünften Stockwerk (nach französischer Zählung) nach vorn im Hôtel Saint-Pierre, 4 Rue de l'École de Médecine, neben einem chinesischen Restaurant, wo getanzt wurde. Nachts, während ich las, stieg die Tanzmusik zu meinem Fenster empor und ein Teil meines Hirns ergänzte den Text zur Melodie, während ich versuchte, mein Interesse am Handbuch der provenzalischen Urkundenlehre von Monsieur Maurice Prou aufrechtzuerhalten. Oft gespielt wurde unter anderem *»Oh, les fraises et les framboises, le bon vin qu'nous avons bu«*, aus *Trois Jeunes Filles Nues*, einem der großen Erfolge von Mirande.

Die Atmosphäre war dem ernsthaften Studium der mittelalterlichen Geschichte, das mein erklärtes Ziel im Quartier Latin war, nicht zuträglich.

Angèle wohnte nicht nur bei Tag in derselben Straße, sie besuchte abends auch dieselben Cafés wie ich – die Taverne Soufflet, La Source, das Café d'Harcourt, alle den Boulevard Saint-Michel entlang aufgereiht. Sie hatte ihr Hauptquartier im d'Harcourt, und es war reiner Zufall, dass sie mich da noch nie bemerkt hatte, sagte sie. Sie hatte, wie sie erklärte, so viele Freunde, dass ständig jemand ihre Aufmerksamkeit beanspruchte.

Ich sagte, ich wäre ohnehin die meiste Zeit im Soufflet, wo der Chef ein Kumpan meines Hauswirts war. Aber von da an ging ich immer ins d'Harcourt, wenn ich sie treffen wollte. Es förderte ihr Ansehen, wenn ich sie dort zu einem Glas einlud, und es hätte meinem nichts genutzt, wenn ich sie ins Soufflet mitgenommen hätte. War sie nicht an ihrem Platz, sorgte ihr Kellner dafür, dass eine Nachricht ausgerichtet wurde. Er sagte ihr auch im Winter, sie solle sich warm anziehen und sich keine nassen Füße holen, sie solle genug essen, um bei Kräften zu bleiben, und sich nicht mit irgendwelchen Kunden einlassen, die für seinen erfahrenen Blick den Eindruck von Gorillas machten, die Mädchen für ein Bordell rekrutierten. Es war dies eine Beziehung, die mir bereits aus New York vertraut war, wo ein Kellner oft die zuverlässigste Mutterfigur für ein Mädchen war.

Als wir die Ähnlichkeit unserer *frequentations* erkannt hatten, staunten Angèle und ich, dass wir erst den Weg zu Gypsy's Bar zurücklegen mussten – gute fünfzig Meter vom Boulevard weg –, um einander zu finden. Wir hörten uns an wie die klassischen New Yorker, die im selben Apartmenthaus wohnen, sich aber zuerst auf Mallorca begegnen.

Danach war ich oft mit ihr zusammen. Ich weiß nicht, ob sie ein goldenes Herz hatte, aber sie besaß etwas, wofür ich lange Zeit später den Begriff der therapeutischen Persönlichkeit fand. Es ging einem gut, weil man sie kannte.

Wenn ich sie abends ausführte, verließen wir manchmal das Quartier Latin. Dies war so, als ginge man mit einem Kind aus Manhattan in den Zoo in der Bronx. Die Mädchen bewegten sich in Paris nie aus ihren Vierteln fort. Die Kundschaft war lokal, und die Usancen waren es auch. Montparnasse, obwohl kein langer Spaziergang vom Quartier entfernt, hatte alle Züge eines fremden Landes, die Sprache bis zu einem gewissen Grad eingeschlossen.

In Montparnasse sprachen die Typen in den Cafés Englisch, Amerikanisch und Deutsch. Die Mädchen dort mussten mindestens zweisprachig sein. Im Quartier waren die Verkehrssprachen neben dem Französischen Vietnamesisch, Spanisch, Tschechisch, Polnisch und Rumänisch. Doch die Vertreter all dieser Nationalitäten sprachen Französisch – zumindest passabel. Die Mädchen konnten folglich bei einer resoluten Einsprachigkeit bleiben. Ihre Kunden waren Studenten der Universität, oder simulierten zumindest ein Studium. Dies waren die Tage der Kleinen Entente, und Frankreich war das kulturelle und militärische Vorbild jenes Osteuropa, das jetzt hinter dem Vorhang liegt. Rumänische Studenten kamen so selbstverständlich an die französischen Universitäten, als hätten sie in Frankreich die Schule besucht.

Die herausragende Stellung der Universität von Paris war anerkannt wie im Mittelalter. All die Völkerstämme, die aus den Österreichisch-Ungarischen und Osmanischen Reichen errettet worden waren, strömten hierher – Serben und Kroaten, Ägypter, Griechen, Armenier, zusammen mit Haitianern und Koreanern, Venezolanern und Argentiniern. Und es kamen natürlich die Nordafrikaner. Hier wäre der ideale Ort gewesen, um Freundschaften zu schließen, die in den Katastrophen der vor uns liegenden Jahre nützlich hätten sein können. Aber ich dachte – sofern meine Gedanken überhaupt in diese Richtung streiften –, dass nationale Katastrophen so unzeitgemäß waren wie die *écriture onciale* und der Pferdeharnisch.

Unsere ausländische Herkunft machte uns alle zuversichtlicher im Gespräch, als wir es unter Franzosen gewesen wären. Von meinem ersten Tag im Quartier Latin an war mein Französisch nicht schlechter als das eines Weißrussen oder Tschechen, und ich stieg rasch empor durch die verschiedenen Ränge, wo ich für einen Ungarn, Deutschschweizer, Elsässer und schließlich einen Belgier aus einer flämisch sprechenden Provinz gehalten wurde. Über diesen Punkt bin ich seither nicht hinausgekommen, außer in Algerien, wo man mich für einen Veteranen der Fremdenlegion hält, bei dem alle möglichen verschiedenen Akzente sich so unentwirrbar vermengt haben, dass es hoffnungslos ist, sie auseinandersortieren zu wollen.

Angèle gefiel Montparnasse nicht. Mir auch nicht. Ich war aus demselben Grund nach Frankreich gekommen, der mich zu Hause an den Strand gehen und hinter die Brecher hinausschwimmen ließ: Dort konnte ich müßig sein. Auf dem Rücken liegend, paddelte ich gerade kräftig genug, um mich aus der Strömung zu halten, und ich zog die Knie zum Kinn empor und fühlte mich wohl. Die Amerikaner in Montparnasse, die an ihren Tischen vor Le Sélect saßen und sich unterhielten, erinnerten mich an Affen auf einem Floß. Sie waren nicht im Wasser. Ein Grund, der mich glauben ließ, dass ich sie nicht mochte, war der, dass sie sich alle entschieden hatten, Schriftsteller oder Maler oder Bildhauer zu sein; ich wusste nicht, was ich war. Während meiner Zeit im Hôtel Saint-Pierre hörte ich nie von Gertrude Stein, und obwohl ich *Ulysses* gelesen hatte, wäre es mir ebenso wenig in den Sinn gekommen, den Autor aufzusuchen wie beim Präsidenten der Republik vorbeizuschauen.

Angèle mochte Montparnasse nicht, weil die Leute dort zu wohlhabend und gleichzeitig zu eigenartig aussahen. Die amerikanischen Frauen, sagte sie, sahen nicht aus wie Französinnen, und die Französinnen sahen nicht wie andere Französinnen aus. Es gab keine ernsthaften Buchläden, in denen Dissertationen und die Festschriften verstorbener Gelehrter zu hohen Stapeln aufgetürmt lagen. (Sie selbst war keine Leserin, aber ihr gefiel eine akademische Umgebung.) Die Typen sahen selbstgefällig aus und waren vielleicht auf Drogen. Die Kellner in den Cafés waren Italiener und unverschämt, und die *consommations* waren überteuert. Es gab zu viele Schwule, und diese warfen ihr *drôles* Blicke nach. Die brauchten bloß keine Angst haben, sie wollte ihnen keine Konkurrenz machen. Wir beendeten unsere Exkursion in der Closerie des Lilas, dem Grenzposten, an der Ecke von Boulevard Montparnasse und unserem eigenen Boulevard Saint-Michel. Der Posten war von den Montparnassiens besetzt – die Preise waren zu hoch fürs Quartier. Ich wollte sie zu einem Whisky einladen, aber sie sagte, der würde nach Wanzen riechen. Heutzutage trinken alle Franzosen Scotch.

Angèle konnte nicht schnell genug ins d'Harcourt zurückkehren, aber als sie einmal dort angelangt war, gefiel es ihr gut, unterwegs gewesen zu sein. Sie redete, als seien wir von einer Weltreise zurück. Und als wir nach Montmartre gingen, war sie in ihrem Element. Sie hatte ihr ganzes Leben von den *nuits blanches* in Montmartre gesprochen, war aber nie dort gewesen. Ich führte sie zu Zelli's, und wir tranken mehrere Flaschen Champagner. Sie war eine solide Trinkerin. Alle Formen ihres Appetits waren robust. In der Liebe spielte sie auf allen Positionen. Sie sorgte dafür, dass ich dem Fotografen ein halbes Dutzend Blitzlichtaufnahmen von uns mit den Flaschen abkaufte, wie von Sportanglern mit Segelfischen, als dokumentarische Beweise, wenn sie von unseren Abenteuern berichtete. Ihr Zimmer, im Bug eines schiffsförmigen Gebäudes, war kaum breit genug für ein Einzelbett. Ich war nur einmal dort, im September 1927, als sie krank war. Der halbe Spiegel war mit Fotografien von uns im Zelli's bedeckt.

Von ihrem Zugeständnis abgesehen, ich sei passabel – das um mein Ego gelegt ist wie eine diamantenbesetzte kugelsichere Weste –, weiß ich nur noch wenig von dem, was Angèle sagte. Die zweite Ausnahme ist ein Bericht von solcher Eindringlichkeit, dass ich ihn manchmal mit einer visuellen Erinnerung verwechsle.

Angèle erzählte mir eines Morgens, dass sie und ein paar Kolleginnen in ihrem Zimmer Karten gespielt hatten. Zwei Mädchen saßen auf dem Bett, zwei weitere auf der Kommode, eins auf dem einzigen Stuhl und ein weiteres auf ihrem Koffer, als eine der Anwesenden ihre Schuhe auszog.

Ein zweites Mädchen sagte nach einem Moment: »Hier drin riecht's nach Füßen!« Das schuhlose Mädchen erwiderte: »Sag das nochmal, und du kannst der Concierge *Bon jour* wünschen.«

»Verstehst du?«, sagte Angèle. »Die Concierge ist im Erdgeschoss, wir sind im sechsten Stock. Sie wird sie die Treppe runterwerfen. Die andere Kameradin, die angefangen hat, sagt noch einmal: ›Es riecht nach Füßen.‹

Also langt die andere zu und zerrt sie auf den Treppenabsatz raus, und sie rollen zusammen die Stufen hinunter und kratzen sich. Im fünften Stock ziehen zwei Jurastudenten sie auseinander, die der Lärm bei ihren Studien gestört hat. Die Mädchen konnten drei Nächte lang nicht arbeiten.

Der eine Student hat sich des Mädchens angenommen, an dem er gezogen hat, und der andere ihrer Gegnerin.

Jetzt ist die mit den Füßen bei dem einen im Facultés eingezogen, und der andere Student wohnt jetzt bei der mit der feinen Nase. Die Romantik blüht.«

Das Leben im Quartier hatte seine Romantik, mit einem Duft nach Füßen.

Ich fürchte, es ist mir nicht gelungen, Angèles besondere Qualität zu evozieren. Eine komplette Beschreibung einer Frau auf der Grundlage einiger weniger fragmentarischer Erinnerungen zu versuchen, das ist, als wollte man ein kleines liebes Tier aus einigen Knochenstückchen rekonstruieren. Auch manche der Fragmente selbst helfen nicht viel weiter. Meine Arme versuchen, sich an ihr Gewicht zu erinnern, ich würde sagen: dreiundfünfzig Kilo, ein, zwei Pfund hin oder her.

Doch ich zucke heute zusammen, wenn mir einfällt, dass sie mich in die Magengrube zu schlagen pflegte, richtig hart, und dass wir beide das als freundschaftliche Geste nahmen. Meine Auffassung hat sich hier mit meinem Muskeltonus geändert.

Aber sie hat existiert. Der Beweis ist, dass sich mein alter Hauswirt Perès gut an sie erinnert. Manchmal begegne ich Perès in einer Brasserie namens L'Alsace in Paris. Der Besitzer ist Perès' alter Freund, der vormalige Besitzer der Taverne Soufflet, die 1931 schließen musste, weil er eine Frau hatte, die sich nicht aufs Geschäft konzentrierte. (Man darf nicht erwarten, dass der Patron eines Cafés sich selbst auf das Geschäft konzentriert.) Jetzt hat Monsieur Robert, dessen Nachnamen ich im Verlauf von dreißig Jahren nicht erfahren habe, eine exzellente Gattin, die sich gar nicht eigens aufs Geschäft konzentrieren muss – es läuft wie von selbst.

Monsieur Perès, der das Hôtel Saint-Pierre kurz nach dem Zweiten Weltkrieg aufgegeben hat, wohnt immer noch im Quartier Latin, weil ihn das, wie er sagt, jung erhält. Er ist vor Kurzem zum Offizier der Ehrenlegion ernannt worden. Als ich 1926 unter sein Dach zog, war er bereits Ritter – *à titre militaire,* wie ich schon sagte –, weil er sich im Ersten Weltkrieg durch seinen Mut ausgezeichnet hatte. Ich hatte ihn aber immer im Verdacht, dass er gerne den Eindruck erwecken wollte, sein Ordensband sei für irgendeine Entdeckung auf dem Gebiet der aramäischen intransitiven Verben oder der Funktion der Gallenblase verliehen worden. Dies hätte in seiner Nachbarschaft mehr Schick gehabt. Im Zweiten Weltkrieg diente er mit einundfünfzig als Infanteriehauptmann und zeichnete sich wieder aus.

»Ich war ein wenig besorgt«, sagte er, als ich ihm zu seiner neuen Rosette gratulierte, »weil es lange dauerte, bis meine Beförderung ankam. Ein Mann mit siebzig in der Nähe der Universität, bloß mit dem Bändchen, das sieht immer nach einem halben Versager aus. Aber die Verzögerung entstand wegen meines Berufs. Die Kanzlei der Legion ist vorsichtig, wenn es darum geht, Hoteliers den höheren Rang zu verleihen; das Hotel könnte eine *maison de passe* sein. Als ich meinen Rückzug ins Privatleben angekündigt habe, da kam die Rosette dann bald an.«

Monsieur Perès hat in dreißig Jahren im Saint-Pierre eine unendliche Zahl Studenten beherbergt. Er sieht sich als eine Art Internatsdirektor. »Einer von unseren Jungs stellt heute in der Kammer die Vertrauensfrage«, sagt er vielleicht, wenn man ihm begegnet, und meint damit einen Abgeordneten, der als Student im Saint-Pierre gewohnt hat. »Er hat es weiter gebracht, als ich gedacht hätte.« Oder: »Einer von unseren Jungs ist jetzt der führende Internist in Port-au-Prince – letzte Woche kam eine Postkarte an.« Oder: »Einer von unseren Jungs, Professor für Mediävistik an der Universität Jerusalem, hat offenbar eine bemerkenswerte Studie über das Zivilrecht im Kreuzfahrerreich von Akkon vorgelegt. Er hatte etwa zehn Jahre nach Ihrer Abreise Ihr Zimmer. Der hat zumindest hie und da gearbeitet.« Es ist Monsieur Perès' Überzeugung, dass ich ein *farceur* war, ein Nichtstuer, weil wir uns so oft zusammen ins Soufflet schlichen, um eins zu trinken, wenn seine Frau schlechter Laune war.

Die »Anciens de l'Hôtel Saint-Pierre« sind die einzige Vereinigung ehemaliger Studenten, deren Treffen ich gerne besuchen würde; leider existieren sie nicht. Wenn es der Fall wäre, gäbe es, *bien entendu*, die weibliche Sektion: das Mädchen, das einen Stock unter mir mit dem Koreaner zusammenlebte, die Mätresse des Dänen im Stockwerk oben, Angèle und frühere und nachfolgende Angèles aller Abschlussjahrgänge – und die beiden Dienstmädchen aus Dax, Lucienne und Antoine, die zum Badezimmer vorausgingen, wenn ein Gast ein Bad bestellt hatte. Sie gestatteten dann, dass man sie lange genug für ein erfrischendes kleines Handgemenge festhielt.

Monsieur Perès erinnert sich an Angèle fast so gut, als hätte sie sich einen Namen als taxonomische Zoologin in Peru gemacht.

Sie starb im Winter 1927–28, nicht an einem gebrochenen Herzen, sondern an der Influenza. Ich war nicht mehr in Paris, sondern in Providence, Rhode Island, und arbeitete wieder am *Journal* und am *Evening Bulletin*, und Perès erwähnte ihren Tod zusammen mit anderen Nachrichten aus der Nachbarschaft in einem Brief, den er mir schickte.

»Sie verstand es, sich treffend auszudrücken«, sagte er dreißig Jahre später zu mir. »Einmal hat sie zu mir gesagt: Oberhaupt einer Ruine, wie viel schneidest du einem aus den Rippen für eine Bude? Es steckte nicht für einen Sou Bosheit in ihr. Wie schade, dass sie sterben musste. Wie gut sie gebaut war!«, sagte er mit einer segnenden Schlussformel.

»Sie war *passable*«, sagte ich.

Ich konnte erkennen, dass Monsieur Perès mich für ein wenig hartherzig hielt, aber er wusste nicht, was *passable* alles für mich bedeutete.

# *Erläuterungen*

*DIE KÜCHE FRANKREICHS* ... WAVERLEY ROOT (S. 13) *The Food of France* von Waverley Root (1903–1982) erschien 1958 und wurde Mitte der siebziger Jahre revidiert. Root verfasste ferner *The Food of Italy* (1971) und *Eating in America* (mit Richard de Rochemont; 1982).

YVES MIRANDE (S.16) Mirande (1875–1957) war ein überaus fruchtbarer Autor nicht nur des Boulevardtheaters, sondern auch des Films (Drehbücher, Adaptationen, Dialoge), wo er gelegentlich in kleinen Rollen zu sehen war. Der Titel von Jean Poirets 1978 von Edouardo Molinari verfilmtem Stück *La cage aux folles* enthält eine Anspielung auf Mirandes *La cage aux filles* (1949).

*DRÔLE DE GUERRE* (S. 22) Der »seltsame Krieg«, die – von Liebling im siebten Kapitel (S. 165 ff.) andeutungsweise geschilderte – Anfangsphase des Kriegs zwischen Deutschland und den Alliierten Frankreich und England. Letztere hatten am 3.9.1939 Deutschland den Krieg erklärt und waren so ihren vertraglichen Verpflichtungen nachgekommen, die sich aus dem Abkommen mit Polen ergaben, das zwei Tage zuvor von Deutschland überfallen worden war. Es kam jedoch zu keinerlei eigentlichen Kampfhandlungen, und die Zeit des angespannten und schließlich fast achselzuckenden Wartens und der Ungewissheit (bis zum 9. 5. 1940, als die deutsche Offensive im Westen begann) hatte etwas Unwirkliches.

CARRIE NATION (S. 26) Eine häufig verhaftete und verurteilte, aber unbeirrbare Temperenzlerin (1846–1911), seit 1899 bekannt für ihre brachialen Attacken auf Gastwirtschaften im Staate Kansas, die sie gerne mit einem Beil demolierte. Ihre Agitation ist ein wichtiger Teil der Vorgeschichte des Alkoholverbots.

THEDA BARA (S. 30) Es sind nur noch wenige Zeugnisse der Filmauftritte von Theda Bara erhalten, die ab 1914 – beginnend mit *A Fool There Was* – etwa ein halbes Jahrzehnt lang für die Fox Film Company den mythischen Vamp verkörperte (mit einem aus Blumen geflochtenen Büstenhalter in *Cleopatra*, 1917). Dieses Wenige zeigt uns eigentlich nur die Unbegreiflichkeit des für andere Epochen erotisch Suggestiven. Doch diese Frau (Theodosia Goodman aus Cincinnati, 1890–1955) war eine kurze Zeit lang die große *femme fatale* der Leinwand. Bereits 1919 war ihre Laufbahn mehr oder weniger zu Ende; Mitte der zwanziger Jahre scheiterte ihr Comeback. Bis fast ans Ende ihres Lebens scheint sie auf neue Rollen in Hollywood gewartet zu haben. Sie bleibt, ein halbverschollenes Bild, der Archetypus des Vamp – ein Begriff, der aufs Engste mit ihrer Rolle in *A Fool There Was* zusammenhängt, einem Film, dessen Titel Kiplings Gedicht »The Vampire« entnommen ist. Insofern sie sich in ihren Filmen auf dem Sofa der Attacke eines Wüstlings zu erwehren hatte, dürfte der Widerstand der von ihr verkörperten Figur in der Regel rein taktisch gewesen sein.

MARCIANO … BENNY LEONARD (S. 39) Mit diesem Hinweis auf die kontrastierenden Stile zweier Boxer verweist Leibling auf seine zweite große Leidenschaft. Die besten Artikel dieses großen Sportjournalisten über den Boxkampf sind in dem Band *The Sweet Science* (1956) versammelt.

HOLDEN CAULFIELD (S. 43) Der Protagonist und Erzähler in Salingers damals vor Kurzem – 1951 – erschienenen *The Catcher in the Rye.*

SIEUR DE LA BRANTÔME (S. 45) Pierre de Bourdeille, Seigneur de Brantôme (1540?–1614), schrieb nach der Verbannung vom Hofe und einem Reitunfall, der ihn ans Bett fesselte, seine Erinnerungen und die postum (1665/66 in Leiden) veröffentlichte Chronique scandaleuse *Vies des dames galantes*, die lange Zeit das – stark stilisierte – Bild einer höfischen Libertinage prägen sollte.

»LÜGEN KANN ICH NICHT« (S. 56) Die berühmte Geschichte, ein zentraler Schulbuchmythos der USA, erscheint zum ersten Mal in der fünften Auflage (1805) von Mason Locke Weems' *The Life of George Washington* (zuerst 1800). Der Vater fragt den kleinen Knaben zornig, ob er wisse, wer »den schönen kleinen Kirschbaum drüben im Garten umgebracht« habe. Der kleine George ruft nach einem Augenblick des Zögerns: »I can't tell a lie, Pa; you know I can't tell a lie. I did cut it with my little hatchet.« Der Vater umarmt und lobt ihn, weil diese Wahrheitsliebe tausend Kirschbäume aufwiegt, »trügen sie auch Blüten von Silber und Früchte aus lauterem Gold«.

JIM JEFFRIES ... JACK JOHNSON (S. 60f.) Der Sieg des schwarzen Boxers Jim Johnson (1878–1946) über Jim Jeffries (1875–1953) gehört unter den mythischen Boxkämpfen der Sportgeschichte zu den größten, vergleichbar vielleicht nur mit der Niederlage Max Schmelings gegen Joe Louis bei ihrem zweiten Treffen 1938. Jeffries, der 1899 Weltmeister im Schwergewicht geworden war, hatte sich eigentlich vom Kampf zurückgezogen, trat aber als

»The Great White Hope« (eine offenbar auf Jack London zurückgehende Formulierung) noch einmal an, nachdem 1908 Johnson den Titel gewonnen hatte – er soll gesagt haben: »I am going into this fight for the sole purpose of proving that a white man is better than a negro.« Der Kampf wurde von »Kill the nigger!«-Sprechchören begleitet; nach Johnsons überlegenem Sieg kam es in verschiedenen Städten zu Rassenunruhen, die sich meist an Übergriffen eines enttäuschten weißen Mobs entzündeten. In Ralph Ellisons Roman *Invisible Man* (1952) schieben sich zwei legendäre Kämpfe in der Volkserinnerung ineinander, als während einer Nacht bacchantischer Plünderungen im Ghetto eine betrunkene, auf einem Bierfass einherreitende Frau zu singen beginnt: »If it hadn't been for the referee / Joe Louis / woulda killed / Jim Jefferie. / Free beer!«

G. A. HENTY (S. 68) George Alfred Henty (1832–1902) schrieb etwa achtzig typische viktorianische Jungenbücher, meist historische Romane – *With Clive in India* (1884), *Redskin and Cowboy* (1892), *With Buller in Natal* (1901) usw. –, in denen das Public-School-Ethos des *clean living* implizit eine große Rolle spielt. Henty war ebenfalls ein Enthusiast des Boxkampfs.

DER KÖNIG VON NEMI (S. 74) Das altrömische Diana-Heiligtum Lacus Nemorensis bewahrte lange die legendäre Institution eines Hainkönigs auf, der nach Ablauf seiner Zeit im Walde rituell getötet wurde. Dieses Mythem war durch J. G. Frazers berühmtes Werk *The Golden Bough* (London 1890 ff., abridged edition 1922), wo es als Zentralbeleg für Frazers Theorie archaischer Herrschaft und Religion dient, weit bekannt geworden.

HORATIO ALGER (S. 90) Die schlichten, als Exempel und Belehrung für das Proletariat bestimmten Romane von Horatio Alger (1834–1899), die insgesamt eine geschätzte Auflage von 20 Millionen erreichten, folgten der Formel »From Rags to Riches«: Schuhputzer oder Zeitungsverkäufer wurden mit Fleiß, Ehrlichkeit und einem gelegentlichen Glückszufall reich und angesehen. Zwei der klassischen Variationen dieser Formel, *Ragged Dick, or Street Life in New York* (1890) und *Struggling Upward, or Luke Larkin's Luck* (1860) wurden 1985 als Band der Penguin American Library vorgelegt.

*LE MOYEN DE PARVENIR* (S. 98) Sammlung teilweise erotischer Erzählungen (1610) in der Nachfolge Rabelais' von François Vatable Béroalde de Verville (1558– nach 1623).

RALPH HENRY BARBOUR (S. 107) Barbour (1870–1944) schrieb neben anderen (sentimentalen oder abenteuerlichen) Formen von Jugendliteratur vor allem eine große Zahl von Football-Romanen wie *The Half-Back* (1899) oder *Left Half Harmon* (1921).

JOE GOLLOMB (S. 113) Joseph Gollomb (1881–1950) war weniger ein Autor von Kriminalromanen – obwohl er auch diese gelegentlich schrieb – als von populären Sachbüchern (über Piraten, Spione, Verbrechen, Scotland Yard und – wohl sein erfolgreichstes Buch – Albert Schweitzer) und Filmdrehbüchern (*Murder at the Vanities*, Regie Mitchell Leisen, 1934).

GRAND-GUIGNOL (S. 115) Das Théâtre du Grand Guignol – wie es seit 1898 hieß – in der Rue Chaptal war auf outrierte Horrorstücke von Autoren wie André de Lorde spezialisiert, bei denen auf der Bühne viel Blut floss und eine Meute von Sadisten, Wahnsinnigen, Vampiren und sinistren Ärzten die Bühne bevölkerte. Eine schöne Beschreibung mit einigen repräsentativen Texten bietet der kleine Band *Grand Guignol: Das Vergnügen, tausend Tode zu sterben. Frankreichs blutigstes Theater*, hrsg. von Karin Kersten und Caroline Neubaur, Berlin 1976.

*LES CLOCHES DE CORNEVILLE* ... PLANQUETTE (S. 116) Diese Operette oder *opéra-comique* von Robert Jean Julien Planquette (1848–1903), am 19. 4. 1877 im Théâtre des Folies-Dramatiques uraufgeführt, ist ein komisch-pathetisches Rührstück aus der Zeit Ludwigs XIV.

*NO, NO, NANETTE* (S. 116) Eine *musical comedy* (Musik Vincent Youmans, Buch Otto Harbach und Frank Mandel), die im März 1925 in London uraufgeführt wurde und im November am Broadway. Zu den Songs des Stücks (Texte von Irving Caesar und Harbach) gehörte »Tea for Two«.

»LIINDY, LIINDY ...« (S. 118) Die ungeheure Sensation des Lindbergh-Fluges vom Roosevelt Field im Staate New York nach Paris vom 20. bis 21. Mai 1927 und die Massenbegeisterung für den jungen, 1902 geborenen Flieger schlugen sich in verschiedenen Schlagern (»Lucky Lindy«) und einem neuen Tanz (dem Lindy Hop) nieder.

»EIN KAMPF BEI SHARKEY'S« ... BELLOWS (S. 120) Der Maler und Graphiker George Wesley Bellows (1882–1925) wurde vor allem durch seine Boxkampfszenen bekannt, zu deren berühmtesten die Schwarz-Weiß-Lithographie »A Stag at Sharkey's« zählt.

JIMMY WALKERS KAPRIOLEN (S. 135) Walker (James John Walker, 1881–1946) war in den Jahren 1925–1932 als Bürgermeister von New York sehr populär; er verband einen flamboyanten, werbewirksamen Führungsstil mit einigen wichtigen Investitionen in die Infrastruktur der Stadt und dubioser Geschäftsführung. Als er 1932 wegen Korruption vor Gericht gestellt werden sollte, floh er nach Europa. Vor seinem Aufstieg in der demokratischen Partei hatte er als Songtexter gearbeitet (»Will you love me in December as you do in May?«).

G. G. COULTON (S. 141) Der britische Historiker George Gordon Coulton (1858–1947), seit 1911 in Cambridge, verfasste eine lange Reihe von Werken zur mittelalterlichen Geschichte und Religion, die durch einen – gelegentlich trivialen – aufklärerischen Antiklerikalismus gekennzeichnet waren.

»PATRIA« ... IM HAFEN VON HAIFA (S.153) Die Versenkung der »Patria« am 25. 11. 1940 ist eine komplexe Tragödie, die zu den düstersten Episoden der Vorgeschichte des Staates Israel gehört. Es starben 267 Menschen, darunter über zweihundert jüdische Flüchtlinge und etwa fünfzig Mann Besatzung und britisches Militär. Etwa 3.600 Flüchtlinge, meist aus Wien, Prag und Danzig, waren im Verlauf einer von den Nazis – die von den Vertriebenen viel Geld erpresst hatten und mit dem Unternehmen England in Verlegenheit setzen wollten – zu diesem Zeitpunkt noch genehmigten Operation auf drei Schiffen vor dem britischen Mandatsgebiet Palästina angekommen. Die Administration befahl, die unerwünschten Ankömmlinge auf der »Patria« (die nach der Kapitulation Frankreichs von den Engländern beschlagnahmt worden war) nach Mauritius abzuschieben. Die zionistische Hagana wollte die Deportation durch eine kontrollierte Bombenexplosion verhindern, die das Schiff manövrierunfähig machen sollte, doch die Bombe riss ein großes Loch und das Schiff sank rasch. Die Rolle der Hagana wurde in der Nachkriegszeit lange geheim gehalten.

*L'ASSIETTE AU BEURRE* (S. 168) Die 1901–1912 erscheinende Zeitschrift, die bedeutende Mitarbeiter hatte (Vallotton, Juan Gris, Steinlen, Kees van Dongen usw.), bietet mit ihren rabiaten Zeichnungen ein präzises und sinistres Bild der dunklen Seite der Belle Époque. Der Auswahlband von Stanley Appelbaum (Dover Publications, New York 1978, *French Satirical Drawings from »L'Assiette au Beurre«*) bildet das von Liebling erwähnte letzte Blatt der Nummer vom 20. Dezember 1902 mit dem prügelnden Zuhälter ab: »Le Singe n'est pas toujours un bourgeois« (Adolphe Willette).

MAX REINHARDT ... *THE MIRACLE* (S. 168) *Das Mirakel* erzählt die alte Kitschgeschichte von der Nonne, die sich verliebt und aus dem Kloster flieht, deren Flucht aber nicht bemerkt wird, weil ihr Platz von der Madonna selbst eingenommen wird, als ungeheuerliches Ausstattungstheater. Die aufwendigste Produktion Reinhardts, die zur Musik von Humperdinck und einem Libretto von Karl Vollmoeller mit immer neuen Bühneneffekten an die zweitausend Mitwirkende in Szene setzte, wurde 1911 in London in der Olympia Hall uraufgeführt und war in den USA zuerst 1923 am Century Theater in New York zu sehen, um dann mehrmals auf Tournee durch die Vereinigten Staaten zu gehen. Diese Aufführungen, heute nahezu vergessen, prägten sich der zeitgenössischen Öffentlichkeit tief ein. F. Scott Fitzgerald schreibt in seinem letzten Roman *The Last Tycoon*, der bei seinem Tod am 21. 12. 1940 unvollendet blieb, über ein Hollywoodstudio: »… every eight days the company must release a production as complex and costly as Reinhardt's *Miracle*« (Kapitel 3).

HAROLD LLOYD … JACQUES SOUSTELLE (S. 170) Harold Lloyd (1893–1971) ist in der Tat unter den großen Komikern des frühen amerikanischen Films der, dessen Filmfiguren am stärksten angepasst und weitaus am konventionellsten sind – energische junge Männer, *go-getters*. Lloyd zeigte auch persönlich ein beträchtliches Organisationstalent und war der Einzige, der sein Leben ungestört als reicher Mann beenden konnte (von keinem anderen könnte man sich vorstellen, dass er schließlich – 1962 – einen Oscar als »master comedian and good citizen« bekommen hätte). Es ist interessant, wen Liebling als typischen Adepten der von Lloyd geschaffenen Persona des unaufhaltsamen Busybody zitiert: Jacques Soustelle (1912–1990) konzentrierte sich nach einer nicht unbedeutenden wissenschaftlichen Karriere als Ethnologe (Forschungen vor allem in Mexiko) auf die Politik. Nach marxistischen Anfängen schloss er sich dem gaullistischen Flügel der Resistance an, war Mitglied der von de Gaulle in London gebildeten Exilregierung, führte deren Geheimdienst und übernahm in den Jahren nach dem Kriege wichtige Ämter. Zum Zeitpunkt der Niederschrift von Lieblings Text war er tagespolitisch vor allem als Generalgouverneur Algeriens (1955–56) sichtbar; später wurde er seines Widerstandes gegen die gaullistische Algerienpolitik wegen notorisch. Er kämpfte hartnäckig gegen die Unabhängigkeit des Landes und stand in enger Verbindung mit der terroristischen OAS. Ab hier hat die öffentlich weiterhin glanzvolle Karriere des einstigen Antifaschisten – Abgeordneter des Europaparlaments, Académicien (1983) – zwielichtige Züge.

BLAZES BOYLAN (S. 199) Der Impresario von Molly Bloom im *Ulysses*, der, wie wir in deren großem Schlussmonolog endgültig erfahren, im Verlauf des 16. Juni 1904 ihr Liebhaber geworden ist.

MAX LERNER (S. 204) Lerner (1902–1992) war ein linksliberaler Politikwissenschaftler und Publizist, dessen Bücher, Zeitungskolumnen (*New York Post* seit 1949) und Radiokommentare – vor allem während des Weltkriegs – großen Einfluss hatten.

ELMER DAVIS (S. 205) Journalist – lange bei der *New York Times* –, Radiokommentator und Schriftsteller (1890–1958), leitete im Zweiten Weltkrieg das Office of War Information.

*»I WILL BACK A SUGAR CACK«* (S. 207) Eine Zeile aus »Tea for Two« (*No, No, Nanette*; s. o.): »(Day will break, and I'll awake,) and start to bake a sugar cake …«

*LITTLE MARY SUNSHINE* (S. 207) Ein Musical von Rick Besoyan (Premiere New York 1959), eine Art liebevolles Pastiche der älteren Operettentradition.

Die Originalausgabe erschien 1959 unter dem Titel
*Between Meals. An Appetite for Paris*
bei Farrar Strauss and Giroux in New York, 1962
um einige Fußnoten des Autors ergänzt.

Die deutsche Erstausgabe von *Zwischen den Gängen. Ein Amerikaner in den Restaurants von Paris*
erschien 2007 bei Berenberg.


Berenberg Verlag GmbH, Sophienstr. 28/29, 10178 Berlin

*Konzeption / Gestaltung:* Antje Haack | www.lichten.com
Satz | Herstellung: Büro für Gedrucktes, Beate Zimmermanns
*Abbildungen:* Einbandillustration von Antje Haack,
Frontispiz von Lillian Ross
*Reproduktion:* Frische Grafik, Hamburg
*Druck und Bindung:* CPI – Clausen & Bosse, Leck
Printed in Germany
ISBN 978-3-949203-44-2